아일모어

아일모어

그녀가 원하는 것이라면 나는 그 소원을 들어줄 의무가 있다.

한승주 장편소설

바른북스

목차

프롤로그	007
우루과이	012
A	025
첫사랑	033
서윤	049
북한	107
이상한 재회	217
여행	264
에필로그	278

일러두기

아일모어(I'll more): '내가 더 많이'의 영어식 표현

프롤로그

　　　　　내가… 내 죽음과 그 죽음에 이르는 과정에 대해 골똘하게 생각하기 시작한 것은 비가 추적추적 내리던 어느 늦가을 오후 5시경이었다. 예순여덟을 막 넘겼을 때였다. 어쩌면 노인의 법적나이인 만 65세부터 그런 생각을 했을지도 모른다.

　세월의 흔적이 내 얼굴을 가로지르고 있었다. 깊은 주름이 이마에 파고들어 내가 살아온 삶의 낡은 이야기를 읽는 듯한 느낌이 들게 만들었다. 눈가에는 긴 세월의 흔적들이 고스란히 남아 있었다. 피부는 탄력을 잃고 검버섯, 반점이 그림자처럼 얼굴을 어둡게 했다. 눈꺼풀이 처지고, 아버지를 닮아 뾰족했던 코끝이 뭉텅해지고, 윗입술이 잇몸에 달라붙어 주걱턱처럼 보였다. 음식을 씹을 때마다 잇몸을 힘들게 물고 있는 틀니가 이따금 달그

락거리는 소리를 냈다. 길쭉했던 얼굴이 둥글게 되더니 또렷했던 턱선이 흐릿해졌다.

키가 4센티쯤 줄어들어 한창때 독일병정으로 불리던, 꼿꼿했던 등이 구부정해졌다. 팔다리가 가늘어지고 복부비만으로 배가 불룩하게 나왔다. 40대 초반까지 34인치를 유지했던 허리둘레가 43인치로 늘어났다. 이웃사람들이 놀라 살을 빼라고 충고할 정도였다. 풍성했던 머리칼이 빠져 이마 양쪽으로 아버지처럼, M자 모양을 그리며 올라갔고 검고 굵었던 머리카락이 얇아지며 반쯤 대머리가 되었다.

어느 날부터 불면증을 겪기 시작했다. 집에서 8km 정도 떨어진 동네 의원에서 수면제를 처방받아 먹어도 새벽 2시면 어김없이 잠에서 깨어났다. 늙음을 증명하듯, 젊을 때 헬스로 다져진, 단단했던 근육이 감소하고 그 자리를 지방이 채웠다.

뼈 밀도가 감소하여 여자처럼 골다공증도 생겼다. 식사를 하기 위해 서재가 있는 이 층에서 부엌이 있는 일 층으로 내려오다가 발을 헛디뎌 발목뼈가 골절되었다. 젊을 때라면 아무렇지도 않듯, 툭툭 털고 일어났거나 뼈에 금이 가는 정도로 끝났을 일이 발목뼈가 산산조각 나서 이십 일 동안 정형외과에서 수술을 받고 입원해야 했다. 지난달에는 말초혈관 동맥경화 진단도 받았다. 종아리에 피가 통하지 않아 10m 이상 걸으면 종아리가 돌처럼 단단해지고, 아파서 자리에 주저앉아야 했다. 말초혈관 동맥경화 때문에 발가락에 피가 통하지 않아 감각이 사라지고 저렸으며 마비증세가 왔다. 보폭이 좁아져 마당-전원주택-에서 돌멩이에 걸려 자주 넘어졌고 발을 질질 끌고 다녔다.

 목이 쓰리고 아파 종합병원 이비인후과에 다녔다. 염증이 있는 것 같다며 의사는 항생제를 처방해 줬지만 약효가 없었고 상태는 호전이 되지 않았다. 이비인후과 의사의 권유로-그 이유는 모르겠다-혈액 검사를 하니 당뇨라는 결과가 나왔다. 내분비 내과 여의사는 한 달 치 분량의 약 처방전을 간호사에게 건네며 환자인 내게 이 약을 먹으면 살이 좀 빠질 것이라는 말을 했다. 좀이 아니라 약을 먹은 지 보름이 되지 않아 12킬로가 빠졌다. 기분이 이상했다.

 목 상태가 호전되지 않아 일주일 후 나는 다시 그 병원을 내원했다. 미남형 젊은 의사는 갑상선 CT검사를 해보자고 했고, 목이 아픈데 왜 갑상선 CT검사를 해야 하는지 물어보고 싶었지만 물어보지 않았다. 그때쯤 목 통증이 너무 심해 지푸라기라도 잡고 싶은 심정 때문에 그랬을 수도 있다. 검사 전날 저녁 식사 이후 금식과 물 한 방울도 마시면 안 된다 했다. 인터넷으로 검색한 결과, 물은 마셔도 된다고 했는데 그 병원에서만 안 된다 했다. 당뇨환자인 나는 금식은 참을 수 있지만 물을 안 마시면 목이 타들어 가서 미칠 것 같았다. 결과는 갑상선에 이상이 없었다. 병원 수입을 늘리려고, 의사가 하지 않아도 될 갑상선 CT검사를 강요한 것이라는 생각이 들었다. 제기랄, 내 지갑에서 23만 원이 빠져나갔다.

　모든 질병이 내가 먹잇감이라도 되는 듯, 발톱을 세운 채 달라붙었다. 나는 아무도 없는 이 층 서재에서 혼자 울었다. 아무도 없으니 어린아이처럼, 큰 소리로 엉엉 울어도 됐다.

*

　그날의 사고를 떠올리기는 싫지만, 오래전 아내는 끔찍한 교통사고로 죽었다. 내가 마흔을 막 넘겼을 때였다.
　아내의 갈비뼈 24개가 다 부러졌다. 두개골도 박살 났다. 벌어진 틈으로 투명한 뇌척수가 흘러나왔다. 아내는 상간남이 운전한 검은색 S클래스 고급 벤츠 대시보드에 머리를 처박고 혀를 빼문 채 죽어 있었다. 절벽에서 집채만 한 바윗돌이 떨어져 차 천장을 뚫고 아내의 머리를 산산조각 낸 것처럼 보였다. 그날의 기억을 떠올릴 때마다 나는 목구멍에서 맹물이 나올 때까지 먹은 것을 모두 게워냈고 눈앞이 뿌예지며, 맹인처럼 앞이 보이지 않았다. 바닥에 주저앉아 엉금엉금 기었다. 그러다가 집을 떠받치는 내력벽에 이마를 부딪치기 일쑤였다. 오랜 세월이 흘러갔지만 그날의 충격은 사라지지 않고 진드기처럼 나의 머릿속에 달라붙어 있었다. 내 머릿속은 '외도'라는 단어로 가득 차 있었고,

그 단어가 떠오를 때마다 나는 오래 살고 싶지 않았다. 100세 시대라고 해도 그것은 나하고 상관없는 단어였다. 아버지가 돌아가신 73세보다 딱 1년만 더 살았으면 했다. 아버지가 산 날보다 먼저 죽으면 불효자가 될 테니까.

아내가 죽은 뒤 나는 혼자 살았다. 주위에서 커피 한잔하자며 나를 속이고 카페에 데려가 여자를 만나게 했지만 나는 커피를 반쯤 남겨둔 채 자리에서 일어났다. 그럴 만한 이유가 있었다. 아내의 끔찍한 교통사고에 대한 트라우마가 있는 나는 여자 '여' 자만 들어도 진저리를 쳤다. 나는 일흔을 바라보는 나이가 될 때까지 혼자 늙어가고 있었다.

그날은 비가 많이 왔다. 봄비라고 보기에는 비의 양이 너무 많았다. 그것도 장맛비처럼, 하루 종일 내렸는데 그칠 낌새가 보이지 않았다. 노아의 홍수처럼 두 달 동안 비는 쉬지 않고 내렸다. 처마에 고인 물이 흥건해지더니 처마 밖으로 넘쳤다. 가슴이 먹먹해지고 알 수 없는 불안감이 닥쳤다. 비는 주름치마 같은 처마 위로 흘러넘쳐 마당으로 떨어졌고, 집 마당에 물웅덩이가 생겼다.

나는 시인이자 소설가였다. 저 웅덩이 밑으로 끝까지 파고들어 가면 어디가 나올까, 하는 엉뚱한 상상을 했다. 그 순간 한국에서 지구 반대쪽까지 쭉 파내려 가면 남미 우루과이에 도달한다는 정보를 인터넷에서 읽은 기억이 났다.

우루과이

인천 국제공항.

공항 활주로는 아침 햇살에 반짝이고 있었다. 마지막 승객이 자리를 잡자 기내 방송이 흘러나왔다.

"승객 여러분, 이제 곧 이륙 준비를 마치고 활주로로 이동하겠습니다. 모두 좌석 벨트를 착용해 주시기 바랍니다."

전날 먼동이 틀 때까지 소설을 쓴 내 눈꺼풀은 납처럼 무거워져 중력을 따라가듯 아래로 처지고 눈알은 토끼처럼 충혈되어 있었다. 피곤했다. 피곤은 내 몸뚱어리 속 깊이, 날카롭게 안으로 휘어진 송곳니를 박아 넣고 동맥을 찾아 뱀처럼 꿈틀거리며 움직이기 시작했다. 어둠 속에서 헤매는 그림자는 무거운 짐을 짊어진 채 힘겹게 걸어가는 것 같았다. 침묵은 마치 날카로운 칼날처럼 내 몸을 깊숙이 파고들었고, 지금은 아무것도 할 수 없다는 무력함이 마음속에 깃든 악마처럼 영혼을 갉아먹고 있었다. 갈증은 끝없는 사막에서 마른 입술을 핥는 여행객처럼 점점 더 깊어져 갔다. 내 눈빛은 희망을 잃은 채 공허했고, 마음은 무겁고 힘들었다. 한숨 푹 자고 싶었지만 불면증 환자의 특징인 수면에 대한 강박감 때문인지 정신은 오히려 말똥말똥해졌다. 비행기가 문제였다. 나는 고소공포증이 있었다. 특전사와 고소공포증, 이상한 조합이었다. 나는 특수부대인 공수부대(특전사)에서 복무했다.

나는 몸을 일으켜 내 좌석 위쪽 천장 선반 안에 넣어놓은 가방에서 노트북을 꺼내 전날 쓰고 있던 소설의 마무리나 할까, 하는 가벼운 마음으로 자판을 두드리기 시작했다. 독수리 타법으로 탁탁거리는 자판 소리에 눈을 감고 있던 30대 중반쯤으로 보이는 옆자리 여자 승객이 눈을 떴다. 그녀는 무표정한 얼굴로 내 손가락 쪽을 힐끗거렸다. 미안한 마음이 들어 그 여자를 향해 고개를 살짝 굽혔다.

"저 때문에 잠이 깨셨죠? 미안합니다. 잠이 안 와서…"

여자는 막 잠에서 깬 몽롱한 눈빛으로 말했다.

"소설가이신가 봐요."

여자는 시력이 좋은 것 같았다. 힐끗거렸을 뿐인데, 내가 쓰고 있는 글이 소설이라는 것을 알 수 있었으니. 수필이나 논문, 혹은 시(詩)나 잡문, 비행기를 타고 여행을 가는 중이니까 기행문일 수도 있는데 꼭 집어 소설가냐고 물었으니까.

"뭐, 이류작가쯤 되죠."

나는 '이류작가'라는 대답을 하며 민망한 기분이 들어 살짝 미소를 지었다.

"실례가 안 된다면 글 쓰시는 것 외에 하시는 일을 물어봐도 될까요?" 실례가 안 된다면이라니… 실례가 맞다. 비행기 기내에서 옆 좌석 승객인, 처음 만난 모르는 남자에게 직업을 물어보는 것은 대단한 실례였다. 하지만 싫지만은 않았다. 여자는 길게 늘어뜨린 윤기 나는 머리카락이 새벽의 빛을 머금은 듯 은은하게 빛났다. 눈은 깊고 맑아 마치 별빛이 깃든 호수 같았고, 그 눈빛 속에는 누구도 쉽게 읽을 수 없는 신비로운 이야기가 숨어 있었다. 곧게 뻗은 콧날, 도톰한 입술은 붉은 장미처럼 느껴졌다. 피부는 백자처럼 희고 투명해 보였고, 가는 목선은 우아하게 이어져 그녀의 전체적인 자태를 더욱 돋보이게 했다. 미소를 지을 때면 얼굴 전체가 환해지며, 그 미소는 보는 이의 마음까지 따뜻하게 만드는 힘이 있었다.

그녀의 움직임은 자연스럽고 유연하여 마치 바람에 춤추는 나뭇잎처럼 부드럽고 우아했다. 여자의 미모는 청아했고, 그 청아함은 단순한 외모의 아름다움을 넘어 그녀를 더욱 특별하고 빛나게 만들었다.

"K대 대학원 문예창작과 시간강사입니다."

시간강사도 직업이라고 할 수 있을까? 자존심에 생채기가 난 것처럼 나는 '시간강사'라는 말을 혼잣말처럼 들릴락 말락 하게 했다.

"예? 제 조카도 K 대 대학원 문예창작과에 다니는데."

"학생 이름이 뭔가요?"

"박서윤이고요. 제가 서윤의 이모예요."

"박서윤? …누구지?"

"자기가 가르치는 학생도 모르세요?"

여자는 미소를 지으면서도, 고개를 갸웃했다.

"죄송합니다. 제가 안면 인식 장애가 있어서요."

실제로 나는 안면 인식 장애가 있었다. 눈·코·입 등 개별 얼굴의 윤곽 등을 인식할 수 있지만 전체를 하나의 얼굴로 인식할 수 없어서 '박서윤'이라는 이름만으로 그 학생의 얼굴이 기억나지 않았다. 난처해진 나는 헛웃음을 지었다.

스튜어디스가 기내식과 음료가 들어 있는 카트를 끌며 우리 옆을 지나갔다. 나는 기내식으로 비빔밥을, 여자는 도토리 묵밥을 선택했다.

"어디까지 가세요?"

절반쯤 먹었을 때 여자가 다시 말을 걸어왔다. 그때쯤 나는 슬슬 그녀와의 대화가 피곤해지기 시작했다. 조금 전 "자기가 가르치는 학생도 모르세요?"라고 한 말에 자존심이 조금 상했던 모양이다.

"몬테비데오요. 그쪽은?"

"아- 우루과이 수도로 가시는군요. 저는 마드리드에서 내립니다."

"스페인?"

"예."

그녀는 밝고 경쾌했던 지금까지와는 달리 "스페인?"이라는 내 물음에 짧고 시무룩하게 대답했다.

"에스파냐에는 왜 가시죠?"

"…에스파냐?"

내가 영어식 표현인 스페인을 스페인어인 에스파냐로 바꿔 물었을 때 그녀가 놀란 듯 큰 목소리로 되받았다.

"제가 대학에서 스페인어를 전공해서 저도 모르게 원어 발음이 나왔네요. 미안합니다. 한국과 코리아와 같은 개념이죠. 한국을 영어로 말하면 코리아니까요."

여자는 몇 번을 망설이는 듯하다가… 내 대답에 엉뚱한 대답을 했다.

"아버지 장례식에 참석하려고요."

"예?"

이번에는 내가 그녀처럼 당황했다. 아내와 결혼하기 전, 그러니까 지금으로부터 오래전 나는 장인의 장례식에 갔다. 문상 온 친구들과 어울려 술을 마시고 취해 그 후 아내가 금주령을 내린 적이 있었다.

"제 가족은 오래전 스페인으로 이민 갔죠."

"그런데 왜 혼자만 서울에 남았나요?"

"……"

여자는 한동안 말이 없었다. 뭔가를 골똘하게 생각하는 표정이었다.

"아버지는 어릴 때 저를 학대했죠. 말보다 항상 손이 먼저 올라갔어요."

끔찍한 기억이 되살아나는 듯, 학대라는 말을 할 때 여자는 울먹울먹했다.

여자의 표정이 싸늘하게 변했다. 눈꼬리가 올라가고 입술이 얇아졌다. 그녀의 얼굴에는 분노가 서려 있고, 그 눈빛은 마치 날카로운 칼날처럼 나를 꿰뚫었다. 한쪽 손은 주먹을 쥐고 있었고, 손가락 관절이 하얗게 변할 정도로 힘이 들어가 있었다. 나는 무슨 말을 해야 할지 몰라 침묵했다. 그녀의 분노는 마치 폭풍 전야의 고요함처럼 위협적으로 다가왔다. 내가 물었다.

"딸인데 왜 그랬을까요?"

"그러게요. 아빠가 제게 왜 그랬을까요?"

"아버지는 대개 아들은 엄하게 키우죠. 그러나 딸에게는 사랑을 듬뿍 주는데."

여자는 침묵했다.

"……"

"제 누이들에게 아버지는 그랬죠. 하지만 남자인 저는 군인처럼 엎드려뻗쳐 상태에서 엉덩이를 맞곤 했죠. 하하, 아버지가 육사를 나온 직업군인이라서 그랬을까요?"

옛 기억을 더듬어 보면서까지 애를 썼다. 여자를 위로해 주고 싶었다.

나는 노트북 자판을 두드리는 내게 "실례가 안 된다면 글 쓰시는 것 외에 하시는 일을 물어봐도 될까요?"라며 밝고 경쾌한 목소리로 말을 걸어온 여자의 표정은 아버지 장례식에 참석하는 딸과는 거리가 멀어 보였는데, 이제야 이해가 됐다.

마드리드까지는 14시간을 가야 한다. 그녀는 졸음이 밀려오는 듯, 고개를 반대편으로 돌려 눈을 감았다. 나는 그녀가 잠이 깨면 이름을 물어봐야겠다고 생각하며 다시 노트북 자판을 두드리기 시작했다.

∗

나는 소설을 쓰다가 다음 문장이 생각나지 않으면 비행기 창밖을 바라보며 생각을 다듬었다. 비행기는 서서히 활주로를 향해 움직이기 시작했다. 거대한 철새가 움직이는 듯한, 묵직한 진동이 몸에 전해졌고 엔진의 굉음이 점점 커졌다. 활주로 끝에 도착한 비행기는 잠시 멈춰 섰다. 모든 것이 정지된 듯한 순간, 정적 속에서 스튜어디스의 목소리가 들렸다.

"여러분, 우리 비행기는 곧 이륙합니다. 모두 안전벨트를 확인해 주시고, 좌석 등받이를 똑바로 세워주시기 바랍니다."

엔진의 소리가 폭발적으로 커졌다. 강력한 추진력이 느껴지며 비행기는 활주로를 빠르게 달리기 시작했다. 창밖의 풍경이 점점 빠르게 지나갔다. 건물들이 흐릿한 선으로 변하고, 공항 관제탑의 모습이 멀어지기 시작했다. 입체적인 모든 것이 하나의 선과 점으로 변하기 시작했다.

최고 속도에 이른 기체는 서서히 앞바퀴를 들어 올렸다. 마침내 바퀴가 지면을 떠나자, 몸이 아래로 가라앉는 듯한 느낌이 들었다. 그 순간, 비행기는 하늘로 날아올랐다. 창문 너머로 점점 작아지는 공항과 주변 풍경이 보였고, 푸른 하늘이 눈앞에 펼쳐졌다. 흰 구름이 비행기를 감싸안았다. 비행기가 하얀 구름을 뚫고 허공 속으로 들어갔다.

눈을 뜬 여자가 스튜어디스에게 물을 달라고 했다. 그리고 주머니에서 약봉지를 꺼내 좁쌀만 한 알약 2개를 입안에 털어 넣은 뒤 고개를 뒤로 젖혀 물을 마셨다. 나는 여자가 비행기 안에서 먹은 약이 무엇인지 궁금했지만 물어보지는 않았다. 여자의 표정이 굳어 있었다. 눈동자는 얼음처럼 차갑고, 두 눈은 감정을 숨긴 채 기내의 창문 밖을 내다봤다. 입술은 굳게 다물려 있었고, 얼굴의 근육은 긴장으로 팽팽해진 듯했다. 분위기가 한순간에 무거워졌고, 숨조차 쉴 수 없을 만큼 팽팽한 긴장감이 감돌았다. 그녀의 손은 좌석 앞 테이블 가장자리를 꽉 잡고 있었고, 손가락 끝이 하얗게 변해갔다. 아무 말도 없었지만, 그녀의 침묵 속에는 어떤 분노가 깃들어 있는 것처럼 보였다. 그녀의 입에서 무슨 말이 나올지, 어떤 행동을 할지 예측할 수 없었다.

비행기가 고도에 도달하자, 기내 방송이 다시 한번 울렸다.

"여러분, 우리는 이제 안전 고도에 도달했습니다. 좌석 벨트를 풀고 편안하게 여행을 즐기시기 바랍니다."

창문 너머 구름 사이로 태양이 반짝였고, 끝없이 펼쳐진 푸른 하늘이 여행의 시작을 알렸다. 승객들은 저마다의 설렘과 기대를 안고, 목적지를 향해 날아가는 비행기 속에서 잠시나마 현실을 잊고 꿈에 젖어들고 싶은 듯 보였다. 그때 비행기가 갑자기 요동치기 시작했다. 기내 방송을 통해 기장의 긴장된 목소리가 들려왔다.

"승객 여러분, 기상 악화로 인해 현재 난기류를 만나 기체가 흔들리고 있습니다. 안전을 위해 모든 승객께서는 좌석 벨트를 착용해 주시기 바랍니다."

비행기는 마치 거대한 파도 위에서 요동치는 배처럼 흔들렸다. 승무원들도 빠르게 좌석에 앉아 벨트를 맸다. 통로에 있던 승무원은 재빨리 비상 구역으로 이동해 몸을 고정시켰다. 음료수 컵이 테이블에서 넘어지고, 몇몇 승객들은 놀라 소리를 지르기도 했다. 안전벨트를 매지 않은 승객과 물건들이 분수처럼 천장으로 솟구쳤다. 좌석에 앉아 있던 한 아이가 울음을 터뜨리자, 어머니는 그 아이를 꼭 안아주며 달래기 시작했다. 창가 쪽 좌석에 앉아 있던 승객들은 불안한 눈빛으로 창밖을 내다보았다. 창문 너머로 잔뜩 찌푸린 하늘과 구름이 빠르게 지나가고 있었다.

기체가 몇 번 더 크게 흔들리자, 승객들은 불안에 휩싸였다. 기내 방송이 다시 울렸다. "저희 비행기는 난기류를 통과하고 있습니다. 기체가 안정되기까지 잠시만 더 좌석에 앉아주시기 바랍니다. 곧 안정적인 비행 상태로 돌아갈 것입니다."

기장은 침착하고 부드러운 말로 불안에 떨고 있는 승객들을 안심시켜 주려는 듯 최대한 애를 쓰는 것 같았다.

기내 방송과 달리 난기류를 만난 비행기는 동체가 요동치고 급강하했다. 사람들이 공중제비를 돌았다. 안전벨트를 매지 않고 앉아 있던 승객들은 공중으로 떠올라 좌석 위 선반에 머리를 부딪쳤다. 그들은 머리에 큰 부상을 입었다. 피를 흘리는 승객도 있었다. 스튜어디스가 승객 중에 의사가 없느냐는 방송을 했고, 내가 앉아 있는 좌석 앞자리의 50대로 보이는 사람이 손을 들었다. 치료를 하려고 좌석에서 일어나는 순간, 그 역시 공중으로 떠올라 좌석 위 선반에 머리를 부딪칠 것이므로 비행기가 안정

될 때까지 기다려야 했다.

비행기 기내에서 벌어지는 이런 아수라도 모른 채 여자는 수면제를 먹고 깊은 잠에 빠진 것 같았다. 비행기가 아무리 흔들려도 잠에서 깨어나지 않았다. 기체가 급강하하자 그때서야 놀란 여자가 눈을 동그랗게 뜨고 잠에서 깨어났다. 기체가 급강하하기 시작하자, 기내는 순식간에 혼돈의 소용돌이에 휩싸였다. 승객들은 갑작스러운 중력의 변화에 의해 좌석에 강하게 눌리거나, 안전벨트를 매지 않은 사람들은 공중으로 떠올랐다. 산소마스크가 천장에서 떨어지며, 기내 방송은 차분한 목소리로 "산소마스크를 착용하라."는 지시를 반복했다.

짐칸에 제대로 고정되지 않았던 수하물들이 튕겨 나오며 통로를 가로질러 날아다녔다. 승객의 비명과 울음소리가 뒤섞여 울려 퍼졌고, 공포가 기내를 가득 채웠다. 어린아이들은 겁에 질려 울부짖고, 부모들은 아이들을 필사적으로 감싸안았.

기내 승무원들은 얼굴이 창백해졌지만, 전문적인 훈련 덕분에 승객들을 안정시키고 산소마스크를 착용하는 것을 도왔다. 창문 밖으로는 푸른 하늘이 빠르게 지나가고, 구름이 눈앞에서 춤추듯 흩어졌다. 기체는 마치 거대한 놀이기구처럼 요동쳤고, 모든 것이 느리게, 동시에 빠르게 지나가는 것처럼 느껴졌다.

엔진 소리는 귀를 찢을 듯이 울렸고, 기체의 진동은 몸을 흔들어 대며 불안을 증가시켰다. 몇 초였지만 영원처럼 느껴지는 시간이 흐른 후, 기체는 점차 안정되기 시작했다. 승객들은 여전히 떨리는 손으로 서로를 붙잡고, 숨을 고르며 안도의 한숨을 내쉬었다. 그러나 그 순간의 공포는 오래도록 마음에 남아, 비행이 끝난 후에도 쉽게 잊혀지지 않을 것 같았다.

 나와 그 여자는 안전벨트를 매고 있어 공중으로 치솟지는 않았지만 기내식이 좌석 위 선반에 부딪혀 우리의 머리와 얼굴에 쏟아졌다. 순식간에 오물 세례를 받은 꼴이 되었다. 전날 내린 비로 흥건해진 비포장도로를 지나가던 트럭 바퀴가 튀긴 흙탕물이 길을 지나던 우리 얼굴을 뒤덮은 몰골이었다. 흙탕물로 얼굴이 엉망진창이 된 우리는 트럭 운전자를 향해 욕설을 퍼부어야 할 상황이었다. 그러나 상대가 없었다. 있다면 난기류 때문인데 난기류를 향해 욕설을 퍼부을 수는 없었다. 우리는 서로의 얼굴을 쳐다보며 동시에 웃음을 터뜨렸다. 어이가 없어 배꼽을 잡고 웃었다. 하지만 웃고 있을 수만 없었다. 비행기는 망치로 기체를 때리는 듯, 쿵쿵 소리를 내며 요동치고 급강하와 급상승을 반복하고 있었다. 그때 문득 죽음이 떠올랐다. 다른 누구의 죽음도 아닌, 바로 나 자신의.

 죽음이라는 단어가 자꾸 떠올랐다. 그 단어를 지워버리기 위해 고개를 흔들었지만, 그럴수록 죽음은 거머리처럼 뇌 속으로 파고들었다.

 '죽음은 어떤 것일까? 한 사람의 죽음은 어떤 과정을 거쳐 그

사람을 죽음에 이르게 하는가?'

이런 의문이 끝없이 솟아오르는 옹달샘처럼, 나를 괴롭혔다.

나는 안다. 죽음에 대한 이런 쓸데없는 의문이 왜 내게 끔찍하게 달라붙어 있는지. 그 끔찍한 사건은 오래전에 일어났다.

내가 이렇게 생각을 더욱 깊게 해보게 된 건, 아내가 사고로 세상을 떠난 날의 기억이 너무도 생생하기 때문이다. 그날 이후로 내 삶은 완전히 달라졌고, 그 모든 변화들이 내 몸과 마음에 깊이 새겨져 버렸다. 가끔은 내가 왜 이렇게 오래 살아남았는지 의문이 들 때도 있었다. 아내의 외도는 나에게 내려진 큰 벌처럼 느껴졌다.

창밖을 보며, 아내와 보냈던 시간들을 떠올렸다. 우리가 함께 웃고, 울고, 사랑을 나눈 모든 순간들이 마음 한구석에서 아련하게 다가왔다. 그녀의 미소, 그녀의 눈빛, 그녀의 목소리까지도 선명하게 기억났다. 하지만 외도라는 단어가 떠오르면, 내 가슴은 무겁게 가라앉았다. 그녀의 외도와 교통사고로 인한 죽음 이후, 내 인생은 깊은 어둠 속을 헤매는 긴 터널 같았다. 그 어둠에서 벗어나려 해도, 끝내 나를 놓아주지 않는 것 같았다.

A

하늘에는 먹구름이 잔뜩 끼고 가을비가 세차게 내리는 날이었다. 빗방울이 총알처럼 강의실 유리창을 내려쳤고, 그 소리는 비명처럼 들렸다. 조금 전 나는 경찰로부터 아내가 교통사고로 세상을 떠났다는 연락을 받고, 온 세상이 무너진 것 같았다. 숨조차 쉴 수 없었다.

늦가을의 대학교 캠퍼스는 은행나무의 황금빛으로 물들어 있었다. 길게 뻗은 캠퍼스의 중심도로를 따라 줄지어 선 은행나무들은 노란 잎들로 하늘과 땅을 가득 채웠다. 나는 멍하니 창밖을 바라보았다. 학생들은 강의실로 향하거나, 도서관으로 향하는 길목에서 잠시 걸음을 멈추고 눈앞에 펼쳐진 가을의 아름다움을 감상했다.

은행나무 아래 떨어진 노란 낙엽들은 부드러운 융단처럼 길을 덮고 있었다. 바람이 불 때마다 낙엽들은 사르륵 소리를 내며 공중에서 나풀거리다 땅에 내려앉았다. 캠퍼스 중앙에 위치한 오래된 벤치에서 몇몇 학생들이 모여 앉아 이야기를 나누고 있었다. 그들 위로 은행나무 가지들이 부드럽게 흔들리며 황금빛 잎사귀들을 떨어뜨렸다. 벤치에는 손에 노트를 쥐고 무엇인가를 열심히 쓰고 있는 학생도 앉아 있었다. 그는 아마 이 순간의 아름다움과 한 계절이 지나가는 슬픔을 한 편의 시로 적고 있을지도 모른다.

노을에 물든, 은행나무들의 황금빛 잎사귀는 더욱 빛났다. 서쪽 하늘은 붉게 물들고, 교정에 심어놓은 늦가을의 은행나무는 금빛으로 물든 잎들로 가득 찬 채, 그 잎들은 마치 햇살을 머금은 듯한 황금빛으로 빛나며, 가을의 마지막 아름다움을 뽐내고 있었다. 그 화려한 황금빛 잎들이 세찬 바람에 하나둘 떨어져 내리고 있었다. 그 잎들은 마치 생의 덧없음을 알리는 듯, 조용히 땅으로 내려앉아 바스락거리는 소리를 냈다. 나무 아래에 쌓인 낙엽들은 쓸쓸하게 흩어져, 지나가는 이들에게 다가올 겨울의 고독을 예고했다. 바람이 불 때마다 낙엽들은 살랑살랑 춤을 추듯 교정에 흩날렸다.

*

갈비뼈 24개가 다 부러졌다. 두개골도 박살 났다. 벌어진 틈으로 투명한 뇌척수가 흘러내렸다. 경찰로부터 아내의 교통사고 소식을 듣던 날, 대학원 종강수업을 막 끝냈을 때였다. 학생들은 환호를 지르며 석사과정을 무사히 마친 것에 기뻐했고, 어떤 여학생은 책상에 얼굴을 파묻고 주위에 들릴 만큼 큰 소리로 훌쩍거리기도 했다. K 대학원은 수업과정과 논문통과의 어려움으로, 악명을 날리던 대학원이었다.

나는 K 대학원 시간강사였다. 처음 경찰은 아내가 죽었다는 말은 하지 않았다. 내가 누구냐고, 부터 묻더니 핸드폰에 저장된 단축번호 2를 눌렀다 했다. 그때서야 내가 아내의 핸드폰에 2번으로 저장된 걸 알았다. 단축번호 1은 누구일까?

우리 사이에는 막 뛰어다니기 시작한 다섯 살배기 딸 하나만 있었는데, 남편인 내가 1번으로 저장되지 않는 이유가 궁금했지만, 아내가 죽었으니 알 방법이 없었다.

경찰의 물음에 남편이라 하자 그제야 아내가 죽었다 했다. 문자로 사고현장 주소를 보내겠다는 말을 한 후 툭, 전화를 끊었다. 이런, 무례하고 일방적이었다. 가까이 있다면 한 대 때려주고 싶을 만큼 화가 났다. 내 앞에는 아무도 없는데도 너무 화가 나서 주먹을 들어 올렸다가 내려놓았다. 손이 떨려 핸드폰을 떨어뜨렸다.

경찰이 알려준 주소를 찍었다. 양양 분기점에서 강릉 방면으로 우회전, 영동고속도로를 타는 코스였다. 총 주행거리 220km, 예상도착시간 2시 45분. 현재 오후 1시 5분. 사고현장까지 3시간 거리였다. 긴장된 마음에 핸들을 쥔 손이 저릿저릿했다. 라디오에서는 낮은 볼륨으로 재즈가 흘러나왔지만, 머릿속은 복잡한 생각들로 가득 차 있었다. 속도를 높이자 엔진 소리가 귀를 때렸고, 가슴속에 쌓인 불안감이 더욱 커졌다.

내 차는 시속 180km를 넘나들었다. 고속도로에 진입한 뒤 상향등을 켜고 비상깜빡이 버튼을 눌렀다. 나는 운전석 좌석을 앞으로 당기고 핸들을 꽉 쥐고 있었다. 손바닥에 땀이 흘러 핸들을 놓치기도 했다. 나는 추월선을 점령한 채 액셀을 '킥 다운'했다. 앞차와의 거리가 가까워지면 상향등을 켰다 껐다 했다. 놀란 차들 대부분이 비켜주었다. 버티는 차는 차선을 넘나들며 앞질렀다. 킥 다운한, 발의 힘을 풀지 않았다.

쿵쾅, 쿵쾅, 쿵쾅, 쿵쾅,

심장이 수축과 팽창을 반복했다. 4분의 2박자로 뛰었다. 그 소리는 귓속에 분포된 모든 청각세포를 진동시켰다. 쿵쾅거리는 소리가 심벌즈처럼 맞부딪치면 공명이 발생했다. 덜덜, 몸 전체가 떨렸다. 심장이 점점 빠르게 뛰기 시작했다. 마치 드럼 연주가 절정에 달하듯, 심장 박동은 가속화되어 고동치는 소리가 귓가에 울려 퍼졌다. 심장의 박동은 전신을 타고 퍼지며, 피부 아래에서부터 시작된 진동이 끝없이 이어졌다. 혈관들은 이 격렬한 리듬에 맞춰 팽창하고 수축하며, 온몸을 통해 강렬한 파동이 흐르는 듯한 느낌을 주었다. 이러한 현상은 마치 전기 충격을 받는 것처럼 몸 전체를 감각의 소용돌이 속에 빠뜨렸다.

  2시간 58분쯤 달렸다. 내비게이션 아래쪽 깃발표시 옆에 2km가 찍혔다. 깃발은 남은 거리를 알려준다. 숨이 컥, 막혀왔다. 숨을 쉴 수 없었다. 가슴통증과 호흡곤란, 어지러움 등, 심장마비 전조증상이 왔다. 나는 협심증을 앓고 있었다. 젖은 빨래를 비틀어 짜듯, 아프고 싸한 느낌이 무서웠다. 금방이라도 심장이 멈출 것 같았다. 햇볕 쨍쨍한 한낮인데 시야가 캄캄해졌다. 차 앞 유리창에 투과율 0%의 선팅지가 붙여진 듯, 갑자기 앞이 보이지 않아서 나도 모르게 급브레이크를 밟았다. 뒤따라오던 차가 클랙슨을 울려대며 상향등을 번쩍거렸다. 험악하게 생긴 운전자는 차창을 열고 "이 새끼가 죽으려고 환장했나?" 하며 욕설을 퍼부었다. 급작스러운 심장의 고통과 함께 먹구름이 회갈색 하늘을 뒤덮는 순간, 나는 극심한 공포를 느꼈다. 모든 것이 멈춘 듯한 무서운 정적 속에서, 나는 내 몸이 제대로 반응하지 않는 것을 느꼈다. 순간적으로, 나의 생명이 한 줄기 실처럼 희미해지는 것 같은 느낌이 들었다. 주변의 소음과 욕설, 클랙슨 소리는 점점 멀어지면서, 나는 마치 먼 곳에서 그 장면을 바라보는 듯한 이질

감을 경험했다. 이 모든 것이 나에게 일어나고 있다는 사실을 받아들이기 어려웠고, 그 순간, 나는 생과 사의 경계에서 허우적대고 있었다. 내 차량은 초고속으로 주행했으므로 타이어가 도로 위에 굴러가며 들리는 마찰음이 실내까지 크게 들렸다. 그런데도 화가 단단히 난 그 남자의 욕 소리가 내 귀에 들릴 만큼 컸다. 내 차를 가로막고 나처럼 급브레이크를 밟는 등 보복 운전이라도 할 듯했다. 다 무시했다. 그자가 보복 운전을 한다면 나 역시 더 강한 보복 운전을 할 마음을 먹고 있었다. 죽음 외에 아무것도 무섭지 않았다. 아니, 죽음조차도 무섭지 않았다. 그때쯤 사이렌 소리가 귓속에 닿았다. 사고현장은 700여 m 떨어진 거리에 있었다.

사고가 난 지점은 영동고속도로 횡성휴게소를 지나 굴곡이 있는 내리막길 중간지점이었다. 사고가 난 지 30분쯤 지난 것처럼 보였다. 경찰차, 앰뷸런스, 소방차가 뒤섞여 아수라장이었다. 빨강과 파랑 경광등이 점멸하며 왜오, 왜오~ 하는 사이렌을 울리는 경찰차, 양쪽으로 돌출된 빨간 경광등이 번쩍거리고 이~오, 이~오 하며 높은음과 낮은음을 울려대는 구급차, 빨간 경광등이 점멸하는 소방차는 위이이잉~ 위이이잉 하는 사이렌 소리를 길게 반복했다. 사고현장 주변은 긴급 차량들의 불빛과 사이렌 소리로 가득 차 있었다. 소방관들은 사고 차량에서 불이 나지 않도록 조심스럽게 점검하고 있었다. 현장을 둘러싼 구경꾼들의 시선은 교통사고의 심각성을 말해주는 듯했다. 교통 정체는 점점 심해졌고, 사고현장을 지나는 차량들은 천천히 그 모습을 지켜보며 지나갔다. 이 모든 상황 속에서 경찰은 사고 원인을 조사하고, 현장을 정리하며, 교통 흐름을 회복시키기 위해 애쓰고 있었다.

아내는 독자라면 누구라도 알 만한, 그 업계의 최대 인터넷서점 MD였다. 한 주에 책을 50~60권을 보는 직업이었다. 책 내용을 요약한 보도 자료와 서문, 목차를 보며 발췌 독을 하고 책의 상품가치에 대해 판단해야 했다. 책의 구입, 진열, 판매 등도 MD의 몫이었다. 업무상 거래처 출판사 사장이나 편집장과 회식이 많아 귀가가 늦기 일쑤였다. MD는 원래 상품기획자를 뜻하는 머천다이저(Merchandise)의 약자다.

아내의 말을 빌리면 회사 안에서 MD는 '**뭐**든지 **다** 한다.'의 약자로 통했다. 그런 자조적인 말이 나돌 정도로 일이 많았다. 스트레스가 만만치 않은 직업이었다. 스트레스는 스포츠나 여행, 취미생활 등 건강한 방법으로 풀어줘야 한다. 풀어주지 않으면 뭉치게 되고 뭉침이 돌처럼 단단해지면 어디론가 튀기 마련이다. 그때 사고가 난다.

어젯밤 아내는 주말인 내일 1박 2일로 주문진에 회 먹으러 간다고 했다. 승합차 한 대를 빌렸다며, 동행하는 대학 동창 5명의 이름과 여행의 이유까지 필요 이상으로 자세히 덧붙였다. 통행료와 기름값 절약 외 한 차에 6명이 타고 가면 도착지까지 지루할 틈이 없을 터였다. 설명이 완벽했다. 나는 싱싱한 것 많이 먹고 오라며 흔쾌히 외박에 동의했다. 회만 먹지 말고 해삼과 멍게도 같이 먹으라고 오지랖 넓게 훈수까지 뒀다. 마음 맞는 친구들과 오랜만의 여행이니 충분히 즐기고 왔으면 했다. 아내는 책만 파고드는 경제력 빵점인 시간강사 나를 참아주었다. 기죽지 않게 어깨를 토닥거려 주기도 했다. 개구쟁이 사내아이를 키우고 집안 살림까지 살뜰히 챙긴 완벽한 여자였다. 결혼 후 경제와 육아, 직장 일로 쌓였을 스트레스를 모두 풀고 왔으면 했다.

　스트레스는 어둡고 오래된 헛간의 먼지 같은 것이다. 털어내지 않으면 얼굴이 우중충하고 어두운색으로 변한다. 눈에 띄지 않은 그런 먼지들이 아내의 가슴 한편에 켜켜이 쌓여 있겠다, 생각했다. 친구들과 회와 매운탕을 먹고 소주도 한잔 곁들이며 묵은 먼지를 다 털어냈으면 했다. 나는 아내를 진심으로 사랑했다. 그녀 없이는 못 살 것 같았다. 그래도 비밀 한 가지는 아내에게 절대 털어놓지 않았다.

첫사랑

어린, 아니 청소년기에 나에게도 첫사랑이 있었다. 그녀의 이름은 양민정이다. 고백하면 불륜남과 차 사고로 비명횡사한 아내는 내가 사랑해서 결혼한 여자가 아니었다. 중매쟁이의 주선으로 맞선을 보고 가타부타 말이 없자 부모는 내가 그 여자를 마음에 들어 하는 것으로 알고 내게 물어보지도 않고 결혼식 날짜를 잡았다. 맞선을 본 날, 조용한 카페의 구석진 자리에서 마주 앉은 우리는 어색한 미소를 주고받았다. 테이블 위에는 미리 주문한 커피 두 잔이 놓여 있었고, 중매쟁이는 우리를 남겨두고 자리를 떴다. 나는 눈앞에 앉아 있는 상대방을 처음 보는 낯선 사람이라는 생각에 떨리는 손을 감추려고 애썼다. 그녀는 긴 머리를 귀 뒤로 넘기며 수줍은 듯 고개를 숙였다. 첫인상은 단정하고 차분해 보였다. 서로의 취향과 관심사를 물으며 대화의 실마리를 찾으려 했지만, 낯선 분위기 속에서 어색함은 쉽게 가시지 않았다. 테이블 너머로 보이는 창밖에는 햇살이 밝게 비추고 있었고, 우리는 조금씩 긴장을 풀며 이야기를 나누기 시작했다. 한 달 후 전통혼례 방식으로 사주단자가 오가고, 부모가 택일을 잡고, 결혼식을 올렸다. 그렇게 우리는 부부가 됐다.

양민정을 처음 본 것은 대학에 떨어진 다음 해였다. 1973년 3월, 재수학원의 개강 첫날, 한 여학생이 교실의 앞문을 열고 안으로 오른발을 내디뎠다. 1교시 영어수업이 시작된 지 막 5분쯤 지났을 것이다. 봉긋한 그녀의 가슴상체는 이미 교실문 안으로 들어와 있었다. 여학생은 미안한 표정으로 영어교사에게 가벼운 목례를 한 뒤 교실의 빈 책상을 찾아 걸음을 옮겼다. 얼굴이 희고 턱선은 동그란 편이었다. 검은 헤어네트가 그녀의 머리칼을 둥글게 감쌌고, 삐져나온 머리칼은 이마와 관자놀이 뒤로 넘겨서 파란 머리끈으로 돌돌 묶었다. 그 여학생은 흰 티셔츠 위에 니트로 짠 보라색 카디건을 걸치고 푸른 빛깔 코르덴바지를 입고 있었다. 그녀가 자리를 찾아 책상들 사이로 천천히 걸음을 옮겼다. 걸음을 옮길 때마다 카디건이 출렁거렸다. 순간 나는 온몸이 감전된 것 같은 전율을 느꼈다. 용광로 안에서 뼈와 살이 활활 타들어 가는 느낌이었다. 나는 열아홉이 되도록 여자와 말조차 변변히 나누어 본 적이 없는 숙맥이었다. 숙맥? 그랬다. 나는 남자로서 숙맥이었다. 나는 고개를 돌려 그녀가 걸어가는 뒷모습을 훔쳐보았다. 여학생은 내 뒷줄 뒷줄 왼쪽 자리에 앉았다.

"야, 킹카네."

"끝내주는군."

휴식 시간이면 봄 햇살이 들어찬 교실 동쪽 창가에 짓궂은 남학생들이 모여 그녀를 힐끗거리며 쑥덕였다. 그럴 만했다. 1,000여 명의 여학생들 중에서 민정은 단연 군계일학(群鷄一鶴)[1]이었으니. 그날 밤 나는 그녀 생각에 처음으로 밤을 꼴딱 새웠다.

다음 날 국어수업이었다. 앞줄 앞줄에 민정의 뒷모습이 잡혔다. 목에서 어깨로 떨어지는 선이 고왔다. 그녀는 첫날과 달리 노란 색 니트 상의를 입고 있었다. 보풀이 일어난 실이 성기게 직조되어 그녀가 몸을 움직일 때마다 안에 받쳐 입은 하얀색 블라우스가 동그랗게 벌어진 실 사이에 언뜻언뜻 내비쳤다.

사랑의 물결이 동심원처럼 퍼져 내 얼굴을 덮었다. 얼굴이 화끈거리며 열이 났다. 그날 이후 먼발치에서 그녀를 보기만 해도 가슴이 두방망이질 쳤다. 첫사랑을 색깔로 표현하면 어떤 색일까? 첫사랑이 짝사랑이라면 코발트빛 블루가 아닐까. 민정의 바지 색깔이 바로 그 색이었다.

---

[1] 닭의 무리 속에 있는 한 마리의 학이라는 뜻으로, 평범한 많은 사람 가운데서 뛰어난 사람을 이름

학생들은 수업 때마다 자유롭게 좌석을 선택할 수 있었다. 나는 개강 후 반이 정해진 뒤에 한 번도 민정의 앞자리를 선택한 적이 없었다. 늘 그녀가 앉는 의자에서 두 좌석쯤 뒤에 자리를 잡았다. 수업 내내 민정의 뒷모습을 보는 것이 큰 기쁨이었다. 돌이켜 보면 일생 동안 그때만큼 순수한 기쁨을 느껴본 적이 없다. 수업에 집중하다가도 그녀가 조금이라도 움직이면 어느새 내 눈동자는 방울을 쫓는 고양이처럼, 민정의 움직임을 따라가고 있었다. 책상 위에 괸 그녀의 동그란 팔꿈치, 판서를 하는 선생의 방향을 따라 목을 돌릴 때마다 핑크빛 스웨터와 위로 끌어 올린 머리칼 사이에 언뜻언뜻 보이는 그녀의 새하얀 뒷목, 그리고 한 번씩 엉덩이를 들어 올려 자세를 바로잡는 섹시한 몸짓 등이 내 시선을 괴롭혔다.

*

　집 방향이 같은 나와 민정은 수업이 끝나면 같은 입석버스를 탔다. 30분쯤 버스를 타고 가다가 그녀가 나보다 두 정류장 먼저 내렸다. 봄꽃들이 흐드러지게 핀 수요일이었다. 그날, 기적이라고 불러도 될 만한 사건이 일어났다.
　수업을 마치고 평소대로 친구와 학원 앞 정류장에서 버스를 기다리고 있는데 고교동창인 정태가 말했다.

"너, 오늘 좋은 일 있냐?"

"좋은 일은 무슨? 재수생에게 그런 일이 뭐 있겠니?"

나는 자조적으로 대답했다. 그런데 기적은 버스 안에 있었다. 늘 미어터지던 버스 안이었는데 빈자리가 보였다! 버스 중간 문 옆에 빈자리가 하나 있었다. 봄꽃들이 흐드러진 그날, 내게 일어난 기적은 빈 좌석 하나가 아니었다. 내가 좌석에 앉고 정태는 운전석 옆 튀어나온 엔진 룸 위에 책가방을 얹고 엉덩이로 비스듬히 걸터앉았다. 1970년대 당시의 시내버스는 '프런트 엔진' 방식으로 엔진이 버스 앞쪽에 있었는데 운전석 옆에 유선형의 엔진 룸이 튀어나와 있었다. 엔진 룸은 여름엔 짐 보관대로 쓰였고 겨울엔 승객이 옹기종기 앉아 따스한 엔진 열을 쬘 수 있는 난로가 됐다.

두 번째 기적이 일어났다. 내 좌석 바로 앞에 민정이 서 있었다. 그녀의 코르덴바지 허벅지 부근이 내 눈앞에 닿았다. 이것은 두 번째 기적의 서막이었다. 클라이맥스는 민정이 책가방을 동의나 부탁하는 말도 없이 내 무릎 위에 턱 하니 올려놓더니 단짝 친구인 뚱보에게 말을 거는 등 딴전을 피우고 있는 것이다. 나는 어찌할 바를 모르고 무릎 위에 놓인 그녀의 가방을 바라보았다. 그 순간 나를 향한 그녀의 조근조근한 말소리가 들려왔다.

"다음 정류장에 좀… 내려줄래?"

"왜?"

내가 물었다.

"내리면 이야기해 줄게."

내가 내리라고 하는데 감히 말대답이라니, 하는 오만한 표정이 그녀의 얼굴에 스쳐 지나갔다.

민정과 내가 각자의 가방을 들고 차 문으로 다가가자 정태가 말했다.

"넌 두 정거장 더 가야 하잖아."

"민정이 할 말이 있다고 여기 좀 내려보라고 하네."

"양민정?"

녀석은 찢어진 눈을 동그랗게 치켜뜨며 귓속말로 말했다.

버스에서 내리니 한 줄기 꽃샘추위 칼바람이 귀를 때렸다. 민정은 도로 옆 전신주 앞에 서 있었다. 그녀는 바람 방향으로 노출된 귀를 감싸는 나를 바라보고 있었다. 두려웠다. 나는 멈칫멈칫 민정에게 다가갔다. 그녀는 인쇄소 간판이 걸려 있는 낡은 이층 건물에 붙은 골목길을 쳐다보고 있었다. 내 눈동자도 그녀의 눈빛을 따라갔다.

"저기 뭐가 보이지?"

민정이 턱으로 골목길을 가리키며 말했다.

그녀가 턱으로 가리킨 골목에 신장이 1미터 80센티쯤 돼 보이고, 장발머리에 어깨가 딱 벌어진 한 남자가 인쇄소 건물 벽에 등을 기대고 한쪽 다리를 건들거리며 서 있었다.

"저기 골목길에 서 있는 남자 말이야."

"……"

"저 남자 좀 처리해 줘."

"……"

"아침부터 밤까지 내가 있는 곳이면 어디든 나타나서 괴롭혀."

"괴롭힌다고?"

"응, 사귀자고 집요하게 매달려."

나는 담배에 라이터로 불을 붙였다. 담배 피우는 것을 배운 지 며칠밖에 안 되었을 때였다. 길게 빨아들인 후 한 모금 내뱉으니 어쩐지 내가 껄렁껄렁한 학생처럼 느껴졌다.

"쟤 때문에 신경이 쓰여서 공부가 안돼. 나 좀 도와줘."

나는 피우다 만 담배를 땅바닥에 버리고 발로 비벼 밟아 껐다. 민정의 부탁을 들으며 나는 골목길의 그 사내에게 온 신경이 팔려 있었다.

"3수생이라고 하는데 진짜 학생인지 모르겠어. 아닐지도 몰라."

우리 두 사람으로부터 떨어져 있던 뚱보와 정태가 다가왔다.

"야, 너희들 연애하니?"

정태가 놀렸다. 녀석의 얼굴에 장난기가 가득했다. 뚱보가 웃었다.

"아니, 싸워야 할 것 같아."

"누구와?"

"저기 저 골목길의 덩치 큰 녀석과."

"왜?"

"민정이 부탁하니까."

나는 주먹을 불끈 쥐었다. 아침에 비가 온 탓으로 보도블록이 떨어져 나간 땅바닥이 질퍽거렸다. 비둘기 두 마리가 날아와 질퍽한 흙 속에서 무엇인가 발견한 듯 부리로 쩧었다. 나는 바지 주머니에 찔러 넣은 손을 빼냈다. 주먹이 쥐어져 있었다.

"그런데 하나 물어봐도 돼?"

"물어봐."

민정이 대답했다.

"저 녀석이 나보고 넌, 누구냐고 물으면 뭐라고 해야 돼?"

민정이 잠시 생각에 잠긴 눈치였다.

"…흠, 내 애인이라고 말해."

애인? 그 말을 듣는 순간 가슴이 쿵쾅쿵쾅 뛰기 시작했다. 민정이 나더러 자신의 애인이라고 말하라고 하자, 나는 목숨이 끊어지더라도 오늘 저 녀석을 처리하겠다고 결심했다.

"정태, 너 먼저 가."

나는 민정 앞에서 나 혼자 힘으로 이 일을 처리한다는 것을 보여주고 싶었다. 그녀가 웃었고 새하얀 송곳니가 살짝 드러났다.

"일 끝나는 대로 뉴욕제과로 와."

민정은 코르덴바지 호주머니에 두 손을 찔러 넣고는 뚱보를 데리고 앞서 걸어갔다. 나는 하늘을 올려다보았다. 오전까지 하늘을 뒤덮었던 먹구름이 사라지고 파란 하늘이 드러났다. 투명한 낮달이 가로수로 심어놓은 플라타너스 가지 사이에 걸려 있었다. 나는 버스정류장에서 10m쯤 떨어져 있는 인쇄소 골목길의 그 사내 쪽으로 걸어갔다. 그리고 민정을 괴롭히는 그 녀석과 싸웠고 끝내 항복을 받아냈다. 내 싸움실력을 처음 확인한 날이었다.

*

뉴욕제과의 문을 열고 들어갔다. 민정과 뚱보와 빵을 먹다가 나를 발견한 그녀가 손을 들었다.

"빵 더 가져올게."

뚱보가 자리에서 일어났다. 잠시 자리를 피해준 것 같았다.

"처리했어. 앞으로 네 곁에 얼쩡거리지 않겠다는 다짐도 받았어."

나는 인쇄소 골목의 도랑에 처박힌 그 녀석의 얼굴을 떠올리며 말했다. 주먹다짐할 때 함께 뒹굴어서 내 몰골도 처참했다. 녀석의 부탁으로 낮술까지 마셨으니 입에서는 악취가 났을 것이다.

"해결했어."

"말로 안 되었던 모양이네. 나 때문에 미안해."

민정이 케이크 조각 하나를 포크로 집어서 내게 주었다. 홀가분한 표정으로 케이크를 맛있게 먹는 그녀를 보며 나에게 맞은 녀석이 울면서 말하던 것이 자꾸 떠올랐다.

"미안하다. …근데 네가 애인이라고 해도 덩치가 더 큰 내가… 왜 너한테 맞아야 하는지 모르겠어. 너 혹시 운동했냐?"

"나, 아마추어 권투선수였어."

나는 녀석의 자존심을 생각하여 거짓말을 했다.

아내는 자신이 내 첫사랑인 줄 알고 있지만, 그건 사실이 아니었다. 첫사랑이라면… 첫사랑의 속성상 헤어졌을 것이고 우리는 부부가 되지 않았을 것이다. 내 첫사랑에 대해 이야기하자면, 아내에게는 미안한 마음이 들지만, 그녀를 만났을 때보다 훨씬 이전으로 돌아가야 한다. 대학 입시에 실패하고 재수생으로서 고된 시간을 보내던 그 시절, 내 인생에 처음으로 진한 흔적을 남긴 사람은 양민정이었다. 양민정은 내 청춘의 한 페이지를 장식한 첫사랑이었다. 그녀와의 만남은 마치 봄날의 산들바람처럼 상쾌했고, 동시에 여름날의 뜨거운 태양처럼 나를 설레게 했다. 하지만 잊힌 지 오래였다. 다 지나간 이야기지만, 그녀 때문에 참 무던히도 마음앓이를 했다.

1970년대 J 학원은 많은 학생들이 대학 입시 준비를 위해 찾던 명문 학원으로, 학원에 들어가기 위해서는 고난이도의 시험을 통과해야 했다. 그 학원은 높은 경쟁률과 엄격한 선발 과정을 통해 우수한 학생들을 선발하고자 했다. 총 학생 수는 대략 3,000명 정도 되었으며, 남학생이 1,800명, 여학생이 1,200명 정도 되었다. 양민정은 여학생들 중 단연 군계일학(群鷄一鶴)이었다. 내가 다녔던 학원에서 퀸 아니, '퀸 오브 퀸'이었다.

*

 사고현장에 도착했을 때 아내는 승합차가 아닌, 검은색 벤츠 승용차 조수석에서 죽어 있었다. 딱딱한 대시보드에 받혀 두개골이 부서진 채. 이런 제기랄! 에어백이 터지지 않았다. 벤츠가!
 경찰이 말해준, 차 사고의 원인은 이랬다.
 횡성휴게소 부근에서 차선이 줄어들었다. 아스팔트 공사 차량이 차선 하나를 차지했다. 병목현상에 막혀 차들이 움직이지 못했다. 정체 구간이 내리막길 시작지점이라서 비상깜빡이를 켜지 않으면 뒤차와의 추돌위험이 컸다. 벤츠는 그냥 멈춰 서 있었다. 우려가 적중했다. 15톤 대형 덤프트럭이 멈춰 있는 앞차를 보지 못하고 그대로 들이받았다. "어어!" 했을 땐 이미 늦었다. 덤프트럭에 받힌 그 차에 아내가 타고 있었다. 그 차에는 2명만 타고 있었다. 경찰에게 누가 운전했느냐고 물었다. 경찰은 당신은 누구냐고 했다. 그 순간 주뼛거리며 남, 남편이라고 말까지 더듬었다. 핸들을 잡은 사람은 50대의 남자였다. 운전자는 중상을 입고 응급실에 실려 가고 없어 그놈의 상판대기를 못 봤다. 나는 이륙하는 비행기처럼 붕, 떴다가 동체의 양력을 잃고 수직으로 추락했다. 잠깐 기절했다가 구급차 의료진의 주사를 한 대 맞고 깨어났다.

"충격이 컸나 봅니다."

구급대원이 걱정스러운 눈빛으로 말했다. 나는 멍하니 듣고 있었다. 그때부터 아무 말도 할 수 없었다. 나는 3남 3녀 중 둘째였다. 형제·자매에게 아내가 교통사고로 죽었다는 짧은 말 외, 어떤 설명도 하지 않았다. 남자 형제는 내 손을 잡고 위로의 말을 건넸다. 누이 셋은 사고의 원인과 동행한 사람이 누구냐는 등, 꼬치꼬치 캐물어 발길을 끊었다. 나는 '외도'라는 단어에 갇혔다.

재일 교포 유학생이던 아내의 요코야마 친정에 전화를 했다. 장모는 너무 놀라 아무 말도 하지 못했다. 흐느끼는 소리가 통곡으로 변했다. 화장까지 마쳤으니 힘들게 오지 말라고, 거짓말을 했다. 아내와 관련된 누구와도 만나고 싶지 않았다. 그리고 진짜 화장을 했다. 아내의 무덤을 만들고 싶지 않았다. 무덤 앞에서 아들이 절하는 모습이 보기 싫었다. 아내는 절받을 자격을 잃었다.

나는 아내의 시신이 소각로에 들어가는 것을 지켜보았다. 화장이 끝나면 유족에게 수골실로 오라고 한다. 직원이 유골함에 분골을 담아 건네주면 화장 절차가 종료된다. 아버지를 화장해서 화장의 전 과정에 빠끔했다. 나는 화장장에서 도망쳤다.

　아내의 죽음과 관련된다면 돈도 싫었다. 교통사고로 사망한 경우 가해자와 민형사상 합의를 해야 한다. 아내가 가입한 보험사와 사망보험금을 두고 줄다리기도 필요하다. 나는 돈과 관련된 일체의 과정에서 손을 뗐다. 경찰, 보험사, 가해자의 전화를 받지 않기 위해 흥신소에 많은 돈을 주고 대포폰을 샀다. 번호만 바꾸면 일정 기간 이전번호로 연결되기 때문이다. 이전 핸드폰은 잠수대교를 건너가다가 차를 멈춘 뒤 물속에 던졌다.

　아내의 교통사고와 관련해 내가 한 행동은 운전한 남자가 중환자실에서 일반병실로 옮겼을 때 그자를 찾아간 것이 전부였다. 아내와 운전한 남자와의 관계는 출판사 사장과 인터넷서점 MD였다. 사고는 늘 가까운 곳에서 일어난다. 나는 안주머니에 숨겨 간 칼을 만지작거렸다. 내 직감을 무시하고 거짓말을 하면 죽여버릴 생각이었다. 내 날 선 추궁에 그자는 모든 것을 털어놓았다. 그자는 내가 칼을 가지고 간 것을 알고 있기라도 한 듯, 이 사건이 아내와 가족에게 알려져 죽고 싶다며 울었다. 말기 암 환자처럼 생을 포기한 얼굴이었다. 그자는 모든 것을 털어놓고 싶다며 묻지 않는 것도 털어놓았다. 아내가 나와 결혼하기 전부터 둘이 사랑한 사이라는 충격적인 말도 했다. 대화 도중에 아내가 그놈의 씨를 임신한 뒤 중절 수술까지 했다는 것도 알게 되었다. 돌아오는 길에 핸드폰을 버린 잠수대교의 같은 위치에 차를 세우고 칼을 버렸다. 허무했다. 다 끝난 것이다.

…3년이 흘렀다.

나는 폐인이 되어갔다. 결혼 5년 차의 부부가 그렇듯, 연애할 때의 활활 타오르는 감정만 사라졌을 뿐 우리는 서로를 아끼고 응원하며 살았다. 내가 아는 한, 부부 사이는 원만했다. 아내가 그놈이 운전하는 벤츠 조수석에서 피투성이 시체로 발견되기 전까지.

그 사고 후 왜? 왜? 라는 의문사만 하루 종일 생각의 물결 속을 떠다녔다. 잠을 자는 동안에는 꿈속에서 나타나 물었다. 그 의문사는 한 번씩 날치처럼 수면 위로 튀어 오르기도 했다. 날치는 A자형 등지느러미를 펼친 채 분노의 수면 위를 활강했다. 아내가 왜? 나를 배신해야만 했는지? 그 이유를 알 수 없다는 것이 가장 괴로웠다. 술을 마시기 시작했다. 그리고 나는 혼자 늙어갔다. 시간은 애기 화살처럼 빨랐다. 시간을 멈출 수 있는 것은 죽음밖에 없지만, 나는 살고 싶었다.

나는 이름을 대면 누구라도 알 만한 중견기업에서 33년 동안 성실히 근무했고 이사로 정년퇴직을 맞았다.

직장에 근무할 동안 주식투자 등, 곁눈질을 하지 않고 월급을 꼬박꼬박 저축했다. 나에게 기쁨을 주는 하루의 일과는 퇴근 후 컴퓨터를 켜고 엑셀 파일에서 매월 들어오고 나가는 돈의 입출금을 관리하는 일이었다. 말하자면 남자가 쪼잔하게 가계부를 썼다. 아내가 살아 있을 때는 매달 통장에서 불어나는 돈을 보여줬다. 아내는 자기 명의로 된 돈이 아니라서인지 시큰둥했다. 그때마다 나는 이렇게 말했다.

"남자가 여자보다 먼저 죽으니, 이 돈은 명의만 내 앞으로 되어 있지 사실은 당신 돈이야."

"누가 먼저 죽을지 어떻게 알아?"

이런 말로 아내는 내 말에 반박하곤 했다.

"통계상 여자가 남자보다 최소한 9년 이상 더 오래 산다고 나와 있어."

"내가 그 최소한에 들어가지 않으면, 그땐 어쩔래?"

"내가 동맥을 끊어 자살할게. 그러면 됐지?"

"……"

그런 대화를 주고받은 날에는 내가 우리 부부만의 섹스 신호를 보내도 아내는 다른 방으로 갔다.

퇴직금은 두둑했고 그동안 저축해 둔 돈까지 합치면 상당한 액수였다. 나는 이 돈으로 아들 둘, 딸 하나 결혼시키고도 노후를 넉넉하게 보낼 수 있겠다, 생각했다.

나는 문단이나 독자에게 알려지지 않은 소설가였다. 죽기 전에 윌리엄 포크너처럼, 걸작 한 편을 쓰는 것이 유일한 희망이었다. 내 글 쓰는 습관은 먼동이 틀 때까지 글을 쓰다가 서재 한편에 있는 낡은 소파에서 잠을 자는 거였다. 나는 내 젊은 날의 이야기를 소설로 써보기로 결심했다. 그 이야기가 악몽처럼 끔찍했든, 솜사탕처럼 달콤했든, 어떤 이야기든 상관하지 않고.

서윤

　　　　　미친놈!

　자책하는 소리가 터져 나왔다. 비명은 고통에 대한 예의가 아니다. 이 끔찍한 순간, 나는 아방가르드 설치 예술가의 모빌 작품이 된다. 침대의 좌측에서 우측으로, 혹은 그 반대로 몸을 굴리며 고통을 표현한다. 내 고통은 몸통이 썰린 채 입만 뻐금거리는 활어처럼 가만히 누워 있지 못한다. 최소한 몸을 굴리거나 쥐어짜거나 비트는 등, 격렬한 움직임이 동반되어야 내가 고통을 겪는다는 증거다. 그런 와중에도 약삭빠르다. 몸을 굴리는 속도와 거리를 조정해 침대 가장자리 1센티를 남겨두고 바투 멈춘다. 침대 끝과 내 몸과 아슬아슬한 거리, 절묘하다.

　나는 '미친놈!'이었다. 미친 짓은 술이 알딸딸해졌을 때 일어났다. 그때 핸드폰 연락처에 저장된 사람 중 랜덤 방식으로 한 사람을 골라 문자를 보내는 것이다. 그때 나는 '미친놈'이고 머리가 돈 놈이었다. 변명 같지만, 이 고약한 버릇은 아내가 외간 남자와 교통사고로 세상을 뜬 후 생긴 것이다.

그 사고를 겪기 전 나는 술을 마시지 않았다. 분위기상 술을 마셔야 할 경우에도 술잔이 입술에 닿을락 말락 하는 정도로 끝냈다. 회식 자리가 거듭될수록 그런 눈속임 기술이 발전했다. 어느 순간부터 내가 술을 마시지 않는 걸 아무도 눈치채지 못했다. 좌식테이블의 경우 테이블 밑에 작은 접시 하나를 놓아두고 술을 조금씩 버렸다. 술을 따르는 빈 그릇은 선반에 쌓인 그릇 중 하나를 쓱, 했다. 내가 선택한 그릇은 손바닥 안에 쏙 들어가는 종지[2] 같은 것이라 눈에 띄지 않았다.

오늘 새벽에 문자를 보내기는 보낸 것 같다. 그런데 문자를 보내자마자 삭제해 버렸다. 삭제를 누른 것을… 겨우… 기억해 냈다. 보낸 문자가 잘못되었다고 핸드폰에서 삭제한 것은 바보 멍청이라도 하지 않는 짓이다.

바보 같은 놈!, 멍청한 놈!, 바보 멍청이! 나는 침대에 뻗은 채 욕이란 욕은 다 했다. 네가 보낸 문자는 이미 상대방에게 전송되었는데, 문자를 삭제한다고 상대방에게 전송된 문자가 사라질

---

[2] 종발보다 작은 그릇

리 없었다. 내가 보낸 문자를 삭제할 때, 나는 진짜 바보 멍청이였다. 편두통이 왔고, 속이 울렁거렸다. 호두의 딱딱한 외피를 씹어 내 이빨을 부숴버려야 할까. 호두는 말랑말랑하고 작은 뇌로 무슨 생각을 하고 있을까. 이런 말도 안 되는 상상으로 고통을 비켜 가려 했다. 점점 미쳐갔다. 안 되겠다. 고통을 한 번 더 표현해야겠다. 단계를 최고 수준으로 높인다. 공중부양이다. 침대에서 5센티쯤 몸 전체를 튕겨 올렸다가 자유낙하를 한다. 매트리스는 내 몸뚱어리를 위아래 서너 번 받아준다. 탄성은 너그럽다. 사물은 늘 사람보다 마음이 넓다. 서른여덟이 되어 깨달았다.

문제의 본질로 돌아가 본다. 내가 술 취해 보낸 문자, 그 내용. 가위로 싹둑 자른 것처럼 기억나지 않는다. 바로 그…

오늘 새벽 나는 술에 취해 있었다. 그리고 그 버릇이 또 발동했다. 오늘도 취중문자를 보내자마자 여느 날처럼 메시지 삭제를 눌렀다. 화면 아래쪽에 '모두 삭제'라는 휴지통이 떴다. 꾸-욱, 눌렀다. 그 즉시 내가 보낸 문자가 사라졌다.

아침에 내가 보낸 문자를 삭제한 것까지는 기억났는데 삭제한 문자의 내용은 기억나지 않았다. 그동안 나는 술에 취해 문자를 보내고 보내자마자 삭제를 눌렀고, 내가 무슨 내용을 보냈는지 몰랐다. 상대의 답장이 없어서 굳이 알려고 하지도 않았다. 아침에 술이 깨면 실수와 후회의 감정에 사로잡혀 내가 보낸 문자의 내용을 되도록이면 생각하지 않으려 했다. 너무 고통스러우면 또 술을 마시고 또 문자를 보냈다. 도돌이표처럼 같은 그런 행동을 반복했다. 문자를 받은 사람들 대부분 내 전화를 받지 않았고 나와 멀어졌다. 1년쯤 되니 누구에게 문자를 보낸 것조차 알지 못했다.

그런데 오늘은 다른 때와 달랐다. 엉! 이런! 답장이 온 것이다. 분명 내가 보낸 문자에 대한 답장이다. 문제는 그 답장이 평범하지 않다는 것이다. 나는 보낸 문자의 내용을 되살려 보려고 몸부림쳤다. 내가 보낸 문자의 내용을 알아야 했다. 그래야 상대가 보낸 답장 속 의미를 해석할 수 있다. 그 답장은 괴이했다.

오전 10시까지 숙취로 나는 비몽사몽간에 몽롱했다. 그때까지도 술이 깨지 않은 상태였다. 그때 삐릭, 하는 휴대폰 알림음이 들렸다. 문자를 보자마자 단어 하나하나가 내 눈동자를 지그재그로 할퀴며 들어와 송곳처럼 망막에 꽂혔다.

"21살이나 어린 여자아이와 사랑할 수 있다고 생각하세요? ㅋㅋ"

'이게 뭐야?' 괴이한, 괴상한 문자였다.

나는 침대와 천장 사이 허공에 대고 미친 듯 소리를 질렀다.

"야, 이 미친놈아, 뭐라고 문자를 보냈기에 이런 답장이 온 거야?"

이 사소한 일이 내겐 돌이킬 수 없는 사건이 되었다.

나는 문예창작과 대학원에서 시를 가르치는 시간강사였다. 3

학점짜리〈시 창작〉과목을 강의하고 한 달에 쥐꼬리보다 2센티 긴 강의료를 받았다. 그래도 다른 대학에 비하면 나름 괜찮았다. 자동차 유류대, 밥값 빼고 나면 책값과 담배 사 피우는 돈밖에 안 남았지만. 집을 꾸리는 경제는 전적으로 아내가 책임졌다.

태어나서 처음으로 심각한 고민에 빠졌다. 내게 답신을 보낸 사람은 대학원 문예창작과 3학기 재학생 '박서윤'이었다. 나는 내 수업을 듣는 학생들 누구의 전화번호도 저장해 두지 않았다. 그런데 '박서윤'이라는 이름이 내 휴대폰 연락처에 떡하니 저장되어 있었다. 갤럭시 휴대폰 연락처는 '가나다라' 순으로 저장되니 '박'은 연락처 중간쯤에 저장된다. 내 연락처 중간 위치를 두고 서윤과 경쟁할, 박씨 성을 가진 친구나 지인이 내겐 없었다. 아무리 생각해도 이상했다. 대학원생 누구의 전화도 저장한 적이 없는데, '박서윤'이라는 여학생 이름이 내 휴대전화 화면에 떠 있었다. 클릭했다.

"아악!" 나는 머리칼을 쥐어뜯었다.

"어린 여자아이와 사랑할 수 있다고 생각하세요? ㅋㅋ"

외계인이 보낸 듯한, 이런 괴이한 문자가 와 있었다.

반복하지만 나는 내 수업을 신청한 학생들 전화번호를 1명도 저장해 두지 않았다. 대학원에서 시간강사인 나뿐만 아니라, 정규직 교수조차 학생들 전화번호를 저장해 두는 일을 없을 것이다. 수업 진행상 연락이 필요한 학과 조교를 빼고는.

머릿속에 수사본부를 차렸다. 나는 박서윤이 내 휴대폰 연락처에 어떻게, 왜 저장되어 있는지 밝혀야 했다. 내사에 착수했다. 내사라 해봤자 별거 없었다. 최근 한 달간 그녀와 나 사이, 휴대폰과 관련된 기억을 되살려 보는 것 정도였다.

기억에 의존한 내사는 쉽지 않았다. 내가 내사할 문자 사건은 오늘 새벽 1시와 4시 사이에 일어났다. 내가 그 시간의 어느 시점에서 해롱해롱해져 그녀에게 문자를 보냈고, 그녀의 답장은 03시 57분으로 찍혀 있었다. 그녀의 전화번호 저장 사건을 내사하다 보니 정작 내사가 필요한 사람은 나였다. 하지만 나를 내사하려고 해도 내가 보낸 문자가 있어야 했다. 그걸 삭제해 버렸으니… "미친놈!"이라는 욕이 나올 수밖에 없었다.

이 사태에 절망했을 때 키르케고르가 한 말이 생각났다. 그는 "죽음에 이르는 병은 절망"이라 했다. 나는 절망의 5단계 중 4.99단계를 지나고 있었다. 시를 읽고 쓰고 가르치면서 수없이 접한 자살, 죽음을 상징하는 표현들, 왜 그것들이 이 쪽팔리는 순간에 생각났는지 모르겠다. 사랑의 실패에 대한 좌절로 가스 오븐에 머리를 처박고 죽은 시인 '실비아 플라스'가 떠올랐고, 처음으로 공감됐다. 불행히도 내가 사는 일산 아파트에는 그런 오븐이 없었다. 문자 사건 후 나는 산소가 고갈된 수족관에서 물 위에 입만 내놓고 뻐끔거리는 한 마리 금붕어였다. 숨만 쉬고 있을 뿐 죽은 것이나 다름없었다. 나는 산 채로 미라가 되어가고 있었다. 어느 순간 자살이 떠올랐다.

내게 합리적인 자살이란 숨이 끊어지는 과정이 너무 고통스럽지 않아야 했다. 실비아 플라스처럼, 자살방법이 너무 끔찍해도 안 됐다. 동맥을 절단하는 것도 복잡한 자살방법이었다. 면도칼로 팔목 깊숙이 숨은 동맥을 찾아 세로로 그은 후 물이 찰랑거리는 욕조에 들어간다. 그때 핏물이 욕조 가득 물들이고 내 몸무게만큼 핏물이 흘러나온다. 바닥 타일과 타일을 연결한 줄눈을 피로 흥건히 물들인다. 이런 방법은 내키지 않았다.

다음은 질식사. 이것 역시 고려 대상에서 빼지 않을 수 없었다. 역사적으로 가장 오랫동안 존재해 온 교수형. 그 방법을 응용한, 연예인이 주로 사용하던 넥타이나 끈을 이용한 질식사. 인터넷을 검색해 보니 그 방법은 동맥 절단보다 더 싫었다. 시신의 모습 때문이다. 졸린 목 때문에 혀가 댓 발이나 빠져나올 수 있었다.

나는 우유부단했다. 이건 이래서 안 되고, 저건 저래서 안 됐다. 한 가지만 남았다. 권총으로 빵! 쏘는 것. 하지만 권총 자살도 방아쇠를 당기기까지 만만찮았다. 탄창에 총알 장전, 슬라이드 당겼다 놓기, 탄창 멈치 해제, 격발 등 거쳐야 할 단계가 너무 많았다. 단계가 많아서만도 아니었다. 한 단계에서 다음 단계로 넘어갈 때마다 인간이 느낄 수 있는 최대치의 공포가 닥쳐올 것이다. 내 겁 많은 성격상 방아쇠를 당기기 전 사고를 칠 것 같았다. 극도의 두려움으로 미쳐버리던가, 63빌딩 옥상에서 콘도르처럼 두 팔을 활짝 펴고 몸을 날릴지도 몰랐다. 권총 자살이 결정적으로 배제된 것은 권총 구입이 불가능하다는 판단 때문이다. 파출소를 폭파하고 혼란한 틈에 어리바리한 신입 경찰의 벨트에서 권총을 슬쩍하기 전에는 권총을 구할 수 없었다. 한국은 권총 구입과 소지가 불법인 나라다.

'러시안룰렛'으로 결정했다. 총이 발사되지 않으면 자살하지 않는 걸로 규칙을 미리 정해놓는다. 스릴도 즐기면서 운이 좋다면 살 수도 있으니까, 해볼 만했다. 이 방법은 권총을 내가 구하지 않아도 된다는 것이 최대장점이다. 영화광인 나는 '러시안룰렛 게임'을 잘 알았다. 이 죽음의 게임 방법은 복불복. 리볼버 권총의 약실 6개 중 한 곳에 총알 1발을 장전한다. 어디에 총알이 들었는지 알 수 없다. 확률은 6분의 1. 관중들이 둘러서 있고 게임 참가자는 자신의 관자놀이에 방아쇠를 당긴다. 이 단순하면서도 잔인한 게임은 영화 '디어 헌터'를 떠올릴 때 가장 먼저 떠오르는 이미지다. 내게 '6분의 1'이 아닌, 행운이 오면 그 문자 사건을 잊기로 했다.

"21살이나 어린 여자아이와 사랑할 수 있다고 생각하세요? ㅋㅋ"

사실 이 문자를 무시하고 답장을 보내지 않으면 그만이었다. 그것으로 수사가 종결된다. 하지만 내 술버릇-술에 취해 랜덤으로 누군가에게 문자를 보내는 것-에 대한 자기반성으로 형사처벌 중 하나를 골라 나 자신을 벌주어야 했다. 내 '술 먹고 문자 보내기' 악습에는 최소한 그런 처벌이 필요했다.

판사가 내리는 다른 유예와 달리, 기소유예만 검사가 처분하는 벌이다. 피의사실은 인정되나 정상참작 이유가 있어 재판까지 갈 필요가 없다고 판단된 경우다. 정상참작 외에 추가로 세 가지 요건을 더 충족시켜야 한다. 피해자에게 합의금을 지불하고, 피해자의 선처 의사가 있어야 하며, 마지막으로 피의자가 깊이 반성하고 있어야 했다. 나는 기소유예 조건을 충족했다. 이 문자 사건의 가해자(?)인 나에게 적합한 처벌 같았다. 10분 고민하고 기소유예를 선택했다. 죄인이 자신의 형을 선택하는 것이 시건방져 보인다. 하지만 기소유예 처분은 최소한 내가 죄를 지었다는 사실은 인정하겠다는 태도다. 술 취해 여학생에게 문자를 보낸 죄! 그 여학생이 보낸 답신 "~ㅋㅋ"의 내용을 미루어 보면 내 문자는 삼족(三族)을 멸해도 부족할 내용이지 싶었다.

뇌전증 환자처럼 지랄발광한 내 문자 사건으로 나는 그 여학생과 서너 번 문자를 주고받았다. 맑은 정신으로 맨 먼저 읍소형 문자를 보냈다. 문자는 간절했다. 내가 보낸 문자 내용을 좀 알려달라는 부탁은 간절하다 못해 구차했다. 뭐라고 썼는지 알고 싶어 머리가 돌아버릴 지경이었다. 이런 답장이 왔다.

"선생님, 모르시는 것이 좋을 거예요. ㅋㅋ"

문자 말미에 또 그놈의 'ㅋㅋ'이 계속 따라붙었다.

'신기'는 그 문자 사건이 꼬이고 꼬이다가 어느 날부터 우리 둘 사이가 남녀관계처럼 변한 것을 표현한 말이다. 이런 경우를 설명할 수 있는 단어는 신기함 밖에 없다. '신기'의 사전적 정의는 '신비롭고 불가사의한 운기(雲氣)'였다. 운기(雲氣)라는 괴상한 단어가 튀어나와 내 기분을 망쳤다. '신기'를 곰곰 생각해 봤다. 나보다 21살 어린 서윤이 내 연인 상대로 발전한 것을 설명하는 단어로는 뭔가 부족했다. 그래서 연거푸 담배 세 대를 피운 뒤 새로운 말을 찾아내기는 했는데 어떨지 모르겠다.

담배 연기로 폐를 손상한 후 내 머릿속에 떠오른 단어는 '신비'였다. "[명사] 일이나 현상 따위가 사람의 힘이나 지혜 또는 보통의 이론이나 상식으로는 도저히 이해할 수 없을 만큼 신기하고 묘함. 또는 그런 일이나 비밀. [유의어] 미스터리, 불가사의, 불가지" 맞아, 신비야! 이 단어가 가장 적합했다. 교통사고로 아내를 잃은 40대 시간강사와 21살 어린 대학원 3학기 여학생과의 비밀연애. 그것을 표현할 수 있는 말이 신비, 불가사의, 미스터리라는 단어밖에 없었다.

누가 먼저랄 것도 없었다. 만남의 날을 정했다. 시간, 약속장소, 그녀가 정했다. 약속날짜는 12월 23일이었다. 해방 이후 최대의 폭설이 온다는 일기예보가 내려진 날이었다. 서윤이 "폭설, 폭설 어떡해?"라는 문자를 보냈다. 서재에서 창밖을 보니 폭설이 내리고 있었고 차 앞 유리창과 차 지붕을 하얗게 덮었다. 그녀는 약속을 연기하자는 말은 하지 않았다. 문자만 자꾸 보냈다. 휴대폰 카톡 아래에 숫자 11이 찍혀 있었다. 그녀가 보낸 마지막 문자다.

"저는 전철로 이동하지만 샘은 차를 가져오실 거잖아요? 길이 얼면 어떡해요?" 그녀는 선생님이라는 호칭을 샘으로 바꿔 부르면서 내 걱정을 하는 척했다. 나는 이런 답장을 보냈다.

"헬리콥터를 타고 갈 테니까 걱정하지 마."

"ㅋㅋㅋㅋㅋㅋㅋㅋㅋㅋㅋㅋㅋㅋㅋㅋㅋㅋㅋㅋㅋㅋㅋㅋㅋ"

서윤이 빵! 터졌다. 터질 일도 아닌데, 서윤의 답장은 'ㅋㅋ'로 도배되어 있었다. 젊은 애들은 왜 'ㅋㅋ'를 남발하는지…

미치도록 사랑해 본 적 있는가. 캄캄한 밤, 주먹을 쥐고 껍질이 우툴두툴한 소나무를 때려본 적 있는가. 살갗은 찢어지고 주먹뼈에 금이 갈 수도 있다. 피투성이가 된다. 찢어진 살갗 틈새로 피가 흘러나온다. 그럴 만큼 후회해 본 적 있는가. 나는… 있다.

서윤과 약속을 잡는 것이 아니었다. 〈T.G.I 프라이데이스〉에서 만나는 것이 아니었다. 무슨 핑계를 대서라도 만남을 거부했어야 했다. 그렇게 하지 못했다. 어떤 주술적인 힘에 이끌린 듯, 약속을 잡았다. 만남의 날은 느리게 왔다. 나무늘보 같았다. 나무늘보는 시속 700m로 움직인다. 속이 터졌다.

그날, 오긴 왔다. 나는 장롱에서 정장을 꺼냈다. 결혼식 때 입었던 감색 겨울 정장인데 이후로 한 번도 입은 적이 없다. 정장은 불편했다. 날이 추워지면 콤비를 입었다. 그게 편했다. 장롱 속 양복은 색이 살아 있었다. 새 옷 같았다. 옷감에서 윤이 났다. 양복은 장롱 안 어둠에 익숙해져 밖으로 꺼내자 불빛에 눈이 부신 듯 반들거렸다. 흰색 와이셔츠를 입고 스트라이프 넥타이를 맸다. 그 위에 양복 상의를 걸쳤다. 결혼할 때보다 체중이 늘어 몸에 착 달라붙었다. 기분 좋았다.

양복 위에 '캠브리지 멤버스' 트렌치코트를 걸쳤다. 내가 제일 즐겨 입는 외투다. 내 재산목록 1호는 전세아파트고 '캠브리지 트렌치코트' 춘추복과 동복이 2호쯤 됐다. 내세울 만한 재산이 없으니 3호부터는 모르겠다.

일기예보는 빗나갔다. 오전에 산발적인 눈이 오긴 했지만, 차량운행에 지장을 줄 정도는 아니었다. 소심한 나는 기상청 예보를 완전히 무시하진 못했다. 돌아올 때 폭설이 내릴지도 모른다. 승용차 대신 버스를 타고 강남으로 이동했다. 만남 장소는 양재동이고 3km 거리에 버스정류장이 있었다. 내려서 택시를 탈 계획이었다.

나는 평소 약속 시간보다 30분 먼저 가서 기다리는 편이다. 그날도 예외가 아니었다. 실내는 엉터리 폭설예보 때문인지 한산했다. 2명의 손님이 있을 뿐 좌석 대부분이 비어 있었다. 나는 어디에 앉을까 두리번거리다가 출입구가 제일 잘 보이는 곳을 선택했다. 종업원이 와서 "홀 중간에 좌석이 있으니 옮기지 않겠느냐?" 물었다. 고개를 저었다. 내가 앉은 곳은 주방에서 가장 먼 자리였다. 여자 종업원은 머쓱해진 표정을 지으며 메뉴판을 두고 갔다. 약속 시간까지 한참을 기다려야 했다. 시간도 때울 겸 가방에서 황지우 시집을 꺼내 아무 쪽이나 펼쳤다. 펼친 쪽에 황지우의 대표 시 중 하나인 「너를 기다리는 동안」이라는 시가 있었다. 학생들에게 수십 번도 더 가르쳤을, 그 시를 읽기 시작했다.

너를 기다리는 동안

황지우

네가 오기로 한 그 자리에
내가 미리 가 너를 기다리는 동안
다가오는 모든 발자국은
내 가슴에 쿵쿵거린다
-중략-
너를 기다리는 동안 나도 가고 있다
남들이 열고 들어오는 문을 통해
내 가슴에 쿵쿵거리는 모든 발자국 따라
너를 기다리는 동안 나는 너에게 가고 있다

서윤을 기다리는 동안 이 시의 주인공이 되었다. 나도 모르게 출입문 쪽을 힐끔거렸다. 가슴이 쿵쾅거리지는 않았다. 가슴 뛰는 소리를 못 들은 것은 아니었을까. 심정지를 향해 가는 내 심장, 그 침묵의 들뜬 소리를. 심정지 3~5초면 의식소실, 10초로 경련을 일으킨다. 5분이 지나면 뇌세포가 손상된다.

흉부외과 의사의 말을 빌리면 심장 박동 소리는 "쿵쾅"이 아니라 "럽-덥"으로 들린다 했다. 유튜브 방송에서 그 의사가 말했다. "심방이 혈액을 심실로 펌핑한 후 심방과 심실 사이의 판막이 닫혀 역류를 방지하죠. '럽'은 이 밸브가 닫히는 소립니다. 대동맥 판막과 폐동맥 판막이 닫히면 '덥' 소리가 납니다." 하지만,

그녀를 기다리는 동안 내 심장은 "쿵쾅"도 "럽덥" 소리도 내지 않았다. 아무 소리도 듣지 못했다. 소변이 마려워 화장실을 들락거렸을 뿐이다. 분침이 약속 시간인 30분을 찰칵, 한 줄 넘어가자 그녀가 나오지 않을까 봐 걱정이 됐다. 펑크를 내면 기분이 무참해질 것 같았다. 약속 시간을 겨우 1분 넘겼는데, 나는 소심한 남자였다. 심정지 상태 4분 59초, 뇌세포가 파괴되기 직전 그녀가 나타났다. 21살이나 어린 여자가 21살이나 많은 선생인 나를 5분이나 기다리게 하다니. 나와 밀당이라도 하는 걸까. 그런 생각 안 했다. 기뻐서 코가 벌렁거렸다.

나는 눈이 나쁜데도 운전할 때만 빼고 습관적으로 안경을 안 썼다. 누군가 학교 복도에서 인사를 하면 내 수업을 듣는 학생인

줄 모르고 지나치기 일쑤였다. 시간강사인 주제에… 거만하다는 소문이 나돌았다.

내 앞으로 다가와 박서윤이 고개를 까딱했을 때 처음 보는 얼굴 같았다. 내 핸드폰을 고쳐줄 때 봤는데 안면 인식 장애가 있어 기억이 안 났다. 1분쯤 후 '아, 이 학생.' 했다. '보이시(boyish)'라는 단어가 떠올랐다. 미소년 같았다. 그제야 나는 박서윤이 내가 강의하는 대학원의 '퀸'이었다는 것을 기억했다. 아니, '퀸 오브 퀸'.

서윤은 앉자마자 봉투 하나를 건넸다. 스타벅스 홀빈 커피였다. 나는 그때까지 1회용 믹스 커피만 마셨고, 홀빈이나 드립백 커피에 대해선 관심이 없었다. 봉투 속에는 스타벅스 원두커피 500g이 들어있었다. 스타벅스 커피 매장을 찾다가 늦었다고 변명했다. 그녀가 한 말을 해석하면 이랬다.

[서윤은 1시간 전에 〈T.G.I 프라이데이스〉에 도착했다. 나처럼 첫 만남에 들떴던 것일까. 그 마음을 진정시키려 한 것일까. 그녀는 남은 60분 동안 〈스타벅스〉를 방문했고 그 일대를 구경하며 걸었다. 시간이 남자 양재천 변을 산책했다.]

그녀는 그 말을 하며 웃었다. 왜 1시간이나 일찍 왔는지 그 이유는 모르겠다. 궁금했지만 묻지 않았다.

서윤은 자리에 앉기 전 10초쯤 내 앞에 서 있었다. 1미터 62센티에 55킬로 정도 돼 보였다. 수업 시간에 그녀를 봤겠지만 키와 몸무게를 생각할 이유가 없었다. 그 나이대 여자치고 통통했다. 내가 얼굴 생김새를 자세히 본 것은 서윤이 자리에 앉고 1분쯤 지나서였다. 웨이터가 우리한테 와서 무릎이 바닥에 닿을락 말락 꿇어앉더니 무엇을 주문하겠냐고 물었다. 서윤이 "선생님, 이거 어때요?" 하며 배우 조인성의 사진을 가리켰다. 웃는 얼굴이 메뉴판 한 장을 꽉 채운 돈가스 세트메뉴였다. 나는 "괜찮아 보이네." 하며 그녀를 쳐다보았다. 그녀의 얼굴 윤곽, 웃는 모습, 턱선, 눈썹, 눈, 코, 입 등 이목구비가 세트메뉴처럼 내 눈에 한꺼번에 입력되었다.

얼굴 윤곽은 길쭉하지도 둥그스름하지도 않았다. 반반 섞어놓은 듯했다. 볼이 통통했고, 반달형 눈썹은 굵고 짙었다. 내가 오래 쳐다본 것은 눈이었다. 한 여자의 눈. 그럴 이유가 있었다. 5년 전 학생들과 몽골로 문학여행-서윤이 입학하기 전-을 다녀온 적 있었다. 그때 수태차를 따라주던 몽골여자의 눈을 보고 충격을 받았다. 고대 원시인의 눈 같았는데 그 원시성 속에 여자로서 묘한 매력이 숨겨져 있었다. 눈은 길고 얇았다. 초승달처럼 얼굴 바깥쪽을 향해 눈 끝이 치켜 올라갔다. 몽골여자의 눈 모양은 '찢어졌다.'는 것과 달랐다. 찢어진 것은 눈꼬리였다. 귀 쪽으로 가늘게 좁혀진 눈의 가장자리, 눈꼬리가 예쁘게 치켜 올라간 눈이었다. 서윤의 눈이 몽골여자 눈과 닮았다. 젊은 여자 대부분이 쌍꺼풀 수술을 하는 시대에 홑눈을 유지하는 이유가 궁금했다. 나는 하고 싶은 말을 돌려 말했다.

"절대 쌍꺼풀 수술 같은 건 하지 마."

그녀는 금방 반응하지 않았다. 볼에 바람을 불어 넣은 채 그 바람을 넣다 뺐다 하는 장난을 하고 있었다.

"왜요?"

"쌍꺼풀 하면 미워질 눈이야. 지금 그대로가 A플이야."

"과락이 아니고요?"

서윤은 상대와 상황에 맞춰 농담을 주고받을 줄 아는 아이였다. 나도 모르게 목소리 톤이 올라갔다.

"A플이라고 했잖아!"

서윤이 "지금 화내시는 거예요?"라며 까르르 웃었다. 그녀의 눈이 몽골여자와 비슷하다고 말하고 싶지만 오해를 부를까 입을 다물었다. 한국에서 몽골여자의 찢어진 눈이 아름답다고 느낄 여자가 있을까.

쌍꺼풀이니 홑눈이니 같은 잡담이 끝나갈 무렵 음식이 도착했다. 술 생각이 났지만 패밀리 레스토랑이라서 술은 팔지 않는다 했다. 나가서 마시면 되지 뭐. 외국과 달리, 해가 지면 대한민국은 술집 천국이니까. 나는 토를 달지 않았다.

돈가스 세트메뉴는 맛이 없었다. 튀김실력이 부족했다. 튀김옷은 바싹거리지 않고 속살은 느끼하기까지 했다. 서윤도 음식을 깨작거렸다. 절반을 먹은 나에 비해 자기 몫의 돈가스를 거의 남겼다. 감자튀김을 칠리소스에 찍어 그것만 먹었다. 일어서야 할 때라 생각했다.

"나가자."

"벌써요?"

"맛없잖아."

"헤헤, 그건 그래요."

장소를 정한 자신의 선택에 대해 그녀는 헤헤, 라는 이상야릇한 웃음으로 미안해하는 듯했다.

싸락눈이 내리고 있었다. 가로등 불빛에 비친 눈발은 작은 벌레들이 하얀 날개를 퍼덕이는 듯했다. 서윤의 머리칼에도 그 벌레들이 달라붙었다. 일부는 발을 헛딛고 어깨 밑으로 미끄러졌다. 우리는 발밑을 보며 조심조심 걸었다. 나는 밑창에 미끄럼 방지 패드가 부착된 방한 구두를 신고 있어 넘어질 염려가 없었다. 서윤은 부츠 신발이 미끈거리는지 자주 휘청댔다. 그녀가 낙상사고라도 당할까 불안했다. 눈길에 넘어져 엉덩방아를 찧으면 고관절이 부러져 목숨까지 위험하다는 뉴스를 본 기억이 났다. 목구멍에서 시큼한 트림이 올라왔다.

"바짝 붙어."

서윤의 팔을 잡아당겨 내 트렌치코트 벨트를 잡으라 했다. 그녀는 벨트를 잡는 대신 팔짱을 꼈다. 몸까지 바짝 붙였다. 불편했다. 주변을 둘러봤다. 주위에 내 수업을 듣는 학생이라도 있는 듯, 슬그머니 팔을 뺐다. 그녀가 웃으며 다시 팔짱을 꼈다. 짓궂었다. 그런 행동이 몇 차례 반복되자 어디론가 들어가야겠다고 생각했다. 네온사인이 반짝거리는 술집간판이 눈에 띄었다. 〈세계의 맥주〉라는 간판이 내 눈을 끌어당겼다. 상호가 마음에 들었다. 골고루 맥주 맛을 한번 볼까 하는 마음도 생겼다.

간판 크기에 비해 맥주집의 실내는 좁았다. 기다란 테이블이 평행으로 2개 놓여 있고, 테이블에는 메뉴용 브로슈어가 한 부씩 놓여 있었다. 나는 팔짱 건으로 스트레스를 받은 것 같았다. 목이 마르고 술이 당겼다. 아사히 맥주 2병과 한치를 주문했다. 우리는 아사히 2, 칭다오 2, 버드와이저 2병을 차례로 주문했고 다 마셨다. 한치를 마요네즈에 찍어 먹었다. 졸깃졸깃하고 식감이 좋았다. 6병을 다 마셨을 때 우리는 알딸딸해져 있었다. 자세도 대화도 조금 흐트러졌다. 서윤이 내 문자 이야기를 먼저 꺼냈다.

"샘, 왜 저한테, 여자인 저한테…"

"내가 뭐?"

"그런 문자를 보내셨어요?"

"뭐라 보냈는데?"

"비밀이에요. 저만 간직할래요. 헤헤."

서윤이 나를 갖고 놀기 시작했다. 내가 사랑의 고백이라도 했단 말인가. 누군지도 모르는 여학생에게. 이마에 꿀밤이라도 한 대 먹여버리고 싶었다. 비밀, 간직? 미치고 환장할 지경이었다.

술이 원수였다.

그날 교통사고로 아내가 죽지만 않았더라도…

아내는 내게 말한 승합차가 아닌, 검은색 벤츠 승용차 조수석에서 절명해 있었다. 운전을 한 남자는 내가 얼굴을 보기도 전에 앰뷸런스에 실려 갔다. 아내는 대학 동창 5명과 1박 2일로 주문진에 회 먹으러 간다고 했는데, 사고가 난 승용차에 탄 사람은 아내와 응급실에 실려 간 남자, 둘 뿐이었다. 경찰관에게 벤츠에 탄 다른 사람은 없느냐고 물었다. 두 사람밖에 없다는 답변이 돌아왔다. 나는 아내가 숨진 날에 갇혔다. 그 비극적 모습 외 결혼 후 그녀와 관련된 것 모두가 사라졌다.

기네스를 주문했다. 이 가게에서 마실 마지막 술이었다. 기네스 맥주(Guinness)는 아일랜드의 아서 기네스가 만든 흑맥주 브랜드다. 맥아를 원두처럼 달달 볶아서 맥주 색이 까맸다. 알코올 도수가 5.6이었다. 맥주 치고 센 편이다. 서윤에겐 기네스가 처음인 것 같았다. 그녀가 병을 요리조리 뜯어보며 신기해했다. 표정이 예뻐 보였다.

"샘!"

"왜?"

우리는 술기운 때문인지 말이 짧아져 있었다.

"하프지요?"

서윤이 노란색으로 그려진 마크를 가리켰다.

"기네스 트레이드마크야. 예쁘지?"

"맥주와 하프 악기라니, 재밌네요. 맥주 한잔 먹고 하프 한 줄 튕기라는 걸까요?"

서윤은 문학도답게 상상력이 풍부했다. 내가 박서윤을 지칭할 때 자꾸 아이, 아이 하는데 원인은 그녀에게 있다. 그녀가 빌미를 제공했다. 내가 보낸 문자의 답신이 이랬으니까.

"21살이나 어린 여자아이와 연애할 수 있다고 생각하세요?"

우리는 마음 놓고 술을 즐겼다. 이 순간 선생과 학생이라는 신분은 존재하지 않았다. 그것쯤이야 괜찮았다. 빈 술병이 늘어갈수록 어떤 정체 모를 불안감이 나를 짓누르기 시작했다. 불안감의 입구에 무엇인가 보일락 말락 했다. 여러 갈래가 져서 한번 들어가면 다시 빠져나오기 어려운 길, 미로였다. 그 미로 속으로 내가 한 발을 먼저 내디딘 후 서윤의 팔을 잡아끄는 듯한 느낌. 술기운 때문이겠지, 그땐 대수롭지 않게 생각했다.

기네스 2병을 다 비운 뒤 나는 무슨 말인가 하고 싶어 입이 간질거렸다. 그녀에게 묻고 싶은 질문은 한 가지밖에 없었다. 어쩌면 그것이 알고 싶어 서윤을 만났을지도 모른다. 내가 어떤 문자를 보냈기에 그런 답장을 보냈을까. 여러 번 애원하듯 물었고 질문 횟수만큼 거절당한 질문이었다.

"서윤아, 선생님에게 알려줄래?"

내 말투는 간절했다.

"음… 그거겠죠."

"응, 그거."

"샘 것, 아니면 제 것?"

"내 것, 내 것을 알면 네 것도 알 수 있을 테니까."

서윤이 까르르, 웃음을 터뜨렸다. 목젖이 다 보일 정도로 입을 크게 벌렸다. 목젖이 컸다. 웃을 때마다 핑크빛 목젖이 좌우로 흔들렸다. 웃을 때 고개를 조금 위로 쳐들고 웃었다. 목젖을 더 잘 보여주기 위해 계산된 동작이기라도 하듯.

"그럼 내 것 말고 네 것이라도."

서윤의 목젖을 보는 순간 내 핸드폰에 저장된 그녀의 전화번호. 그게 왜 내 휴대폰 연락처에 저장되어 있는지 알 것 같았다. 나는 시간의 칼날로 군데군데 베어진 기억을 한 장의 그림으로 완성하고 싶었다. 이럴 땐 술이 필요하다. 연거푸 들이켰다.

기억났다!

보름 전이었다. 내가 살던 일산 아파트 재계약 기간이 두 달 앞으로 다가왔다. 얼마 전부터 전세보증금이 치솟았다. 내가 사는 아파트 단지는 2배가 올라 있었다. 집주인이 인상된 보증금을 받고 싶었던 모양이다. 수리 핑계를 대며 중개사를 통해서 계약이 끝나는 대로 비워달라는 말을 전달해 왔다. 오를 대로 올라버린 전세가 때문에 지금 살고 있는 보증금으로 갈 곳이 없었다. 공인중개사는 내 딱한 사정을 들더니 급전세가 나오면 맨 먼저 연락해 주겠다고 했다. 젊은 나이인데 머리가 3분의 2쯤 벗겨진 남자였다. 이마 양쪽으로 가늘고 성긴 머리칼이 몇 올 남아 있을 뿐, 앞에는 머리칼이 없었다. 내가 사무실에 들어갈 때마다 그는 웃으며 자리에서 일어섰다. 그때 민머리가 사무실 천장의 형광등 불빛에 반들거렸다. 그 중개사는 전화가 오는 즉시 받아야 한다고 엄포를 놓았다. 전세가 상승으로 급전세를 찾는 사람이 넘쳐나는 시기였다. 그때부터 나는 수시로 핸드폰 설정에 들어가 소리 모드를 확인했다. 진동이나 무음으로 되어 있으면 큰일이었다.

보름 전 그날, 수업을 하고 있는데 전화기가 울렸다. 액정화면에 '부동산'이라는 글자가 떴다.

'급전세가 나왔구나.'

나는 기쁜 마음에 통화버튼을 눌렀다. 뚝, 끊어졌다. 전화가 다시 걸려 왔다. 받으니 다시 뚝, 이었다. 큰일 났다. 전화를 받지 않으면 즉시 다른 사람에게 넘어간다고 했는데. 등에 식은땀이 흘렀다. 나는 핸드폰에 이상이 있나 싶어 요리조리 돌려보며 조몰락거렸다. 다시 전화가 울렸다.

"선생님, 전화기 줘보세요."

뒷줄에 앉아 있던 한 여학생이 교탁 앞으로 걸어 나와 손을 내밀었다. 그녀가 박서윤이었다.

"받으면 자꾸 끊어진다는 거지요?"

여학생은 전화기에 대고 "여보세요. 네네, 윤태수 선생님 전화기 맞아요. 잠깐 기다려 주세요." 하고 통화 중 상태로 전화기를 건네주었다. 내가 받을 땐 끊어지더니 전세귀신이 방해했나? 여학생이 또 손을 내밀었다.

"핸드폰 줘보세요! 설정이 잘못되어 그럴 수 있으니 봐드릴게요."

나는 핸드폰을 그녀에게 주었다. 그리고 수업을 계속 진행했다. 수업을 하며 그녀를 몇 번 힐끔거렸는데, 그 여학생은 머리를 책상 위에 처박은 채 내 핸드폰을 만지작거렸다. 내〈시 창작〉수업 시간은 1시간 30분이었다. 수업 시작 후 30분쯤에 핸드폰을 건넸으니 그 후 1시간 동안 그녀는 한 번도 고개를 들지 않았다. 서윤의 전화번호가 내 핸드폰 연락처에 저장된 것은 그 1시간 동안 발생했을 것이다. 나는 그런 확신에 차 있었다. 서윤은 분명 그날 자신의 전화번호를 내 핸드폰 연락처에 저장했다. 하지만 왜 그랬을까? 하는 물음표가 찍혔다. 그녀에게는 마땅히 있어야 할 범행(?)동기가 없었다. 자신의 전화번호를 내 핸드폰에 저장하면 자동으로 A플 학점이 나온다거나 하는, 실존적인 이익이 있어야 할 텐데. 그런 것은 없다. 내 강사비가 자신의 통장으로 입금되지는 더더구나 없을 거였다. 왜 그랬을까. 왜 그랬을까. 손톱 밑을 바늘로 찌르거나 물고문이라도 해야 할까. 고문으로 자백을 받지 않는 한, 알 방법이 없었다. 내 수사방법은 잃어버린 기억의 조각조각들을 레고블록처럼 완성체로 조립하는 것이었다. 왜 그랬을까? 하는 1개의 조각만 비워진 채.

"세상을 다시 조립하다."는 레고 회사의 슬로건이다. 그 슬로건처럼, 나는 지나간 기억을 살려내어 그것들을 재조립하는 데 최선을 다했다. 그 결과 '왜 그랬을까?' 하는 1개의 조각만 비워둔 채 내 핸드폰 연락처에 그녀의 전화번호가 저장된 이유가 밝혀졌다. 부동산 중개업자에게 전화가 걸려 온 그날, 내 핸드폰을 서윤이 고쳐주겠다며 자기 책상으로 가져간 날, 연락처에 그녀의 전화번호를 저장한 것이 분명했다. 이제부터는 본격적인 수사다. 레고를 완성품으로 만들기 위해 빠진 조각 하나를 끼워 넣어야 했다. 그러나 빠진 조각을 미완성 레고에 끼워 넣으려 해도 소용없었다. 그 조각은 서윤의 손안에 있었다. 그녀는 줄 생각이 없어 보였다. 레고 조각을 끼워 넣어 완성품으로 만들 수 있는 사람은 그녀밖에 없다. 그녀의 손을 벌려 그 조각을 잡으려 해보았지만 잘되지 않았다. 주먹을 꽉 쥐고 있었고 억지로 손을 벌려도 기름칠을 한 것처럼 요리조리 미끄러졌다.

기네스 한 병을 샷으로 마신 뒤 알딸딸해진 술기운을 빌어, 내가 물었다.

"혹시, 혹시 말인데."

나는 첫말을 끄집어내기 전 주저주저했다. 서윤이 게슴츠레한 눈빛으로 웃었다.

"뜸 들이지 말고 물어보세요."

"네가 전화번호를 내 핸드폰 연락처에 저장했니?"

몸이 비비 꼬였다.

"그럼 안 되나요?"

서윤은 인정하고 들어왔다.

"안 된다는 게 아니라, 음 그러니까…"

서윤이 툭, 말을 끊었다. 선생이고 나발이고 없었다.

"왜 저장했느냐는 거지요?"

"그게 궁금했어."

내 말. 사실이었다. 첫 번째 궁금함은 내가 보낸 문자의 내용, 다음은 자신의 전화번호를 내 핸드폰에 저장한 이유였다.

가게에 들어온 지 꽤 많은 시간이 흘렀다. 우리가 앉은 긴 타원형 탁자 위에 술병이 오와 열을 맞춘 채 진열되어 있었다. 뉴스 시간에 본, 북한군 열병식 같았다. 주인의 남편으로 보이는 남자가 수시로 술병의 위치를 좌우로 옮겨 바로잡곤 했다. 군대시절 칼 각을 금과옥조로 삼는 조교라도 한 듯, 직각이 아닌 것을 못 견뎌 했다.

"제 번호를 샘의 핸드폰에 저장해 놓고 싶어서요."

"……"

"그게 이유에요."

"……"

그건 완벽한 답이 아니었다. 그녀의 대답은 또 다른 물음을 불러왔다. 완벽한 대답이 되려면 왜? 라는 물음이 생기지 않아야 했다. 왜? 라는 물음에 한 번 더 대답을 해야 했다. '왜 저장해 놓고 싶었니?' 하지만 이 물음은 내 입안에서 쓸쓸한 죽음을 맞이했다. 예상치 못한 대답이 나올까 봐 묻기 두려웠다.

*

술 차수를 옮기는 데 우리는 동의했다. 사당동에 가고 싶었다. 한 달 전 사당동 참칫집에서 대학 친구들과 술자리를 한 적이 있었다. 다음 차수를 고민하는데 그곳이 떠올랐다. 굳이 사당동에 가야 할 이유는 없었다. 그냥 가고 싶었다.

택시를 타고 사당동 유흥가 앞에 내렸다. 네온사인 조명이 싸움하듯 서로 부딪치고 있었다. 부딪힌 빛들은 부서지기도 합쳐지기도 하며 노랑, 주황, 초록으로 반짝거렸다. 그 옛날 가보았던 참칫집이 그대로 있지만 참칫집으로 들어가지 않았다. 참칫집은 삼 층에 있었다. 술기운도 올라오기 시작한 터라 힘들게 계단을 올라가기 싫었다. 서윤이 조금 비틀거리는 것도 계단 오르기를 포기한 이유가 됐다.

참칫집 옆에 특이한 건물이 있었다. 밖으로 돌출된 창문, 벽돌 건물과 대비된 목제지붕, 군데군데 튀어나온 목재가 내 눈에 꽂

했다. 일제강점기 때 일본인이 살다가 패전 후 두고 간, 적산가옥 같았다. 그 옆에 '왕소라'라는 나무 입간판이 경비병처럼 출입문 앞을 막고 서 있었다. 구미가 당겼다. "여기 어때?" "땡큐요!" 알딸딸해지자 우리는 척척 죽이 맞았다.

적산가옥과 마주하자 서윤의 말버릇이 생각났다. 그녀는 그 나이 때는 쓰지 않고 알지도 못할, 일제 식민지 잔재인 일본식 표현을 쓰곤 했다. 말 중간에 '구루마'가 나온다거나 쟁반을 '오봉'이라 한 적도 있었다. 85세인 내 할아버지가 미안한 듯 사용하곤 하던 '벤또(도시락)'와 '우와기(양복 상의)'를 말했을 땐 처음엔 그녀가 학부 때 일문학과를 나와서 그런가 했다. 아니었다. 그녀는 학부 때 국문학과를 다녔다. 게다가 일본말이긴 한데 그녀가 사용하는 일본식 단어는 일제강점기 시대를 겪었던 나이 많은 노인들이나 사용하던 단어에 국한되었다. 오봉(큰 쟁반), 구루마, 벤또, 우와기, 스메끼리(손톱깎이), 다마네기(양파), 사라(접시) 같은.

지난주 서윤과 만났을 때 그녀가 이렇게 말했다. 두 번 다 일제강점기 시대를 살았던 노인들이나 쓰는 말이었다.

"샘, 점심은 벤또 먹으러 갈까요?" "샘, 우와기 어디서 샀어요? 잘 어울리네요." 나는 놀라자빠지는 줄 알았다. 다음 만남에서 그 이유를 물어보기로 했다. 그리고 잊어버렸다. 이유를 물어보기로 마음먹은 날, 눈치챈 듯 그녀는 일본식 표현을 쓰지 않았다.

왕소라 집 가게 문을 밀었다. 경첩에 녹이 슬었는지 삐걱거리며 큰 소리가 났다. 장사하는 집이 맞나 싶었다. 실내는 어두컴컴하고 난방도 되어 있지 않았다.

"여기요! 사장님."

큰 소리로 불렀다. 주인은 가게에 딸린 방에 있었다.

"예, 나가니더!"

50대 후반쯤 되어 보이는 여자가 맨발에 슬리퍼를 끌고 나왔다. 기분이 이상했다. 유령 나오는 폐가인가. 폭설 예보-오보였지만-가 내려진 이 엄동설한에 맨발에 슬리퍼라니. 오늘 유령이 만든 왕소라 먹고 죽어볼까! 하는 생각이 들었다. 알코올이 만든 호기였다. 나는 서윤이 잘 쓰는 용어인 '헛가다.'를 피우고 있었다. 그녀는 어깨를 뜻하는 일본 말 '가다.'에 접두사 '헛'을 붙여서 사용하곤 했다. "우리 과 정택이는 너무 헛가다 피워요." 하는 식이었다. '헛가다.' 뒤에는 반드시 '피우다.'라는 서술어를 붙여 말했다. '든 거 없이 겉멋을 피운다.'는 뜻이었다.

"사장님이세요?"

"제가 주인인데, 와 그라는데예?"

"가게가 너무 어두워서…"

"그래도 우리 가게에서 지금까지 소라를 코로 집어넣은 손님은 없었다 아임니꺼? 어둡긴 쪼매 어둡지예."

주인은 통명한 경상도 여자였다.

"고향이 어디니껴?"

"의성인데 와예?"

"내 고향도 경상도라서예, 그냥 한번 물어봤심더."

장난기가 발동했다.

"어딘데예?"

"김천입니더."

"좋은 데네예, 의성보다 훨씬 크지예."

"크만 뭐 합니꺼, 특산물도 없는데예."

"특산물예?"

"특산물 모릅니꺼? 의성카만 마늘로 유명타 아이니껴?"

"하기사… 마늘카마 우리 의성이지예."

'니껴? 니더'는 영주, 예천, 안동, 의성 같은 경북 북동부지역 방언인데 나는 아버지 고향이 예천이라 알아들을 수 있었다. 주인여자와 5분 정도 말장난을 했다. 대학 때부터 서울 생활을 해서 사투리를 쓸 기회가 없었는데 술기운을 핑계 삼아 고향 사투리를 써봤다. 재미있었다. 서윤이 고개를 양쪽으로 돌리며 우리 두 사람을 번갈아 쳐다봤다.

  소라는 살짝 삶은 숙회로 나왔다. 칼로 썬 4개의 조각이 탱글탱글해서 먹음직스러워 보였다. 큰 접시에 소라 속살과 껍질이 함께 담겨 있었다. 이것은 일반 소라가 아닌, 소라고둥이었다. 나와 서윤은 신춘문예 출신 시인이었다. 갑자기 프랑스 시인 '장

콕토'의 「귀」라는 시가 생각났다. 단 2행으로 이루어진 시였다.

> Mon oreille est un coquillage
> Qui aime le bruit de la mer
> 내 귀는 하나의 소라껍질,
> 바다의 소리를 그리워한다

　소라의 나선형이 인간의 오목한 귀를 닮았다는 생각이 들었다. 시인이란! 소라 한 점을 초장에 찍어 먹으면서 장 콕토처럼 바닷소리가 듣고 싶었다. 시인의 즉흥성이 머릿속에서 지렁이처럼 꿈틀거렸다. 속초 갈까? 아니야, 이 밤에 차도 없는데. 속초는 다음에 가자. 속초는 아내가 살았을 때 자주 갔던 곳이다.
　주인여자와 사소한 말을 주고받았다. 이 집 소라가 참 싱싱하고 맛있다는 칭찬과 함께. 칭찬은 코끼리도 춤추게 한다고, 약발이 먹혔다. 소라 1개를 더 가져왔다.
　"사장님이 참 점잖아 보이니더, 지는 그런 손님 좋아하지예. 그래서 또 오시라고 항개[3] 더 주는 겁니더. 자주 오이소. 딸래미하고만 말고 친구들 많이 데리고예."

---

3) '1개'의 경상도 사투리

주인여자는 내 칭찬에 코끼리처럼 뒤뚱뒤뚱 춤을 추었다. 그 춤 덕에 졸지에 나와 서윤은 부녀지간이 되었다. 나는 내 나이보다 두어 살 더 많아 보이는 편이다. 서윤은 동안이라 고등학생이라 해도 될 듯했다. 어두컴컴한 실내에서 주인여자가 우리를 부녀지간으로 오해할 만했다. 내 윗대에는 21살 차이면 부녀지간이 흔했다. 아버지와 장녀인 태희 누나의 나이 차이가 21살밖에 안 났다. 아버지는 19살에 1살 연상인 어머니와 결혼했고 결혼한 이듬해 태희 누나가 태어났다.

'딸래미'라는 가게주인의 말을 듣는 순간 이상하게 마음이 편해졌다. 사실 서윤을 학교가 아닌 곳에서 만나며 주위의 시선에 신경 쓰였는데, 이제야 그 이유를 찾았다. 최근에 한국에서도 미국처럼 인터넷을 이용해 돈 많은 중년남성과 여대생들의 스폰 행위가 기승을 부리고 있었다. 미국의 어느 매체는 '슈거 대디'와 '슈거 베이비'를 연결해 주는 사이트가 인기를 얻고 있다고 보도했다. '슈거 대디'는 돈 많은 중년남성, '슈거 베이비'는 스폰을 받고 관계를 맺는 젊은 여자를 뜻했다. 나는 정보력이 뛰어났지만 아는 만큼 소심한 남자였다. 오늘 밖에서 서윤과 단둘이 만나면서 우리도 그런 관계로 비칠까 겁먹었다. 딸래미라는 말에 마음이 놓였다. 술도 마셨겠다, 이참에 진짜 부녀지간처럼 행세하기로 했다.

"서윤아, 아빠에게도 한 잔 따라봐."

주인여자가 밑반찬을 가지고 탁자 가까이 왔을 때 일부러 들으라는 듯 큰 소리로 말했다. 영리한 아이였다. 조금 전 나와 주인여자 사이에 오간 말을 들은 그녀는 내 말에 당황하지 않았다. 내가 어떤 의미로 이런 말을 하는지 꿰뚫고 있었다.

"예, 아빠."

"소맥."

"1차에서 많이 마셨는데…"

"그래서 소맥!"

"사장님, 여기 맥주 한 병 주세요."

"딸래미가 참 고와 보이니더."

주인여자가 맥주를 탁자 위에 놓았다. 서윤이 예쁘게 생겼다는 말끝에 뜬금없이 이런 말을 했다.

"희안테이[4]."

"뭐가예?"

"희안하데이."

내 물음에 주인여자는 '테이'를 '하데이'로 바꿔 말했다.

"뭐가 희안타 말입니꺼?"

"부녀지간 가튼데, 이상타. 하나도 안 닮았네예."

"딸내미는 원래 아부지 안 닮고 지 엄마 닮는다 아임니꺼. 안

---

4) 희안하다의 경상도 사투리

사람이 꼭 야처럼 생겼어예."

"아, 맞다! 내가 티미해서[5] 그런 것도 몰랐네예."

주인여자는 탁탁, 소리가 날 만큼 자신의 머리에 꿀밤을 주며 미안해했다.

"내 친구 딸래미는 엄마 아빠도 안 닮고 외할매를 빼박았다 캅디더."

"맞심더. 그런기 세상이치 아이니꺼. 내가 바보맨치로[6]…"

얼굴에 마맛자국이 있어 처음에는 사납게 보였는데, 이야기를 나누다 보니 토속미가 넘치는 여자였다.

소라는 쫄깃하고 고소했다. 서윤도 입맛에 맞는지 계속 먹었다. 그녀는 입을 벌리지 않은 채 토끼처럼 오물오물 씹어 먹었다. 금방 접시가 비워졌다. 나는 1인분을 추가로 주문했다. 1시간 동안 나는 소맥으로 세 잔을 마셨다. 술 먹고 자살할 결심을 한 남자 같았다. 눈이 게슴츠레해진 서윤은 스스로 술잔을 채우기 시작했다. 나는 그녀와 밤새 이야기를 나누다가 첫닭이 울 새벽을 기다릴 생각이었다. 그때쯤 어느 누구에게도 말한 적 없는 아내의 교통사고 이야기를 하고 싶었다. 아내는 승합차 한 대를 빌려 친구들 5명과 주문진에 1박 2일로 회 먹으러 간다고 했다.

---

5) 어리석어의 경상도 사투리
6) 바보같이

그래 놓고 불륜남과 벤츠를 타고 가다가 덤프트럭에 받혀 죽었다. 아내가 왜 나를 배신했는지 알고 싶었다. 두 사람은 서로 사랑했을까, 아님 그냥 섹스파트너였을까.

물어볼까. 안 돼! 그래도 한번 물어볼까. 안 돼, 임마! 입이 달싹달싹했다. 마지막 소맥 잔을 원샷으로 들이킨 후 내 입에서 나온 말은 엉뚱했다. 나 자신도 예상치 못한 말이었다.

"오늘 들어가지 마!"

"…헤헤, 알았어요."

"알았어요." 그 말만 기억났다. 가물거리는 그 말. 그 후로 기억이 안 났다. 술 먹고 필름 끊어져 보기, 처음이었द.

정신이 돌아왔다. 사방벽지가 보였다. 내가 누워 있는 침대의 한쪽 면은 대형 유리였다. 내 전신 모습이 비쳤다. 거울 속에 한 여자, 내 품에 머리를 처박은 채였다. 화들짝 놀랐다. 나는 옆으로 누운 자세였다. 내 품에 안겨 있는 물체에 가만가만 눈을 맞추었다. 서윤이었다. 서윤이라는 것을 알고 내가 맨 먼저 한 일은 내 몸 상태였다. 옷을 입고 있는지 벗은 상태인지가 중요했다.

'휴- 살았다.'

나는 겨울코트를 입은 채였다. 단추란 단추는 모두 잠겨 있었다. 평소 잠그지 않은 코트의 맨 위쪽 단추까지 겨울전쟁에 투입된 병사처럼 잠겨 있었다. 목이 답답해져 평소 채우지 않는 단추였다. 서윤이 눈을 동그랗게 뜨더니 나를 빤히 올려다보았다. 그녀는 잠든 것이 아니었다. 그녀는 블라우스만 입은 상태였다. 외투가 침대 밑에 떨어져 있었다. 이런 경우에 딱 들어맞는 말이 "불행 중 다행"이었다. 나는 천국과 지옥 사이 연옥 어느 지점에 잡혀 있었다. 남녀로서 아무 일이 없다는 것은 천국에 속했지만 선생과 제자가 모텔 방에서 서로 안고 있는 그림은 연옥이었다.

아내가 죽은 뒤 5년이 흘렀다. 내 품은 허전했다. 나쁜 마음을 먹으면 서윤을 가질 수도 있을 것 같았다. 지금 그녀는 내 품에 안겨 있다. 옷을 벗긴다 해도 거절하지 않을 거라는 못된 생각이 연기를 모락모락 피웠다. 그녀를 가진다면, 노땅 같은 생각이지만, 나는 무릎을 꿇고 프러포즈를 할 것이다. 이혼도 아닌, 교통사고로 아내와 사별한 지 4년을 넘겼기에 내 재혼이 비난받는 일도 없을 것이다.

어림 반 푼어치도 없는 욕심이었다. 서윤이 내 프러포즈를 받아준다 해도 그녀의 부모가 나를 죽이려 들 것이다. 딸보다 21살이나 많은 데다 자식까지 딸린 홀아비와의 결혼을 허락할 부모는 없다. 여기까지 생각이 미치자 나는 못된 마음을 접었다. 마음을 접자 허전해졌고 담배만 축냈다. 내 품 안에 안겨 있는 서윤을 보며 이런저런 생각으로 머리가 복잡했다.

우리는 어떤 사이일까. 우리의 선택이 옳은 걸까. 나이 차가 많아도 성인인 우리가 선택한 사랑은 어느 누구에게도 강요받은 것이 아니다. 우리 스스로가 선택한 길이었다. 성인과 미성년자의 차이는 결국 선택의 자유의지다. 그래도 결혼은 무리라 생각했다. 결혼문제를 접자 마음이 편해졌다. 사랑만 하면 되었다.

  우리는 이런 혼란한 과정을 거쳐 연인이 되었다. 우리는 막 사랑이 시작되었는데, 어떻게 사랑해야 할지 모르는 어린아이 같았다. 나이가 크게 차이 나는 연인 사이가 그렇듯, 나와 서윤은 줄타기 곡예사 같았다. 사랑의 외줄 위에서 떨어지지 않기 위해 두 팔을 펼쳐 무게중심을 잡아야 했다. 학생들 앞에서는 묘기를 부리기도 했다. 그 모든 것이 아슬아슬했다.

  연인 사이는 서윤이 심각한 질병을 앓고 있다는 것을 알게 했다. 그녀는 완치가 불가능한, 이름도 복잡하고 긴, '국소성 분절형 사구체경화증'을 앓고 있었다. 항상 면역억제제를 복용해야 했다. 면역억제제는 신체의 면역기능을 저하시켰고 세균 감염을 일으키거나 조그만 병도 악화시켰다. 나는 인터넷을 검색해서 '국소성 분절형 사구체경화증'을 앓는 환자의 식단과 주의사항 등을 프린트했다. 그 종이를 그녀가 살고 있는 원룸 냉장고 문에 붙였다. "꼭, 이대로 지켜야 해! 안 그러면 죽어!"라고 겁을 주었다. 그때마다 서윤의 얼굴이 시무룩해졌다. '국소성 분절형 사구체경화증'은 10년 안에 투석해야 한다는 글을 '네이버 지식IN'에서 읽었다. 화가 나서 댓글로 욕을 한 적도 있었다. 10년 후라면 서윤의 나이 겨우 32살인데 신장병의 마지막 단계인 투석이라니, 나쁜 놈!

외식할 때 나는 가게주인에게 그녀가 먹을 음식은 무염식으로 부탁했다. 그 부탁을 할 때면 아버지처럼 티를 냈다. "우리 애가 신장이 나쁘니 음식에 소금을 넣지 마세요." 식이었다. 내가 아버지처럼 그런 부탁을 하면 주인은 흔쾌히 받아들였다. 주인이 할머니일 경우는 "아이고, 젊은 아버지가 자상도 해라."라며 칭찬했다. 서윤 스스로는 그런 부탁을 하지 못하는 성격이었다.

한번은 함께 공연을 본 뒤-공연제목은 기억나지 않는다-〈예술의 전당〉 맞은편에 있는 두부 전문점〈백년옥〉에서 식사를 한 적이 있다. 뚝배기 순두부를 시켰다. 나는 그날도 종업원에게 한 그릇은 소금을 넣지 말라 했다. 여종업원 눈이 동그라지더니 "맛이 없을 텐데…" 중얼거렸다. 서윤이 훌쩍거리고 있었다. 물수건으로 팽, 하고 주위에 다 들릴 만큼 코를 풀기도 했다. 그녀는 "샘, 고마워요."라고 말했다. 서윤은 당연한 것을 고마워했다. 가짜긴 해도 나는 서윤의 아버지니까, 그녀의 식단에 신경을 쓰는 것은 당연한 일이었다.

나는 술을 마신 다음 날에는 마른입에 입맛이 없었다. 순두부는 몽글몽글했고 허옜다. 대대기를 한껏 넣어도 맛이 살아나지 않았다. 서윤 것뿐 아니라 내 것에도 양념이나 소금이 들어 있지 않았다. 종업원이 내 말을 잘못 알아들었다. 두 그릇 다 양념과 간을 하지 말라는 것으로 착각한 것 같았다. 서윤이 순두부에 밥 반의반을 말아서 깨작거렸다. 양념도 간도 전혀 하지 않은 멀건 순두부, 맛이 있을 리 없다. 나 역시 순두부는 먹지 않고 밑반찬으로 밥그릇을 비웠다. 밑반찬은 내 입맛에 맞았다. 연근조림, 된장깻잎, 고추장으로 버무린 새콤달콤한 마늘종 장아찌는 먹을 만했다. 매 끼를 간을 하지 않아 밍밍한 순두부 같은 것으로 평생을 먹어야 하는 서윤을 생각하니 코끝이 찡해왔다.

'이 가난하고 불쌍한 아이.'

인생은 공평하지 않았다. 착한 사람에게 인생은 더 잔인하게 굴었다. 살다 보니 인생은 포식자의 습성을 갖고 있었다. 포식자에게 연민이나 동정심이 있을 리 없다. 희멀건 순두부를 먹으며 나는 속으로 울고 또 울었다. 들켜서는 안 됐다. 이 아이 앞에서는 강한 남자인 체해야 했다.

나는 서윤에게 양가(兩價)감정을 갖고 있었다. 애증과는 달랐다. 시원섭섭하다, 식의 이중적 감정 상태도 아니었다. 뭐랄까. 사랑으로 밑간이 된 비도덕이 도덕이라는 양념과 버무려져 돼지주물럭처럼 되어버린 상태였다. 서윤은 내게 딸이었다가 갑자기 애인이 되는 등, 중국 경극의 변검처럼 모양을 바꾸었다. 서윤이 바뀌면 나도 바뀌었다. 아버지의 너그러움이 애인의 질투가 되곤 했다.

어느 날 차 안에서 서윤이 내게 물었다. 입을 떼기까지 머뭇머뭇했다. 대학생 때 친구들과 어울려 푸껫에 놀러 간 적 있는데, 그때 친구들 모두 오빠뻘 남자들과 전화번호를 주고받았다. 며칠 전 그중 한 사람에게 커피나 한잔하자는 전화가 왔다는 것이다. 처음에 나는 딸의 고민을 들어주는 아버지처럼 가만히 듣고 있었다. 그런데 한순간 이상한 감정이 끓어올랐다. 끓어올랐다기보다 시뻘건 용암처럼 솟구쳤다. 서윤의 그 말을 듣고서 화가 났고 그제야 내가 생각한 것보다 더 많이 그녀를 여자로서 사랑하고 있는 것을 알게 되었다. 그 화가 질투였다.

"왜 물어보는지 모르겠다. 이미 네 마음이 만나보고 싶은 것이 아니야?"

내 말은 치사유치하고 나이에 어울리지 않았다. 부부라면 의처증 증세였다.

"왜 화를 내요? 그냥 물어보고 싶었을 뿐이에요."

"그 친군 나보다 훨씬 젊겠지?"

창피하지만 그때의 내 마음은 질투 때문에 꼬일 대로 꼬여 있었다. 서윤의 질문 때문에 속 좁은 나는 얼굴도 본 적 없고 알지도 못하는 한 남자와 삼각관계가 되어버렸다. 서윤을 만난 뒤 처음으로 연적이 출현했다. 질투는 양가감정의 한 축인 너그러움 같은, 아버지로서의 감정을 단번에 뭉개버렸다.

"……"

서윤은 내 질문에 대답하지 않았다. 나는 질투의 포로가 되어 아무 말이나 내뱉었다.

"젊으니까 말 못 하는군."

"……"

"만날지 말지 고민하는 것으로 봐서 수상하네."

"……"

"너에게 나는 누구야? 애인이야 선생님이야? 이도 저도 아니면 가짜 아버지야?"

"정말 못났어!"

이 일로 우리는 한 달간 연락을 끊었다. 나는 서윤이 그 자식을 만나도 되는지 왜 내게 물어보는지 이해하지 못했다. 왜 그런 것을 연인인 내게 물어봤을까. 나만큼이나 그녀도 나에 대한 감정이 혼란스러웠던 것 같다. 젊은 커플 사이였다면 그런 질문은 하지 않았을 것이다. 그녀가 그 자식을 만났을까. 이제 서윤은 거짓말을 할 것이다. 만났더라도 만났다고 하지 않을 것이다. 헤어져 있을 동안 나는 질투 때문에 온갖 상상을 했다. 그녀와의 나이 차이를 떠나 나는 지지리도 못난 사내였다. 변명하자면 내 찌질함은 자신감이 없었던 탓이다. 자신감 결여는 아내의 외도 사건이 큰 영향을 끼쳤다. 게다가 서윤은 풋사과처럼 싱그러운 20대 초반인데, 나는 팔자주름이 잡히고 피부탄력이 떨어지는 40살을 향해가고 있었다. 서윤은 나의 집요한 질투와 추궁에 대해 "못났어."라는 한마디로 일축했다. 맞다. 못난 놈. 못났었다. 그때 나는 찌질러였다.

한 달 동안 서윤은 내 전화를 받지 않았다. 문자를 보내도 답장이 없었다. 문자는 읽은 것으로 되어 있었다. 내 의심은 점점 커져갔다. 어쩌면 푸껫 그 남자와 연인 사이가 되었을지도 모를 일이다. 정말 그랬을까. 서윤이 그 남자에게 그렇게 쉬운 여자였나. 아니야, 절대 아닐 거야. 나는 서윤을 믿었다. 믿고 싶었다.

 우리는 두 달 만에 다시 만났다. 모든 연인 사이는 이런 과정을 거친다. 하지만 질투도 질투 나름이다. 건강한 질투가 필요하지 의심에서 비롯되는 질투는 연인을 불행하게 만든다. 나는 위험한 질투자였다. 실체가 있는 질투는 연인 사이를 더 가깝게 하지만 의심이 만들어 낸 질투는 연인 사이를 파탄으로 만든다. 의심으로 인한 질투는 불안이 만들어 낸 질투, 말하자면 의처증 같은 것이다. 나는 불안적 질투자였다. 서윤이 그 남자와 만나거나 함께 술을 마시는 것을 보고 생겨난 질투가 아니라, 혹 그런 일이 벌어질까 불안하여 생긴 질투였다. 서윤이 그런 내 속마음을 "못났어!"라는 한 문장으로 일축했다. 맞다. 서윤에 관한 한 나는 못난이였다. 왜 그런 남자가 됐는지 잘 모르겠다. 변명일까. 아내의 자동차 사고사를 겪은 뒤 나는 변해 있었다. 나는 남녀노소를 가리지 않고 잘 웃는 서윤이 불안했다. 상대가 남자일 경우에는 곁을 주는 것으로 오해하곤 했다.

 서윤은 형용모순(形容矛盾)[7]이었다. '네모난 동그라미'였다. '사

―――――――――――――――――――――――――――――――
7) 서로 모순되는 두 가지 형용사를 사용하여 강조 효과를 내는 수사법

랑이면서 사랑 아닌, 사랑' 같은 것이었다. 사랑이 맞긴 한데, 남녀 간의 사랑만은 아닌, 그래도… '닥치고 사랑' 같은 것이랄까.

*

　서윤 할머니가 탈북자라는 것을 알게 된 것은 만난 지 2년쯤 되는 1월 중순경이었다. 그날 역대급 한파가 급습했다. TV 뉴스 시간에 기상캐스터가 영하 15도까지 급강하니 외출을 삼가달라고 경고한 날이었다. 영하 15도는 기상관측 이래 제일 낮은 온도였다. 아파트에 사는 사람들은 난방 온도를 3~4도 더 올렸다. 한겨울에도 내의를 입지 않는 남성들도 속내의를 사러 부인과 함께 대형 마트에 갔다.
　서윤이 내게 형용모순이듯, 서윤에게 형용모순은 북쪽 나라였다. 서윤 할머니의 고향은 함경북도 종성(鍾城)이었다. 나는 그제야 왜 서윤이 식민지 시대 일본식 단어를 쓰는지 알게 되었다. 구루마, 벤또, 정체불명의 '뻬딱구두' 같은 단어는 북한에서 흔히 쓰는 말이었다. 북한에서 오래 살다 탈북한 할머니는 그런 단어를 사용했을 테고, 서윤은 무심결에 그런 말을 배우게 된 것이라. 그녀는 할머니가 탈북한 사연을 들려주었다. 나는 북한에 대해 관심 없었다. 듣는 척했다.
　[북한주민 300만이 굶어 죽었다는 '고난의 행군' 때였다. 핵심

계층인 양강도 안전국 수사과장 할아버지가 남한 드라마가 저장된 시디알(CD-R) 판매사건에 휘말렸다. 자식이 굶어 죽을 처지가 되자 장마당에서 시디알(CD-R)을 판 사람은 서윤의 할머니였다. 할아버지가 할머니를 위해 그 죄를 뒤집어썼다. 서윤의 할아버지 가족은 한순간 '반동, 반혁명 자본주의 종파분자'가 되었다. 할아버지는 정치범 수용소로 끌려갔다. 연좌제 때문에 할머니와 어머니, 5살 삼촌은 트럭에 실려 추방되었다. 트럭이 계곡에서 추락했다. 5살 삼촌은 죽고 할머니와 어머니는 부상당한 채 살아남았다. 할머니는 어머니의 손을 잡고 얼어붙은 압록강을 건넜다 그때 서윤은 엄마 뱃속에 있었다. 5개월 된 태아였다.]

압록강을 건널 때 5개월 된 엄마 뱃속 태아였으니 서윤의 고향이 북한인지 한국인지 애매했다. 고향은 정의부터 분명하지 않다. 사람마다 자기 식대로 고향을 해석했다. 태어나서 자란 곳, 조상 대대로 살아온 곳, 마음속에 깊이 간직한 그립고 정든 곳, 모두 고향이었다. 태아를 완전한 생명체로 본다면 그녀의 고향은 어디일까. 남과 북, 반반일까. 그런 이유로 북한은 그녀에게 형용모순이었다. '관심 있어도 관심 없는 척하는, 관심 지역'이었다.

그날 아침 기온이 영하 15도까지 곤두박질쳤지만 우리는 만남을 연기하지 않았다. 한파 따위에 굴복할 마음이 없었다. 솔직히 춥긴 추웠다. 만나기로 한 커피숍 인근 골목에 주차하고 약속 장소까지 걸어가는 동안 귀가 칼에 베인 듯 아팠다. 서윤은 버스와 지하철을 갈아타고 올 텐데… 얼마나 추울까, 걱정됐다. 날이 풀린다는 며칠 뒤로 약속을 연기할걸, 하는 후회가 들었다.

"지금 북한은 얼어 죽겠네."

서윤이 시간 맞춰 커피숍에 도착했다. 내 앞자리에 앉자마자 손을 호호 불며, 북한에서 살다 온 사람처럼 중얼거렸다.

"네가 북한 날씨를 어떻게 알아?"

농담 삼아 말했는데 서윤이 발끈했다.

"왜 몰라요?"

"살아봤니?"

"꼭 살아봐야 아는 건 아니에요. 제 할머니가 강 건너신 분이거든요. 겨울만 되면 고향 추위를 말해주면서 몸서리치곤 하셔요."

강을 건넜다는 그녀의 말이 뜬금없는 이야기로 들려 처음에 나는 듣는 둥 마는 둥 했다. 나는 북한에 대해 들을 준비가 안 돼 있었다. 서윤의 목소리가 낮게 울리며 이야기가 시작될 때, 나는 마음 한구석이 얼어붙는 느낌을 받았다. 마치 오래된 흉터가 다시 벌어지는 듯, 내 가슴은 긴장으로 조여왔고, 시선은 커피숍 창밖으로 향했다. 바깥세상은 여전히 평화롭지만, 내 안에서는 폭풍이 휘몰아치고 있었다.

할머니가 왜 한강을 건너? 서울 반포의 커피숍에 앉아 있는 내 머릿속의 강은 한강밖에 입력되어 있지 않았다. 서윤은 서울 기온이 급강하하자 할머니에게 들은 북한의 강추위가 생각난 듯했다. 내 무심한 태도에 아랑곳하지 않고 갑자기 그녀는 윗대의 비극적 가족사를 말하기 시작했다. 작심하고 그 이야기를 들려주기 위해 강추위를 무릅쓰고 나온 것처럼. 서윤의 이야기는 장황하고 길었다. 큰 덩어리로 나눠본 줄거리는 대략 열 가지였다.

*

북한은 조선왕조처럼 3대 연좌제가 있는 나라였다.

[서윤의 할머니는 어느 날 동네 뒷산에 나물 캐러 갔다가 중국의 한국교회가 날려 보낸 비닐봉투를 발견했는데 그 속에 성경쪽 복음-마가복음-이 들어 있었고 그 일이 계기가 되어 북한 지하교인이 된 이야기 **하나**. 고난의 행군 때 식량난 때문에 할머니 유옥란이 남한 연속극이 저장된 시디알(CD-R)을 장마당에서 판 일 **둘**. 할아버지 박성배가 그 죄를 할머니 대신 뒤집어쓰고 악명 높은 정치범 수용소로 끌려간 일 **셋**. 이 일은 모두 친구인 보위부 박치열이 꾸민 것이라는 것 **넷**. 그자가 혼자 남은 할머니를 강간하다가 혀를 물어뜯긴 일 **다섯**. 연좌제 때문에 온 가족이 어디론가 추방되다가 트럭이 굴러 삼촌이 죽고 할머니와 어머니 둘만 살아남았다는 것 **여섯**. 할머니가 얼어붙은 압록강을 건넜

는데 브로커에 속아 늙은 중국남자에게 인신매매로 팔려 갔다는 것 **일곱**. 중국남자 사이에서 이붓이모 영희를 낳았다는 것 **여덟**. 어머니는 한국에 온 뒤 자신을 낳았는데 산후 후유증으로 3년 만에 병들어 죽었다는 것 **아홉**. 탈북을 거부한 서윤의 북한 아빠는 할머니 가족이 한국에 온 뒤 자살했다는 것] 등 **핵심 줄거리는 10개**였다.

  서윤은 할머니의 인신매매를 이야기할 땐 자신의 일처럼 눈물을 글썽이기도 했다. 그때부터 나는 그녀의 이야기에 귀를 기울였다. 그녀의 할아버지 대에 일어난 사건이 너무 비극적이어서 건성으로 들을 수 없었다. 서윤은 내가 자신의 이야기에 귀 기울이자 그녀의 할아버지와 할머니, 어머니, 삼촌이 1990년대 북한 현대사를 통과하면서 겪은 비극적 가족사를 들려주었다. 옛이야기를 들려주는 할머니처럼, 조근조근.

  서윤은 조부의 이름과 본을 정확히 기억했다. 개성 박씨, 이름은 별 성(星)에, 곱절 배(培)라 했다. 쪼끄만 애가 옛 어른들이 자신의 윗대 이름을 말하는 방식과 똑같이 말하니 조금 우스웠다. 내가 그녀의 이야기에 관심을 보이자 이런 말도 했다. 이 말을 할 땐 표정이 굳어 있었다. 어금니를 꽉 문 것처럼 볼에 이빨 자국이 도드라졌다.

  "샘, 할아버지, 할머니, 어머니, 삼촌이 북한에서 겪은 인권탄압과 유린 실태를 소설로 고발해 주세요!"

"나는 시인이잖아."

"문청 시절에는 소설을 썼다면서요!"

"소설 안 쓴 지 오래되었어."

"이 소설은 샘밖에 쓸 사람이 없어요. 제발."

나는 뜨거운 커피에 데지 않기 위해 입김을 불어 넣는 데만 열중했고, 서윤의 부탁을 건성으로 들었다. 그녀의 부탁은 간절했지만 한편으로 뜬금없었다. 귀 기울여 들어주는 것만으로 충분하다고 생각했다. 문청(文靑)은 오래전의 일이고, 현재의 나는 시인이지 소설가가 아니었다. 소설은 기성 시인인 내게 관심 밖의 장르였다.

*

입김을 불어 넣는 것처럼, 작은 불씨가 되살아나길 반복하더니 집을 태울 만큼 큰 불길이 되었다. 그 불이 우리 몸에 옮아 붙었다. 우리는 활활 타오르는 화염 속에서 사랑의 불춤을 추었다. 그리고 우리의 살점과 뼈들이 가루가 되어 잿더미로 폭삭 내려앉자, 헤어졌다. 뚜렷한 이유도 없었다. 굳이 이유를 대라면 더 이상 태울 살점과 뼈들이 사라진 것일 거였다. 서윤과 만난 지 3년 만이었다. 사귈 동안 여느 연인들처럼, 사랑하고, 다투고, 이별하고, 다시 만나길 반복했지만 어느 순간 완전한 이별이 찾아왔다. 이별한 원인이 무엇인지는 기억나지 않는다. 99%는 나로부터 비롯되었지 싶다.

*

나는 일찍 아버지를 여의었다. 중학교 시절 아버지가 돌아가셨다. 무덤은 경기도 남부권에 있는 S 공원묘지의 합장묘였다. 아버지가 먼저 돌아가셔서 석실로 둘러싸인 합장묘의 절반은 비어 있었다. 야산을 계단식으로 깎아 만든 공원묘지의 풍경은 복도식 저층 아파트 같았다. 한 층에 대략 15기의 무덤이 들어설 터가 있었다. 봉분과 봉분 사이에 무덤이 들어서지 않은 텅 빈 묘 터가 보였다.

나는 늘 혼자 다녔다. 아들을 데려가지 않았다. 무덤 앞 상석에 간단한 음식을 차리고 두 번 절했다. 성묘용 긴 가위로 무덤 위에 돋아난 잡풀을 10분쯤 베고 나면 할 일이 없었다. 아내가 살아 있을 때 성묘가 끝나면 그녀는 습관처럼 돗자리를 개켜서 가방에 집어넣고 상석 위 음식을 가지런하게 정렬했다. 그동안 나는 담배를 꼬나물고 다른 무덤 주변을 어슬렁거리거나 무덤들의 묘비명을 읽었다.

비석 앞면에는 고인의 생몰연대와 그럴듯한 직책에서 근무한 경우 그 벼슬을 자각(字刻)해 놓았다. 평범하게 살다 간 고인의 무덤 비석은 똑같았다. 비석 앞면에 남편은 "학생 경주 최씨 ○○"지 묘, 부인은 "유인 밀양 박씨 ○○"지 묘, 식이었다. 뒷면에는 자손의 이름과 배우자가 먼저 죽은 경우 남은 배우자의 이름이, 비석 옆면에는 고인의 생몰연대가 새겨져 있었다. 드물게 현대식 비석도 보였다. 앞면에는 "아빠 ○○○, 엄마 ○○○ 함께 해서 행복했습니다." 뒷면에는 "첫째 ○○○, 엄마 사랑해요, 둘째 ○○○, 아빠 사랑해요."가 음각되어 있었다. 옆면에는 "0000년 0월 0일생-0000년 0월 0일몰" 식의 형식을 생략했다. '1942-2020'으로 출생과 사망 연도만, 간략하게 음각했다. 나는 두 형식의 비석 중 어느 것이 마음에 더 들거나 덜 들거나 하지 않았다. 비석은 죽은 자의 것이지 산 자의 것이 아니었다.

 아버지의 공원묘지를 선택할 때였다. 내 형제자매들과 묘지 관리소장의 상담시간이 있었다. 긴 논쟁 끝에 합장묘로 결정했고 그 옆으로 묘지 3기를 더 설 수 있는 공간을 확보했다. 어머니가 살아 계셨지만 의사를 물어보지 않았다. 우리 8남매는 각자의 경제사정에 맞게 갹출했다. 부모의 합장묘 옆으로 나란히 무덤 3기를 더 확보한 것은 훗날 자식들의 죽음까지 고려한 것이다. 아버지를 여의면서 인간은 누구든 죽는다는 것을 깨달았다. 아버지는 자리에 드러눕기 전까지 술과 담배를 즐겼다. 어머니와 자식들이 있는 안방에서 창문도 열지 않은 채 우리를 향해 담배 연기를 뿜어내곤 했다. 100살까지 살 자신이 있다고 입버릇처럼 말씀하시곤 했다. 그 약속을 지키지 못했다. 74살에 돌아가셨다. 어머니는 그 후 17년을 더 사셨고 91살까지 장수했다. 오래 살려면 오래 살 자신 있다고 말하지 말아야 한다.

아내가 죽은 뒤 나는 혼자 부모가 묻힌 공원묘지에 다녔다. 내 형제자매들도 각자의 사정에 맞게 가족 단위로 묘지를 다녀갔다. 둘째 여동생은 다녀갔다는 표시를 내기 위해 무덤 앞 상석 위에 꽃을 두고 갔다. 공원묘지 입구 가게에서 파는 조화였다. 흰 국화꽃 생화가 가끔 보이기도 했는데, 꽃과 대궁이 말라비틀어져 있었다. 막내 여동생 경희가 두고 간 것일 거였다. 생화는 금방 시들어 가성비 면에서 최악에 속했다. 일주일에 한 번, 공원 관리인이 자신이 맡은 구역의 음식과 꽃을 거두어 쓰레기 소각장에 모아놓고 휘발유를 붓고 태웠다.

아내가 죽었을 때 가족 모임에서 그녀를 우리가 구입해 둔 묘터에 묻자고 했다. 나는 반대했다. 화장하겠다고 말했다. 아내는 가족무덤에 묻힐 자격이 없다. 가족들은 아내가 교통사고로 죽은 것만 알고 있었다. 나는 그녀의 죽음에 대해 어떠한 설명도 하지 않았다. 비밀을 가슴에 묻었다.

오랜만에 부모님 산소에 갔다. 불륜남과 놀러 가다가 차 사고로 죽은 아내의 죽음은 진도 8의 대지진으로 들이닥쳤다. 내 일생을 떠받치고 있던 단층 파열로 모든 것이 부서지고 무너지고 쓰러졌다. 파고가 6m 이상 되는 지진 해일이 5년간의 결혼 생활을 휩쓸어 갔다. 그 충격에서 벗어나는 데 오랜 시간이 걸렸다. 지진 충격에서 완전히 벗어나 무덤에 간 것은 아니었다. 여진(餘震)은 내가 죽은 후에야 사라질 것이어서 그 핑계로 더 이상 성묘나 벌초를 미룰 수 없었다. 절을 올리고 벌초를 한 뒤 피곤이 몰려왔다. 돗자리에 누워 30분 정도 멍하니 하늘을 올려다보다 몸을 일으켰다. 상석 위의 황태, 그것을 안주 삼아 술을 마셨다. 강의가 없는 날이어서 시간에 구애받지 않았다. 술이 받는 날이었다. 해넘이로 하늘이 빨개질 때까지 계속 술을 마셨다. 나는 공원묘지 앞 가게 앞에 차를 세우고 2홉 소주 4병, 배와 사과 각 1개, 마른 황태 한 마리를 사 가지고 갔다. 소주 4병, 많이도 샀다. 술에 취하고 싶었던 것 같다. 벌초 후 무덤 앞에서 자고 가기로 마음먹었다. 묘지 관리인이 순찰을 돌다 안 된다고 할지도 몰랐다. 나는 공원묘지 입출 규칙을 알지 못해 고민하지 않았다. 고민도 뭘 알아야 고민한다.

황태는 크기에 비해 살이 없었다. 몇 번 찢지도 않았는데 가시를 앙상하게 드러냈다. 침안주로 술을 마셨다. 출발할 때 습기를 차단할 돗자리 2개와 군대 담요까지 트렁크에 싣고 왔다. 술을 마신 후 부모님 무덤 앞에 돗자리를 깐 뒤 해가 뜰 때까지 자고 갈 생각이었다. 그러고 싶었다. 살다 보면 그런 날이 있다. 아내의 교통사고사 이후, 나는 알코올 중독자가 되었다. 나는 나를 파괴하고 싶었다. 성묘를 핑계 삼아 술을 마실 생각이었다. 술 생각이 지렁이처럼 꿈틀거리며 뇌를 파먹었다. 내 알코올 의존증은 심각한 단계였다.

전날 새벽까지 술을 마시고 아침에 눈을 뜨면, 손이 떨린다. 그 떨림을 멈추게 하려고 또 술을 마셨다. 나는 침대 옆에 숨겨둔 술병을 찾아 흔들어 보고, 남아 있는 마지막 한 방울까지도 마셨다.

거울 속의 내 얼굴은 항상 붉게 물들어 있고, 눈은 흐리멍덩했다. 어제의 기억이 희미하게 떠오르지만, 대부분의 시간은 안개 속을 헤매는 것처럼 혼란스럽다. 나는 술병을 움켜쥐고, 한 모금, 또 한 모금을 마신다. 그렇게 해서야 겨우 떨림이 멈추고, 마음이 조금 차분해진다.

내 옷은 구겨지고, 몇 날 며칠을 입어서 냄새가 난다. 세탁을 해야 한다는 생각은 있지만, 그보다 술을 마시는 것이 더 급했다. 술이 없으면 나는 아무것도 할 수 없다. 일상적인 일조차 감당하기 힘들었다.

친구들, 가족들은 점점 나를 멀리했다. 그들은 나에게 단주모임에라도 가입해 보라고 권유하지만, 나는 그럴 생각이 없었다. 나는 술 없이는 하루도 버틸 수 없으니까. 술에 취한 상태에서 나는 현실을 잠시나마 잊을 수 있으니까. 그 대가는 너무나도 크다. 나는 더 외로워지고, 절망감에 빠지기 시작했다.

어느 날, 나는 술에 취한 채로 바닥에 쓰러졌다. 눈을 떠보니 아스팔트 차가운 바닥의 차가운 감촉이 느껴졌다. 나는 흐릿한 시선으로 막 먼동이 트는 하늘을 바라보며 생각했다. '이대로는 안 된다.' 하지만 그 생각은 또다시 술 한 모금에 묻히고 말았다. 나는 알코올의 노예였다.

나는 습관대로 소주 2병을 마신 뒤 알딸딸해진 상태에서 조금 휘청거리며 다른 산소들 묘비를 훑고 다녔다. 묘비의 형태는 동일했다. 이번에는 묘비 뒷면부터 읽어나갔다. 지난 세월 동안 우리 층에 4기의 묘가 새로 들어서 있었다. 사람들은 계속 죽었다. 지상에 내던져진 마지막 1명까지.

옆으로 뻗은 계단 한 층에 대략 15기의 묘 터가 있었다. 대략이라고 하는 것은 무덤의 크기가 동일하지 않기 때문이다. 계단 한 층에 10기에서 15기의 묘 터가 있었다. 매장 묘 1기 면적은 3평에서 최대 9평이었다. 무덤 평수는 유족이 공원 관리사무소와 정하기 나름이었다. 무덤 1기의 기본 평수는 3평인데 과시욕이 있는 유족은 평수가 늘어난 만큼 돈을 더 지불하면 되었다.

소주 2병을 비운 시간은 오후 5시 전후였을 것이다. 오렌지빛 석양에 취해 시계를 보지 않았다. 햇볕이 따가웠다. 황태포를 질겅질겅 씹었고, 무료해지기 시작했다. 옛 친구처럼, 습관이 되살아났다. 묘지 뒤로 돌아가 비석 뒷면을 읽기 시작했다. 어느 비석은 이름이 빼곡했다. 자식을 많이 낳고 장수까지 한 것 같았다. 비석 옆면에 새겨진 생몰연대를 보니 서기 1923년 3월 14일생(生), 서기 2022년 8월 21일 졸(卒)로 되어 있었다. 99년을 산 것이다. 자식도 많이 낳았다. 4남 5녀였다. 고인의 묘비 뒷면에는 자녀 9명과 며느리, 사위, 손주 7명의 이름까지 오와 열을 맞춰 묘비 뒷면을 가득 채웠다. 여백이 필요해 보였다.

그 순간 왜 아내의 죽음이 생각났는지 모르겠다. 아내의 간통과 비참한 죽음이 떠올랐다. 나는 닫아놓은 소주 마개를 다시 땄다. 안주는 옆 무덤 상석에 놓인-관리사무소에서 며칠 뒤 태울 것이다-육적을 먹었다. 죽은 자 앞에서는 모든 것이 용서된다고 생각했다.

무덤 가장자리를 어둠이 야금야금 파먹기 시작했다. 남은 태양빛으로 서쪽 하늘이 붉게 물들었다가 이내 깜깜해졌다. 어둠은 포식자였다. 눈에 보이는 모든 것을 먹어버렸다. 무덤들이 일제히 어둠의 입안으로 삼켜졌다. 아무것도 보이지 않았다. 사방이 먹물처럼 검었다. 죽음이란 더 이상 진해질 수 없는 먹물 같은 것이다. 그 먹물로 덮어버리면 나만 알고 있는 아내의 주홍글씨가 지워진다. 지우고 싶었다. 지워주고 싶었다. 이곳에 묻힌 수많은 죽음들 앞에서 A자는 무의미해 보였다. 소주를 병째 들이켠 후 어둠이 만들어 준 먹물로 A자를 덮어버렸다. A자를 먹물로 덮자 '아내'라는 신성한 두 글자만 남았다. 아내라는 이름이 차보라이트 보석처럼 반짝거렸다. 내게 소중했던 아내 윤미. 그녀는 왜 나를 배반했을까. 교통사고가 났을 때 아내는 37살이고 운전한 남자는 56살이었다. 아내와 상간남은 20살 가까이 나이 차가 났다. 나와 서윤의 나이 차와 비슷했다. '아—' 나는 그토록 알고 싶었던, 서윤에게 보낸 즉시 삭제해 버린, 그 문자의 내용을 알 것 같았다.

"50대의 남자와 30대의 여자가 서로 사랑할 수 있다고 생각하니?"

술에 취해 이런 문자를 보냈을 것이다. 내 문자에 서윤은 "21살이나 어린 여자아이와 사랑할 수 있다고 생각하세요?"라고 답장을 보냈다. 그때 내가 보낸 문자 속 50대 남자와 30대 여자, 그 두 사람을 40대의 나와 20대 여자인 자신으로 해석해서 그런 답장을 보낸 것은 아니었을까? 그랬을 것이다. 그렇다고 확신했다.

어둠에 적응하자 무덤 윤곽이 희미하게나마 주위와 구분됐다. 서윤이 나를 떠나기 전 마지막으로 부탁한 것이 무엇일까? 기억을 더듬었다. 생각났다. 그녀의 조부, 조모, 어머니, 삼촌이 북한에서 겪은 인권침해를 내게 소설로 고발해 달라고 했다.

*

잔잔한 햇볕이 얼굴 위를 내리쬤다. 아침 10시였다. 빈속에 과음해서 늦잠을 잤다. 어제 오후에 본 것보다 부모님의 무덤에는 풀들이 더 무성했다. 2시간 가까이 벌초를 끝냈다. 더웠다. 러닝셔츠를 벗어야 할 만큼 땀에 젖었다. 러닝셔츠를 목 위로 끌어올려 간신히 목을 통과할 때, 기억났다. 서윤의 할머니에게 전화를 걸겠다는 어젯밤 생각이. 서윤은 북한 인권탄압을 고발하는 소설을 써달라며 탈북자 할머니 전화번호를 알려줬다. 나는 그녀의 부탁을 들어줄 생각도 없으면서 그 번호를 저장해 두었다. 서윤은 내 곁을 떠났다. 내가 해줄 것은 그녀가 부탁했던 북한 인권탄압과 유린 실태를 고발하는 소설을 쓰는 것밖에 없다. 서윤의 조모 유옥란과 인터뷰를 해야 했다. 짐을 챙겨 트렁크에 실었다. 벌초를 하느라 땀에 절어 있었다. 차에 올라타자마자 에어컨을 틀었다. 차 안 공기가 시원해질 무렵 전화를 걸었다. 조모의 경계심을 푸는 데 서윤을 여러 번 들먹였다. 한때 손녀의 대학원 선생이다, 라는 말에 조모 말투가 공손해졌다. 전화를 건 이유를 밝히고 우리는 만나는 데 동의했다.

  조모 이름은 유옥란이었다. 그녀가 다니는 서울 강서구 화곡동 소재 작은 교회 사무실에서 만났다. 탈북하기 전 그녀는 목숨을 담보로 내놓은 북한 지하교인이었다.

  유옥란에게 한국으로 오기까지 자신이 겪은 이야기를 다 들었을 때 나는 탈진상태였다. 이야기를 듣는 동안 분노와 슬픔이 교차하면서 심한 감정변화를 겪었다. 너무 피곤했다. 누우면 그대로 깊은 잠에 빠질 것 같았다. 서윤의 할머니는 인터뷰를 시작한 후 이틀 밤낮을 잠도 자지 않고 한 맺힌 과거사를 들려주었다. 지친 나와 달리 유옥란은 생생했다. 아직도 이야기하지 못한 것이 많다는 듯, 지금까지는 1부고, 2부와 3부가 더 남아 있다는 듯, 나를 바라보는 눈이 맑고 초롱초롱했다.

  유옥란의 인터뷰 내용은 1990년대 후반, 300만이 굶어 죽었다는 북한 '고난의 행군' 때 벌어진 이야기다. 안전원 수사과장이던 서윤의 조부 박성배와 북한 혜산시 신흥동 인민반장 조모 유옥란이 겪은 비극적 가족사다. 자식이 굶어 죽을 위기가 닥치자 유옥란이 남한 영화가 저장된 시디알(CD-R)을 장마당에서 팔았고 조부 박성배가 그녀 대신 죄를 뒤집어쓰고 정치범 수용소로 끌려갔다. 조모는 서윤의 어머니 손을 잡고 압록강을 건넜다. 그때 서윤은 어머니 뱃속에 있었다. 기업소 부지배인이던 서윤의 아버지는 조국을 버릴 수 없다며 탈북을 거부했고, 굶어 죽었다. 서윤은 굶어 죽은 것이 아니라 자살의 방법으로 굶주림을 택한 것이라 했다. 북한에서 자살은 반역이었다. 나는 그녀의 할아버지 가족으로 대표되는 비극을 3인칭 시점에서 써나갔다. 정도의 차이만 있을 뿐, 그 당시 대다수 북한주민들이 겪은 비극이기도 했다.

북한

함경북도 종성에서 태어나 자란 유옥란은 같은 도 회령 출신 박성배를 중매로 만나 결혼했다. 박성배의 직업은 안전원[8]이었다. 그녀는 결혼 후 남편 근무지인 양강도(兩江道) 혜산(惠山)에 따라와 살았다. 유옥란은 혜산과 고향 함경북도 종성(鍾城) 말을 섞어 사용하곤 했다. 화가 났거나 누군가에게 미안할 때, 혹은 당황하거나 마음이 혼란스러울 때, 말하자면 평상심을 잃었을 땐 종성 방언이 튀어나왔다. 고향 말은 그녀에게 일종의 심리상태였다.

큰이모는 혜산에 살았다. 유옥란은 이모 집에서 혜산 1중학교

---

[8] 한국의 경찰

를 다녔다. 〈혜산 1중〉은 양강도 최고명문이었다. 졸업 후 〈김정숙 사범대학〉 '조선어학부'에 입학했고, 혜산시 〈운총(雲寵) 중학교〉 국어교원[9]으로 근무했다. 운총리는 원래 양강도 운흥군 운총리였는데, 행정구역 개편으로 혜산시 운총리가 되었다.

어느 봄날, 그녀는 아버지 전화를 받았다. 중요한 일이 있으니 고향으로 내려오라고 했다. 친정에 미래의 남편이 될 박성배가 기다리고 있었다. 북한 경찰인 안전원 정복을 입고 있었다. 얼굴이 잘생겼고, 멋져 보였다. 첫눈에 서로가 마음에 들었다. 두 사람 다 서로가 서로에게 첫사랑이었다. 거의 모든 첫사랑은 실패로 끝난다. 연애의 기술이 서툴렀던 탓이다. 하지만 그들에게 "첫사랑은 이루어질 수 없다."는 속설은 낭설에 불과했다. 보란 듯 맞선을 본 뒤 3개월 만에 결혼에 골인했다. 1년 후에는 허니문 베이비인 맏딸 진미를 낳았다. 박성배는 그녀와 결혼한 후 기울기를 따라 굴러가는 실패처럼 하는 일마다 술술 풀렸다. 시댁에서 아들 장가 잘 보냈다고 좋아했다.

유옥란은 밤이면 무릎을 꿇은 채 눈을 감고 가만히 있을 때가 많았다. 서쪽 벽에 난, 방 안의 유일한 창문 아래서 두 손을 겹쳐 손바닥이 보이도록 했다. 박성배가 "편하게 누워 자라." 하면 유옥란은 "아이, 안 잤슴다. 낮에 한 일을 생각했슴다." 했다. 그가

---

[9] 국어교사

"오늘 뭐 안 좋은 일이 있었는가?" 물으면 "내가 맡은 인민반에 바람 잘 날 업슴다." 하며 배시시 웃었다. 박성배는 아내 특유의 웃음을 보고 그제야 안심했다.

　유리창이 없는 북한의 모든 집 창문이 그렇듯, 비닐박막을 댄 창문은 저녁 잔바람에도 큰 소리를 내며 펄럭였다. 그녀의 머리카락은 귓바퀴 윤곽을 반쯤 드러낸 뒤 뒷목 절반쯤에 흘러내렸다. 물 사정은 좋지 않았다. 그런 중에도 매일 머리를 감는 듯 결이 부드럽고 매끈했다. 박성배가 이따금 개처럼 코를 대고 머리카락 냄새를 맡거나 부드럽게 쓰다듬어 주었다. 아내의 귀를 입 안에 넣으면 신음이 흘러나왔다. 그런 날은 평소보다 일찍 호롱불을 껐다.

　그녀의 이상한 행동은 매 끼니때도 마찬가지였다. 언제부턴가 그녀는 밥상을 앞에 두고 잠시 눈을 감은 뒤 첫 숟갈을 뜨곤 했다. 박성배는 불안해지기 시작했다. 아내의 그런 행동은 '미 공급 사태'[10] 이전에는 하지 않은 행동이었다. 그는 아내의 이상한 자세를 볼 때마다 다그쳐 볼까, 아닐 거야, 하며 혼란에 빠져들어 갈팡질팡했다. 그것이 기도하는 것임을 박성배가 몰랐을까. 깍지 낀 손바닥을 세로로 합친 형태였다면 혹시, 하는 의심이 들 수 있겠지만 유옥란은 항상 오른손바닥이 위로 보이도록 한 후

---

10) 식량 배급제 붕괴로 인한 배급중단 사태(세 번째 '고난의 행군')

두 손을 겹쳤다. 기도하는 것으로 의심받지 않으려 불교식 합장하는 손 모양을 만들었다. 하지만 불교 역시 천주교, 기독교와 마찬가지로 처벌 대상이었다. 북한에서 허용된 종교는 '김일성교'가 유일했다.

　유옥란이 눈을 감을 때마다 그런 자세를 취한 것은 다분히 의도적이었다. 의심받지 않으려면 그런 연기를 하지 않을 수 없었다. 남편이 의심하는 순간, 수사과장인 그가 가만있을 수 없는 것을 알고 있었다. 직업 때문만은 아니다. 남편은 성격 자체가 강직해서 옳다고 생각하면 상대가 누구든, 그 상대가 부모 형제나 아내, 자식일지라도 봐주거나 타협하지 않을 남자였다. 북한 체제를 지키는 일에는 누구보다 충성심이 강했고 체제를 위협하는 것이라면 상대를 가리지 않았다.

　늘 하는 업무지만 이번에는 좀 달랐다. 박성배가 불심검문 한 대학생의 가방에서 시디알(CD-R)이 40장, 무더기로 나왔다. 그 대학생은 남조선 드라마가 담겨 있는 시디알을 동창생들에게 유포하다가 남편에게 걸렸다. 이 사건은 끔찍한 일로 이어졌다. 원래 박성배가 시디알(CD-R)을 압수했을 때 반성문만 받고 훈방하려고 했는데, 보위부가 이 사건은 정치적인 것이라며 가로챘다. 보위부가 사건에 강제 개입해서 그 대학생을 죄목도 긴 '자본주의 사상에 물든 반당·반동 비사회주의 반역범'으로 만들었다. 두 달 뒤 대학생은 혜산비행장 활주로에서 가족과 주민들이 지켜보는 가운데 다른 죄수 2명과 함께 공개처형 됐다. 사형장에 끌려온 죄수들은 이미 초주검 상태였다. 보위부의 악독한 구타와 고문으로 팔다리가 관절 반대쪽으로 꺾이고 머리통이 부서져 있었다. 동원된 주민들의 공포심을 극대화하는 것 외에 처형은 의미가 없어 보였다. 재판부터 판결까지 10분이 안 걸렸다. 판사가 형식적인 판결문을 읽는 것으로 재판은 끝나고 사형을 선고했다. 그 즉시 형이 집행됐다. 한 사람의 사형수에 사수 3명을 배치해 머리와 가슴, 복부에 각각 3발씩 총 9발을 사격했다. 그자는 확인사살까지 했다. 시체를 가마니에 넣어 가족에게 인계도 하지 않은 채 야산에 내다 버렸다. 인간 백정이었다.

  북한은 감시가 일상화된 나라다. 보위부나 안전원 외에도 주민들 모두 서로에 대한 감시자이면서, 피감시자다. 보위부에게 시간과 장소 따윈 문제가 안 되었다. 언제 어디서나 몰래 감시해서 주민들은 보위부만 보면 불안에 떨었다. 그자들은 이번 대학생 시디알(CD-R) 사건에서처럼 '비사회주의 반당·반국가 행위'라는 모호한 죄목을 씌워 처형하는 등 무소불위의 권력을 휘둘렀다. 박성배는 그 대학생 일로 오랫동안 마음앓이를 했다. 시디알만 빼앗고 그냥 보내줬다면 입건한 근거서류가 없어 보위부가 개입할 일도 없었을 텐데, 하며 괴로워했다. 박성배는 외강내유형 인간이었다. 체격도 당당하고 기질도 강했지만 시디알 사건에서 보듯, 마음 한구석에는 정의롭고 여린 구석이 감춰져 있었다. 남편의 이런 약점 아닌 약점을 아내인 유옥란만 알고 있고, 밖으로는 숨겼다.

양강도 안전국 수사과장이긴 해도 박성배는 사악한 유형의 경찰은 아니었다. 임무에 철저해서 남들에게는 무섭게 느껴졌을 뿐 아내 입장에선 고지식한 남자였고, 외곬형이라 융통성이 없었다.

남편에게서 이번 대학생 처형 같은, 끔찍한 소식을 들을 때면 유옥란은 오슬오슬 춥고 몸이 떨렸다. 오한 때문이 아니었다. 퇴근한 남편에게 그런 이야기를 듣기 전까지 동네 뒷산에 올라 저녁 땔감을 만들어 올 정도로 몸 상태가 멀쩡했다.

자신이 믿고 있는 종교만 아니라면 수사과장 박성배는 최고였다. 인물과 직업에서 양강도에 남편감으로 그만 한 남자가 없었다. 문제는 북한에서 기독교는 금지된 종교였고, 박성배는 양강도 수사 책임자였다. 발각된 기독교인은 그 직분에 따라 처형을 당하거나 정치범 수용소에 끌려갔다. 주민들 사이에 기독교 신자 5만 명을 별도로 가둔 정치범 수용소가 있다는 소문이 돌았지만 거기가 어딘지 아무도 몰랐다. 기독교 신자는 그 가족·친척도 무사하지 못했다. 3대 멸족 연좌제 때문에 그들도 정치범 수용소로 끌려갔다.

그녀는 최악의 경우를 상상했다. 자신이 처형당한다 해도 그것은 하나님의 섭리고 순교라고 생각했다. 다만 남편이 연좌제에 걸려 처벌을 당하지 않을까, 전전긍긍했다. 자신 때문에 남편에게 안 좋은 일이 벌어지지 않기만 기도할 때마다 빌고 또 빌었다. 그런 두려움에 휩싸여 있을 때마다 어둠과 빛이 합쳐져 눈앞에서 뿌예졌다가 한순간 어둠이 입을 벌려 빛을 삼켜버리곤 했다. 두려운 마음에 사로잡혀 있으면서도 성경을 읽고 기도하는 것은 멈출 수 없었다. 복음은 이제 삶 자체였다. 읽지 않겠다고 결심한다 해서 멈출 수 있는 것이 아니었다. 이 절망적인 북한에서 복음만이 그녀가 기댈 수 있는 유일한 희망이었다. 유옥란이 기억하는 한, 좋은 날들은 썰물에 휩쓸려 지나가 버렸고 어쩌다 추억 속으로만 밀물져 들어왔다.

  삶 속에 기독교를 받아들이면서 모든 것에 물음표가 찍혔다. 전에는 거부감 없이 받아들였던 계급과 토대, 출신성분, 주체, 수령, 장군님, 따위의 용어가 무의미해졌다. 집 밖 어디든 볼 수 있는 '강성대국', '세상에 부럼 없어라', '인민의 락원(낙원)', '선군혁명 강성대국' 등의 선전구호가 눈에 거슬리기 시작했다. 텔레비전에서 김일성·김정일 동상이 나오면 고개를 돌렸다. 북한 사람이라면 최고 권력층부터 일반 주민들까지 누구나 달아야 하는 '초상휘장'도 꼴 보기 싫었다. '초상휘장'은 당과 수령에 대한 충성심을 나타낸다. 북한의 세습 체제를 떠받치는 우상화의 핵심 상징물이다.

  유옥란은 김일성·김정일 초상화 위에 커튼을 달았다. 커튼은 하모니카 주택에 사는 최정옥이 가져온 광목이불의 보를 찢어서 만들었다. 광목이불은 뇌물이었다. 최정옥은 중국에 밀수를 하러 자주 집을 비우는 여자였다. 남편이 계단에서 굴러떨어져 생계가 막연해지자 명태를 함흥에서 구입한 뒤 이문을 붙여 중국에 팔고 다녔다. 그녀의 뇌물은 보위부에 주민동태를 보고해야 하는 인민반장 유옥란의 입을 막으려 했다. 유옥란은 생계를 위해 어쩔 수 없이 중국을 드나드는 최정옥을 보위부에 밀고할 정도로 막돼먹은 인민반장은 아니지만 비법월경을 하는 그녀는 안심이 안 되었다. 이렇듯 북한은 주민들의 사소한 일상에서부터 최고위급 간부에 이르기까지 뇌물이 만연했다. 북한은 뇌물공화국이었다.

지난주에는 도 보위부 반탐[11]과 박치열 소좌[12]가 놀러 왔다. 박 소좌는 남편과 〈 강건종합군관학교 〉 동기인데 군대에 있을 때 진급이 빨랐던 대대장 남편 밑에서 참모장을 했다. 그는 틈만 나면 남편에게 찾아와 술잔을 기울였다. 박성배와 동갑이지만 군 시절 계급이 아래였고, 생일이 일주일 늦다며 유옥란을 형수라 부르며 깍듯했다. 남편과 박치열 소좌, 두 사람은 유일하게 서로 속내를 터놓고 의논하는 사이였다. 3남 2녀 중 장남인 박성

---

11) 방첩: 간첩을 잡는 부서
12) 소령

배는 친형제보다 그를 더 아끼고 좋아했다. 두 사람만 있을 때는 말을 트고 지냈다. 처음에는 손사래를 치며 사양했으나 박성배가 명령조로 말을 트자고 하자 못 이기는 체 받아들였다.

그가 초상화에 커튼이 걸려 있는 것을 보더니 물었다.

"형수, 초상화에 웬 가림막[13]임까?"

유옥란이 생각해 둔 말로 대답했다.

"소좌 동지, 방 청소를 하면 먼지가 날림까, 안 날림까?"

"날림다."

"그 먼지가 수령님과 장군님 사진에도 달라붙을 것 아닙까?"

"아-"

"소좌 동지 집은 어떻게 하는지 모르지만… 저는 방바닥을 쓸 때 먼저 초상화에 가림막을 칩니다. 초상화에 달라붙은 먼지를 닦는 것보다 아예 달라붙지 못하도록 하기 위함입다."

그녀의 거짓논리에 박 소좌가 머리를 긁적이며 겸연쩍은 표정을 지었다. 모두 지어낸 말이었다. 사실은 주민이 굶주리는데 이빨을 드러낸 채 웃고 있는 김일성·김정일 부자 얼굴이 보기 싫어 혼자 있을 때 초상화를 가려두었다.

복음을 접하면서부터였다. 악성종양처럼 박혀 나이가 들어갈수록 세뇌의 뿌리를 더 깊이 내리는 용어들이 있던 자리를… '영

---

13) 커튼

혼과 회개', '구원과 사랑' 같은 낯선 단어들이 차지했다. 불안과 공포 속에서 매일 기도를 빼먹지 않았지만 성경에 기록된 하나님의 성령 같은 것은 나타나지 않았다. 그녀는 마태복음 3장 16~17절에 기록된 구절을 좋아했다.

> 예수께서 세례를 받으시고 곧 물에서 올라 오실새 하늘이 열리고 하나님의 성령이 비둘기같이 내려 자기 위에 임하심을 보시더니 하늘로서 소리가 있어 말씀하시되 이는 내 사랑하는 아들이오 내 기뻐하는 자라 하시니라 (마 3:16-17)

북한의 경찰인〈사회안전부〉는 주민안전, 범죄예방 같은 치안조직이라기보다 북한체제를 지키는 정치적 기구다. 그 핵심적 임무가 김일성·김정일을 옹호·보위하여 북한 정권을 수호한다. 유옥란의 남편 박성배는〈사회안전부〉지방조직인 양강도 안전국 수사과장이었다. 각 도의 수사과장은 투철한 사상성뿐 아니라 토대와 출신성분이 좋아야 했다. 박성배는 아버지 박승호가 도당 농업담당 비서고, 윗대로 올라가면 그 뿌리가-잔뿌리이긴 하지만-김일성과 항일투쟁을 함께 한 빨치산파에 닿아 있었다. 양강도는 치열한 경쟁을 뚫고 10년 차 안전원 박성배가 선발되었다. 1956년 병신(丙申)년에 태어난 그는 40살을 앞두고 있었다. 아내 유옥란보다 5살 많았다.

박성배가 안전원 정복을 입으면 멋져 보였다. 북한의 안전원은 현역 군인이거나 군대와 같은 계급체계를 갖고 있다. 정복은 군복과 비슷한 카키색이고 견장은 황금색 바탕에 녹색 테두리가 둘러져 있다. 중좌[14]는 견장 바탕 위에 녹색 띠가 두 줄 지나가고 그 두 줄 가운데 은빛 별 2개가 반짝거렸다.

직업적 촉수가 뛰어난 수사과장 남편이 아내의 종교 활동을 모른다면 이상한 일이다. 그의 '모른 체'는 남편으로서 택한 최선의 방법이었다. 추궁 끝에 죄를 실토하는 순간 아내는 총살당할 수 있다. 연좌제 때문에 자신도 무사하지 못했다. 그는 아내가 눈을 감고 있을 때마다 두려움을 느꼈다. 유옥란이 생각하는 것과 달리 박성배는 책임감과 충성심 때문에 아내를 감옥에 잡아넣을 만큼 냉혹한 위인이 못 됐다. 아내가 자신 앞에서 기도하고 있는데도 기껏 한다는 말이 "편하게 누워 자라." 정도니 그의 속마음을 짐작할 수 있다. 바깥에서 일을 처리할 때의 단호함, 냉철함과 달리, 아내에 관한 한 박성배는 소심하고 우유부단한 남자였다. 유옥란이 기도할 때마다 갈팡질팡했다. 그는 아내의 자세가 의미하는 것에 시계추처럼 대롱대롱 매달려 있었다.

박성배는 1미터 80센티의 키, 84kg의 몸무게, 중앙당 간부처럼 배가 나오고 조금 뚱뚱한 편이었다. 북한 남자치고 한 덩치 했다.

---

14) 중령

그에 비해 유옥란은 1미터 50센티가 조금 넘는 키에, 살집이 없었다. 체구가 작은 탓에 쌍꺼풀진 큰 눈, 뾰족한 콧날, 도톰한 입술 등 미인으로 갖추어야 할 이목구비를 갖고 있음에도 눈에 띄는 편은 아니었다. 박성배는 그런 유형의 여자를 좋아했다. 그는 키가 크고 몸이 풍만한 글래머형 여자를 질색했다. 그에게 유옥란은 '조선 여자다운' 아담한 체구였다. 그의 눈에 비친 아내는 부드럽고 매끈한 머리카락이 자연스럽게 풀어진 채 목뒤로 흘러내렸다. 연분홍빛을 띠는 피부와 눈 흰자위 정중앙에 위치한 검은 눈동자는 바라보기만 해도 상대를 쏘아보는 듯했다. 머리카락에 반쯤 잠겨 있는 귓바퀴의 윤곽은 머리숱과 보기 좋은 비례를 이루었다.

　박성배와 반대로 유옥란은 처녀 때부터 체구가 당당한 남자를 좋아했다. 남녀는 자신에게 없는 것을 갖춘 상대에게 호감을 느끼는 법이다. 유옥란의 얼굴은 동그랗고 남편 박성배는 길었다. 유옥란은 키가 작은 편이고, 박성배는 북한 남자 중에서 눈에 띄게 키가 컸다. 몸집 역시 반대였다. 유옥란은 살집이 없어 마르게 보였지만 박성배는 배가 나오고 풍만했다. 두 사람에게 한 가지 공통적인 것이 있었다. 두뇌였다. 박성배와 유옥란 둘 다 머리가 좋았다. 학창 시절 성적도 우수했다. 박성배는 특수부대인 경보병 하사관 때 군관[15]을 양성하는 〈강건종합군관학교〉에 치열한 경쟁률을 뚫고 중대에서 혼자 입학했고 수석으로 졸업했다. 수석 졸업자여서 중위 계급을 달았다. 〈강건종합군관학교〉 전통이었다. 소위로 임관한 동기생보다 혼자만 한 계급이 높았다. 군관학교 졸업 후 5군단 소속 〈63저격 여단〉에 배치됐다. 1년 뒤 8군단 소속 〈82경보병 여단〉 소대장으로 발령 났고, 그 부대에서 중대장을 거쳐 대대장까지 지냈다. 제대 후 아버지 박승호의 권유로 〈인민보안 대학〉에 들어가 우수한 성적으로 졸업했다. 이듬해 군대계급과 대대장 지위가 참작되어 안전원 조장이 되었다.

유옥란은 〈김정숙 사범대학〉 '조선어문학부'를 나왔다. 〈김정숙 사범대학〉은 양강도 혜산시에 위치한 북한의 고등교육기관으로, 양강도의 중학교 교원을 양성하는 것을 목표로 설립되었다. 1961년 9월 〈혜산교원대학〉으로 출발하였으며, 5년제였다. 1972년 9월 〈혜산 제2사범대학〉으로 개편되었으며, 1981년 8월 〈김정숙 사범대학〉으로 이름을 바꾸었다. 유옥란은 한때 '조선작가동맹' 회원으로 활동할 만큼 문학과 언어에 대한 감각이 남달랐다. 그녀는 혜산시 〈운총중학교〉에서 몇 년간 국어교

---

[15] 장교

원[16]을 하다가 중매로 남편 박성배를 만나 딸 진미, 아들 석태를 낳았다. 두 사람은 서로를 깊이 신뢰하고 사랑했다. 문제는 유옥란이 나라에서 금지하는 지하종교를 믿는 것, 더 큰 문제는 남편 박성배가 기독교인을 잡는 도 안전국 수사과장이라는 것이다. 북한에서 아내가 금지된 종교를 믿고 있는 지하교인이라면 남편의 운명은 어떻게 될까. 연좌제의 책임을 지고 정치범 수용소로 잡혀가거나, 최소한 아오지 같은, 동북부 탄광지역의 노동자로 추방될 것이다. 금지된 종교에 관한 한, 도당 농업담당 비서인 시아버지라도 힘을 쓸 수 없었다. 이런 사실을 알고 있는 유옥란은 기도 마지막에 늘 똑같은 간청을 올렸다.

"주님, 저 때문에 남편이 잘못되지 않도록 일해주소서."

"북한주민을 굶주림과 독재에서 건져주소서."

지하교인은 권력층부터 피지배 계급인 적대계층까지 다양했다. 기독교를 믿게 되는 통로 또한 여러 갈래였다. 그 통로 중 하나는 '고난의 행군' 때 중국으로 월경한 주민이 한국교회에 의식주 도움을 받고 예수를 알게 된다. 그들은 목숨을 걸고 북한으로 되돌아와 이웃 주민에게 전도했다. 유옥란은 이런 전도 과정을 거치지 않고 교인이 되었다.

유옥란이 교인이 된 경우는 특별했다. 그녀는 어느 날 동네 인

---

16) 국어교사

근 야산으로 산나물을 캐러 갔다. 그 야산은 해발고도가 낮은데 산세가 깊어서 산나물이 많았다. 남편 박성배가 나물무침을 좋아했다. 날씨는 따뜻했지만 북풍이 세찬 날이었다. 바람에 밀려 구름이 북쪽에서 남으로 움직였다. 그녀가 산 중턱을 올라가는데 길쭉한 풍선이 나뭇가지에 걸려 바람에 타닥거렸다. 호기심에 발길을 돌렸다. 나뭇가지에서 끄집어내는데 풍선이 터졌다. 풍선 속에는 비닐봉지가 있었다. 비닐봉지를 뜯자 그 속에는 물에 젖지 않도록 다시 비닐에 싸인 성경책(쪽 복음)이 있었다. 유옥란은 그것을 집어 드는 순간 이 물건이 금지된 책이라는 것을 알았다. 머리털이 쭈뼛 섰고 팔에 소름이 돋았다. "성경을 발견하는 즉시 도 보위부나 안전부에 신고하라."는 선전차 스피커에서 울려 나오는 경고방송이 귓가에 맴돌았다. 그녀는 신고하는 대신 그 물건을 관목 수풀 속에 감추었다. 주위가 어두워지면 다시 찾아올 생각이었다. 호기심 때문에 그런 시도를 한 것은 아니다. 그녀는 호기심 충족에 목숨을 걸 만큼 어리석은 여자가 아니었다. 유옥란은 지하교인이 된 한참 후에 깨달았다. 목숨을 건 그 날의 결단이 그토록 원했던 하나님의 성령에 의한 것임을.

　북풍이 세차게 불던 그날, 그녀는 방문을 걸어 잠그고 쪽 복음-마가복음-을 읽었다. 무슨 말을 하는지 전혀 이해가 안 됐다. '귀신 씻나락 까먹는' 소리였다. 그런데 이상한 일이 벌어졌다. 그녀는 바람이 세차게 부는 날이면 처음 풍선을 발견한 그 장소

주위에서 무엇인가 기다리는 자신을 발견했다. 서너 번에 한 번씩 풍선이 그녀가 서성대는 근처 나뭇가지에 걸려 있었다. 우연으로만 돌리기에 이상했다. 풍선 속에는 마가복음, 마태복음, 누가복음 등 신약성경이 쪽 복음서 형태로 들어 있었다. 누가 보낸 도 모르는 채 그녀는 그것을 방문을 걸어 잠근 뒤 읽고 또 읽었다. 2년쯤 지나자 성경 구절이 조금씩 눈에 들어왔다. 여전히 이해하기 어려웠지만, 이제는 성경 말씀 자체가 좋아져 금지된 행동을 멈출 수 없었다. 그렇게 유옥란은 스스로 교인이 되었다. 잉걸불처럼 그녀의 신앙은 불타올랐고, 매 순간 굶어 죽어가는 북한주민들을 위해 기도했다. '굶주림의' 끔찍함이 들불처럼 번져가던 해였다. 그해부터 함경북도 사람들이 무더기로 굶어 죽기 시작했다.

※

1996년 새해, 『로동신문』을 포함한 4대 신문의 신년 공동사설에서 '고난의 행군'이 일제히 발표된 해였다. 그때쯤 유옥란은 쪽 복음을 읽는 재미에 푹 빠져 있었다. 마태, 마가, 누가 등 쪽 복음서 3권의 해석관점이 비슷하다는 것도 알았다.

조금 전 남편이 출근한 뒤 유옥란은 평소처럼 방 안에서 기도를 마친 뒤 마당청소나 할까, 하고 밖으로 나왔다. 개가 짖었다.

남편이 강아지 때 가져와 키운 풍산갠데 평소 성격은 점잖고 온순했다. 기억력이 비상해서 집을 한번 방문한 사람이 다시 왔을 땐 짖지 않고 물끄러미 쳐다보기만 했다.

유옥란의 집은 개인 유옥란의 집이면서 인민반장의 집이기도 했다. 동네 사람들의 출입이 잦았다. 풍산개는 한번 방문한 동네 사람이 다시 찾아오면 꼬리를 흔들지 않았지만 짖지는 않았다. 남편은 풍산개 이름을 '산'이라 지었다. 유옥란과 한 번이라도 조곤조곤 대화를 나누거나 집 안으로 들어갔던 사람에게는 절대 짖지 않는 '산'이가 사납게 짖고 있었다.

대문 앞에 웬 남자가 서 있었다. 식량 '미공급 사태'로 사람들이 굶어 죽고 대낮에도 강도와 도둑이 들끓던 시기였다. 강도와 도둑이 한동안 잠잠하다 싶으면 그 자리를 메꾸듯 살인사건이 일어났다. 강도와 도둑질은 평범한 일이 되었다. 배급이 중단되자 도둑질쯤은 누구라 할 것 없이 주민들 삶의 일부분이 되었다. 평소 선량했던 주민들조차 굶주림보다 도둑질을 택했다.

대문 안 인기척에 유옥란이 놀랐다. 남편이 출근하고 대문을 잠그는 것을 깜빡했다. 대문 안 마당에 한 남자가 멈칫멈칫 서 있었다. 유옥란의 집은 시아버지에게 물려받은 독립가옥(단독주택)인 데다 여자 혼자 있어 나쁜 마음만 먹으면 언제든지 강도와 도둑으로 돌변할 수 있었다. 유옥란이 물었다.

"거기 누구요?"

남자는 한동안 그녀의 얼굴을 바라보다가 말했다.
"자매님이신지요?"
자매라는 말을 듣는 순간 유옥란의 머릿속에 희뿌연 형상의 무엇인가 떠올랐다. 자매? 익숙할 수 없는 말이 그 남자 입에서 나오는 순간 익숙하게 들렸다. 이상한 일이다. 북한사회에서 남자가 외간 여자를 자매라고 부르는 것은 있을 수 없는 일이다. 그녀는 '나라가 흉흉하니 별 미친놈 다 보겠네.' 생각하며 등을 돌려 집 안으로 들어가려다 쾅, 하고 머리를 내리치는 것 같은 충격이 왔다. '마가복음' 3장에서 자매가 들어간 구절이 떠올랐다.

31 그때에 예수의 어머니와 동생들이 와서 밖에 서서 사람을 보내어 예수를 부르니 32 무리가 예수를 둘러앉았다가 여짜오되, 당신의 어머니와 동생들과 누이들이 밖에서 찾나이다 33 대답하시되 누가 내 어머니이며 동생들이냐 하시고 34 둘러앉은 자들을 보시며 이르시되 내 어머니와 내 동생들을 보라 35 누구든지 하나님의 뜻대로 행하는 자가 '내 형제요 자매요 어머니'이니라.

예수가 말한 '자매'라는 말이 떠오르자 이 사람은 '금지된 종교'와 관계되는 사람일지도 모른다는 생각이 들었다. 그가 하는 말, 몸짓, 행동이 슬로비디오처럼 느렸다. 나이는 50세 전후로 살갗이 까무잡잡하고 침착해 보였으며 두 눈이 반짝반짝 빛나고 있었다. 매사에 신중하고 조심하는 태도 한편으로 잔뜩 주눅 들어 있었다.

전쟁터에서 만난 적과 아군 같았다. 그 남자와 유옥란은 계단과 2평 마당을 사이에 두고 있었다. 그 남자를 본 사람은 누구나 그가 평범한 촌부나 장사치가 아니라는 것을 알 수 있었다. 온화한 얼굴에다 "자매님이신지요?"라고 물었을 때 나지막한 목소리가 몸에 밴 조심성을 보여주었다. 그 남자가 "자매님."이라고 말할 때 고래가 솟아오를 때 사방으로 흩어지는 파도 소리처럼, 유옥란의 고막을 커다란 떨림으로 뒤흔들었다.

그녀를 '자매'라고 부른 남자는 혜산시 신흥동 지하교회 강영일 선교사였다. 그는 유옥란이 상상했던 선교사 인상과 거리가 멀었다. 생김새나 옷차림, 짧게 깎은 머리는, 사복으로 갈아입은 보위부원 같았다. 신분을 속이려 일부러 그렇게 꾸몄을 것이다. 유옥란이 고개를 젖혀 하늘을 올려다보았다. 선교사를 기준으로 왼쪽 하늘에는 구름이 짙게 깔려 있고, 오른쪽은 햇빛이 쨍쨍했다. 그도 유옥란처럼 긴장했던 것일까. 물기 없는 입술이 하 다. 그녀는 부엌으로 들어가 물 한 사발을 그에게 건넸다. 선교사인 그의 첫인상은 겁 많고 소심해 보였다. 선교사는 벌컥벌컥 물을 마신 뒤 미안해하면서 한 잔 더 달라고 했다. 물을 더 큰 사발에 가득 채워주자 순식간에 다 마셔버렸다. 그러고는 이제 살 것 같다는 표정으로 "자매님, 감사합니다."라고 말했다. 귀 기울이지 않으면 무슨 소리인지 모를 들릴락 말락 했다. 강 선교사가 발을 딛고 서 있는 이곳은 북한 땅이다. 보위부나 안전원, 이웃 주민들의 신고로 잡히는 순간 목숨을 내어놓아야 하는 처형의 땅이다. 그런 이유로 나직한 말이 습관화되어 있는 듯했다.

이 남자가 "공화국의 원쑤 놈이라 때려죽여야 한다."고 배운 선교사라는 생각이 들자 유옥란은 대문에 빗장부터 채웠다. 방으로 들일까 하다가 처음 보는 남자와 방 안에 둘만 있는 것은 내키지 않았다. 유옥란은 그를 마당 오동나무 아래 평상으로 안내했다. 7월이라 코끼리 귀만 한 나뭇잎들이 무성하게 자라 있는 데다 아래로 늘어뜨려져 있어 위장막처럼 평상 주변을 가려주었다. 블록 담장이 둘러쳐 있고 그 위에 깨진 병조각과 얼기설기 철조망을 엮어놓아서 그녀의 집은 발뒤꿈치를 들어 올리지 않는 한 밖에서는 집 마당이 보이지 않았다.

유옥란이 물었다.

"우리 집을 어이 아셨습데까?"

질문 요지는 '나를 감시했느냐는 것'이다. '감시'라는 단어만 생각해도 화부터 났다. 태어나 죽을 때까지 감시를 당하는 삶. 개인의 삶은 철저하게 통제되고 감시가 일상이 된 나라. 개인을 대상으로 물샐틈없이 이루어지는 감시는 완벽하게 '통제된 북한 사회'를 만들어 냈다.

선교사는 한동안 주저하는 낯빛을 보이다가 어떤 결심에 이른 듯 모든 것을 털어놓았다. 부드러운 서울말을 쓰고 있었다. 억양과 말투가 몰래 본 남조선 연속극과 영화 속 등장인물이 주고받는 대사와 똑같았다. 남조선 출신과 한 뼘 거리를 두고 대화하는 것이 신기했다. 이런 날이 오리라고는 한 번도 상상해 보지 않은 풍경이었다. 선교사가 말했다.

 "그렇게 물으니 이건 우리 교회의 비밀인데, 자매님을 믿고 말씀드리겠습니다. 이 지역에 사는 우리 형제자매가 풍선 가져가는 사람의 뒤를 밟아서 집을 알아냈습니다. 북한에서 전도하려면 이 방법밖에 없는 것을 이해해 주십시오."

 선교사는 세상의 모든 고통이 자기 것인 양 수심에 가득 찬 얼굴이었다. 북한에 우울증이라는 병은 없지만, 있다면 강 선교사의 얼굴이 그랬다.

 "풍선 주변에 숨어서 누가 그걸 가져가는지 감시했다는 것이오? 나르[17] 감시한 사람이 누구오? 말해봅소!"

 누군가에게 뒤를 밟혔다는 생각에 불쾌해졌다. 화가 난 유옥란이 고향에서 사용하던 육진 방언으로 말했다. 고향이 함경북도 종성인 그녀는 어린 시절 조부모, 부모, 그녀의 형제 등 3대가 한집에서 살았다. 조부모와 부모가 사용하는 북한 동북부 방언

---

17) '나를'의 육진 방언

이 그녀의 입에 붙어 있다가 감정 상태에 따라 자신도 모르게 튀어나왔다.

"감시는 아니고, 전도방식의 하나라고 이해해 주십시오. 풍선을 가져간 형제자매가 어디에 사는지 알아야 찾아가 전도할 수 있으니까요."

유옥란이 고개를 끄덕였다. 선교사는 1시간 동안 머물다 돌아갔다. 그에게서 들은 말은 두 가지였다. 하나는 신흥동에 유옥란을 포함해 지하교인이 4명이다. 또 하나는 매달 둘째 주 일요일 11시에 동네 뒷산 토굴에 모여 주일예배를 드린다, 했다. 신흥동 전체주민이 1,500명 정도 되는데 4명이라면 적은 숫자일 수 있다. 하지만 여기는 북한이었다. 기독교를 믿다가 발각되면 집안 전체가 풍비박산 나는 사정을 감안할 때 기독교를 믿는 교인이 존재한다는 것만으로 기적에 가까운 일이다. 신흥동에 4명의 지하교인이 있는 것은 '부흥'이 일어난 것과 같았다.

남편은 그즈음 바빴다. 당 중앙에서 무슨 지시가 떨어졌는지 주말에도 출근했다. 선교사가 돌아간 다음 주 일요일, 유옥란은 남편을 출근시키고 고민에 빠졌다. 오늘 11시에 주일예배가 있다. 방 안에 혼자 숨어서 쪽 복음을 읽는 것과 주일예배 모임에 참석하는 것은 차원이 다른 종교 활동이다. 두려움과 호기심이 뒤섞여 그녀의 머릿속에서 세찬 물소리를 내며 여울물처럼 흘렀다. 여울물의 하류쪽에서 결정을 내렸다. 주일예배 모임에 참석하기로 했다.

선교사가 토굴에서 5m쯤 떨어진 언덕에 서서 예배하러 오는 교인을 맞아주었다. 유옥란을 발견하자 환한 웃음을 띠었다. 그가 앞장서서 길을 안내했다. 길이 나 있지 않은 떡갈나무 사이를 헤치며 올라갔다. 활엽나무의 널따란 나뭇잎들에 가려진 토굴 주변은 어두컴컴했다. 나뭇잎에서 뿜어져 나오는 여름의 끈적끈적한 습기가 그녀의 얼굴과 노출된 팔에 달라붙었다. 나뭇가지와 활엽수 나뭇잎에 가려 토굴 입구가 보이지 않았다. 지하교회로서 안성맞춤이었다.

출석 교인은 4명이었다. 장마당 장사꾼 박금옥 할머니, 〈직맹위원장〉 정태호, 가죽이김공장[18] 노동자 정명심, 그리고 초신자(初信者) 유옥란이었다.

양강도 〈직맹위원장〉 정태호는 눈꺼풀이 두꺼워 눈이 약간 부어 보이는, 대화를 나눌 때 우습지도 않는 말에 너털웃음을 터뜨리곤 하던 남자였다. 지난주에 삶은 닭알[19]을 안주 삼아 남편과 술을 기울이는 것을 본 적 있었다. 그가 신흥동 신도 회장을 맡고 있다는 말에 입이 다물어지지 않았다. 닭알을 삶아 남편에게 찾아온 것도 전도의 간을 보려고 왔던 것이 아닐까, 하는

---

18) 피혁공장
19) 계란

생각에 쓴웃음이 났다. 아내인 자신조차 기도할 때마다 살얼음판 위를 걸어가듯 남편의 눈치를 보며 살고 있는데, 〈직맹위원장〉이 남편을? "하룻강아지 범 무서운 줄 모른다."는 속담이 떠올랐다.

교인들은 잘 훈련된 군인처럼 선교사의 예배순서를 따라 했다. 먼저 선교사의 선창으로 찬송가를 따라 불렀다. 노랫소리가 새 나가지 않게 교인들은 입만 벌리는 정도였다. 선교사를 포함 네 사람의 합창이 모깃소리만 했다. 유옥란은 처음 듣는 찬송가여서 듣기만 했다. 예배 마지막에 선교사가 '중보기도'를 하자고 했다. 유옥란은 중보기도가 무슨 말인지 선교사에게 물었다.

"간단히 말하면, 중보기도는 다른 사람들을 위해 기도하는 행위입니다. 예수님의 중보 사역으로 우리는 다른 그리스도인들 및 영혼들을 위해 하나님의 뜻에 따라 기도로 중보할 수 있습니다."

북한에 '중보'라는 말은 없다. 조선말 대사전에도 그런 단어는 없었다. 유옥란이 선교사의 알 듯 말 듯 한 설명을 듣고 있는데 교인들이 혼잣말로 중얼중얼거렸다. 예배는 이것으로 끝났다. 20분이 안 걸렸다. 북한의 선전구호인 '속도전'을 한 것 같았다. 보위부와 안전원의 감시를 피해 예배를 드리자니 어쩔 수 없을 것이다. 집으로 돌아오는 길에 유옥란은 "중보기도는 타인을 위해 기도하는 행위입니다."라는 말만 기억했다. 나머지 설명은 이해하기 어려웠다.

　오빠가 군사복무를 위해 집을 떠난 다음 날부터 어머니는 첫 새벽에 일어났다. 당신은 정화수가 담긴 그릇을 장독대 위에 올려놓고 두 손을 모은 채 중얼거렸다. 오빠를 위해 어머니가 중얼거리는 것이 중보기도일까. 중보기도라면 어머니에게 오빠가 타인일까. 내가 아닌 사람은… 다 타인인 걸까. 한참을 생각해도 알 듯 말 듯 했다. 유옥란은 '중보기도'를 '나를 위해 기도하지 않은 기도'로 결론지었다.

　주일 첫 예배에 참석한 지 넉 달이 지났다. 가을빛이 짙어졌다. 그날 친정어머니 첫 기일이 있었다. 유옥란은 고향 종성으로 가야 해서 주일예배에 참석하지 못했다. 바빠서 시동생 결혼식에도 참석하지 못했던 남편도 가시어머니[20] 첫 기일에 동행했다.

　이튿날 돌아와 보니 조마조마하던 일이 터졌다. 선교사와 교인 2명이 갑자기 들이닥친 보위부에 끌려갔다. 자신과 신도 회장 정태호만 무사했다. 정태호도 그날 주일예배에 나오지 않았다. 자비는 없었다. 장마당 장사꾼 박금옥 할머니만 정치범 수용소로 끌고 가고, 강영일 선교사와 가죽이김공장 정명심은 총살당했다. 유옥란이 산속 토굴 지하교회에 출석한 지 4개월 만에 벌어진 일이었다. 당단풍 잎들이 야트막한 산 전체를 울긋불

---

20) 장모의 북한 말

굿하게 물들였던 늦가을이었다. 그녀는 왜 이런 일이 자신이 예배에 참석하지 않은 날에 발생했는지, 그것 때문에 어머니가 돌아가신 행운의 날짜에 감사해야 하는지, 혼란했다. 이틀 동안 식사를 거른 채 괴로워했다. 몸뚱이를 얼음물에 담근 듯했다. 더운 피가 다 빠져나간 듯 느껴졌다. 피가 돌지 않는 유옥란은 오슬오슬 춥고 떨렸다. 잉걸불이 활활 타는 곳은 성경 속 지옥이 아니라 북한이 아닐까, 하는 의심이 들었다. 주님이 존재한다면 두려움을 이겨내고 그분을 믿는 교인들을 왜 지옥에 보내는 걸까. 눈물이 멈추지 않았다. 선교사마저 처형당했으니 고뇌를 털어놓을 사람도 없었다.

〈국가안전보위부〉는 '고난의 행군'이 닥치면서 탈북자들이 대거 발생하자 '반공화국 자본주의 불순분자'를 색출한다며 날뛰었다. 보위부는 탈북 브로커와 남조선 드라마를 본 주민, 기독교인을 간첩으로 몰아 처형하거나 정치범 수용소에 끌고 갔다. 박성배는 아내의 휴일 외출을 의식한 듯 보위부를 조심하라는 말을 했다. 아내를 외면한 채 지나가는 말처럼 던졌다.

유옥란은 강 선교사와 교인 정명심이 처형당하면서부터 불안감에 휩싸였다. 불안 증상이 심해지면 발작을 일으키기도 했다. 스트레스성 공황장애였지만 의료지식과 기술이 낙후된 북한에서 그런 병명은 없었다. 발작이 시작되면 극도의 공포심이 느껴지면서 심장이 터지도록 빨리 뛰거나 가슴이 답답하고 숨이 찼다. 땀이 비 오듯 흘렀다. 죽음에 이를 것 같은 불안감이 그녀의 온몸으로 퍼져나갔다. 증상이 발생하면 10분 안에 그 정도가 최고조에 달했다. 선교사와 교인의 처형은 공포와 분노의 임계치를 넘어 그녀 마음에 급격한 스트레스성 파열을 일으켰다. 눈을 감으면 검은 형체들이 어른거리고, 누군가 시시각각 숨통을 죄어오는 압박감을 느꼈다. 그때마다 울면서 자신에게 물었다.

"괜찮니? 두렵지 않니? 견딜 수 있겠어?"

*

끔찍했다. 문밖을 나서면 시체들이 나뒹굴고 있었다. 박성배는 수사과장에 임명되기 전 살인사건 현장에서 죽은 사람을 많이 봤다. 그런 그도 이 끔찍한 시체들을 보자마자 고개를 돌렸다. 얼마나 굶주렸는지 죽은 몸에 살점이라고 없었다. 출근하다가 시체를 보고 놀란 사람들이 뼈만 남은 시체에 한 번 더 놀랐다. 죽은 사람이 입은 옷을 누가 벗겨 갔는지 알몸인 상태로 엎드려 죽은 시체도 있었다. 그런 시체에는 손이 들어갈 정도로 항문이 벌어져 있었다. 벌어진 항문 틈으로 밤새 쥐들이 들락거렸을 것이다. 주민들은 비명을 지르거나 두 손으로 눈을 가렸다. 호기심을 억누르지 못한 처녀들은 손가락을 벌려 그 틈새로 시체를 엿보았다.

배급이 중단되자 사람들이 굶어 죽는다는 소문이 돌긴 했지만 여름철까지 시체가 눈에 흔하게 띄는 정도는 아니었다. 가을에 접어들면서 시체들이 넘쳐났다. 청진 수남 시장과 혜산 장마당 옆 길가에, 또 어떤 날은 하모니카 주택 담장 밑에, 아사(餓死)한 시체들이 넘쳐났다. 밤이면 쥐들이 몰려나와 죽은 사람들 눈알을 파먹었다. 시체를 처음 본 사람들은 몸서리쳤다. 평소 담력을 자랑하며 헛가다[21]를 피우던 남자도 쥐나 야생동물에게 파먹혀 흉측해진 시체를 보는 순간 놀라 뒷걸음질 쳤다. 경험이란 놀라운 것이다. 얼마 지나지 않아 어린아이조차 시체를 보고 놀라지 않았다. 시체 옆에 모여 앉아 장난삼아 긴 막대기로 툭툭, 건드리는 아이도 있었다. 어른들은 시체를 볼 때마다 저마다 공포의 반대편 축에 팽팽한 균형을 이루고 있는 '아직 살아 있음'에 안도했다. '나는 살아 있다. 죽지 않을 거야.'

일주일씩, 열흘씩, 늦어지던 정부 배급이 결실의 계절인 가을에 사회적 계급과 신분에 따라 양이 줄어들거나 완전히 중단됐다. 원래 식량 배급은 정해진 날에 배급소에 자루와 배급표를 가져가서 식구 수에 따라 곡물을 받았다. 배급일은 가정마다 달랐다. 1인당 배급량도 달랐다. 성인 근로자는 강냉이 낟알을 하루 700~800g씩 계산했다. 일을 하지 않는 주부, 노인, 장애인은 하

---

[21] 허세의 북한 말

루 배급량이 300g, 청소년은 400~500g이었다. 이런 식으로 계산하니, 일하지 않는 부양가족이 많을수록 식량이 모자를 수밖에 없었다. 세대주[22]가 공장이나 농장 등 일터로 출근하지 않으면 결근일수만큼 또 배급량을 줄였다. 세대주 1인분 어치만 줄어드는 것이 아니라 온 가족 배급량을 다 줄였다. 세대주가 아픈 주민들은 속으로만 외쳤다.

'무슨 배급정책이 이따위야!'

세대주가 일터로 출근하지 않는 가정은 그 가족 모두 굶어야 했다. 굶지 않기 위해선 아무리 몸이 아파도, 가서 할 일이 없어도, 기를 쓰고 출근해야 했다. 강냉이 하루 700~800g도 성인에게 충분한 양이 아니었다. 나라에서 곡류를 제외한 나머지 음식은 주지 않아 배급이 제대로 이루어질 때도 주민들의 영양 상태는 좋지 않았다. 배급이 원활할 때 주민들은 배급된 강냉이로 밥을 지어 먹기도 하고, 누룽지를 만들어 과자처럼 먹기도 했다. 강낭콩을 넣어 죽을 끓여 먹는 집도 있었다. 그런 음식을 만든 날에는 어려운 처지에도 이웃들과 나눠 먹었다. 뙈기밭[23]에서 키운 감자나 남새[24]를 반찬으로 삼았다. 된장이나 간장, 각종 기

---

22) 가장
23) 텃밭
24) 채소

름은 국영상점에서 팔았는데, 물건만 진열해 놓을 뿐 영업을 하지 않았다. 주민들은 명절이나 김일성·김정일 부자의 생일 같은 때만 상점에 가서 두부 한 모, 소주 한 병, 배 한 알을 샀다.

배급난이 심해지자 암시장이 번성했다. 주민들은 선전구호처럼 '자력갱생'해야 했다. 농민 시장이 변형된 시장이 생겼다. 그런 곳을 〈장마당〉이라 불렀다. 부인들은 그곳에서 강냉이 700g을 주고 남편이 마실 술을 사 오곤 했다. 출근하지 않는 세대주는 집에서 부인이 사 온 술을 마시며 시간을 보냈다. 출근해도 배급을 주지 않으니 핑계를 대며 출근하지 않는 세대주가 많았다.

초기 장마당은 물물교환 형태였다. 강냉이(옥수수)는 비공식 화폐였다. 두부 한 모는 강냉이 400~500g, 돼지고기 1kg은 강냉이 5kg과 맞먹었다. 술이나 두부를 파는 주민의 출신성분은 안 좋았다. 사회주의 북한에서 상행위는 불법이지만 공공연한 비밀이었다. 당국이 단속 흉내를 냈다.

식량 배급이 원활하게 이루어질 때 한 번에 받아오는 배급량은 25kg이었다. 주민들은 어린아이가 들어갈 만큼 큰 자루에 강냉이를 가득 담아갔다. 이 식량으로 다음 배급일까지 버텨야 했다. 중간에 식량이 떨어진 집은 이웃에 사정해서 식량을 꿔 오곤 했다. 1990년대 초반까지 함경도나 량강도 혜산시의 일반적인 상황이었다. 1996년이 되자 배급에 차질이 생기기 시작했다. 제 날짜보다 며칠 뒤 식량이 나왔다. 그해 중반기에 들어서면서 배급방식에 뭔가 문제가 생긴 것이 아니냐며, 식량정책에 주민들이 의심을 품었다. 가을쯤에 일반 주민에게 배급이 완전히 끊겼다. 지옥이 시작됐다.

1996년 가을이 시작되면서 일반 주민뿐 아니라 도 노동당, 위원회, 정치보위부, 안전원 등, 북한을 유지하는 모든 기관원에게도 식량 배급이 원활하게 이루어지지 않았다. 도 보위원은 배급량이 지난해의 40%로 줄었다. 그 가족에게는 지난해 양의 20% 강냉이가 배급되었다. 박성배 같은, 도 안전원은 작년의 20% 정도의 강냉이만 지급되고 가족에게는 지급되지 않았다.

1991년 소련 해체와 동구권 사회주의 국가의 체제변혁, 그로 인한 지원과 무역 감소, 미국과 서방의 경제제재, 홍수·가뭄 같은 자연재해로 북한에 최악의 경제난이 불어닥쳤다. 사실 북한에 식량부족이 나타난 것은 김일성이 살아 있는 1990년대 초부터였다. 이것이 곡물 파동으로 이어졌다. 1994년에는 홍수와 냉해가 북한 전역을 덮쳤다. 함북, 함남, 자강, 량강 등, 북한 북부 지역 4개 도(道)는 논 한 정보(町步)에서 쌀 1kg을 생산하기도 힘들었다. 1정보는 3,000평이다. 추수를 해본들 쭉정이였다. 김일성이 죽은 다음 해부터 식량 배급이 줄거나 중단되었다.

*

박성배는 오늘도 퇴근 후 1시간 정도 아들과 놀아주었다. 그는 자상한 아버지였다. 어두컴컴한 마당 한편에서 뭔가를 만드는지 허리를 구부린 채 끙끙거렸다. 유옥란이 "뭐 하심까?" 묻자 '투호'[25]라고 했다. 손재주가 있는 남편이 부엌칼로 항아리에 던져 넣을 나뭇가지의 구부러진 부분을 편편하게 깎았다. 유옥란이 물었다.

"명절도 아닌데 투호 놀이라도 할 참임까?"

"내년이면 석태 나이 6살이오. 공부를 잘하려면 집중력이 있어야 하는데 집중력을 기르는 데 투호보다 더 좋은 놀이가 없소. 재미나게 놀면서 집중력까지 기르니 이를 일석이조라고 합지."

박성배는 여느 북한 남자가 아니었다. 아내 유옥란에게 항상 경어를 썼다. 함경도 말 종결어미인 '오, 소'와 'ㅂ지'는 반말이 아니었다.

"빨리 오시오. 식사 차려놨슴다."

유옥란이 남편의 행동을 재미있어하며 애교 섞인 말로 채근했다.

박성배가 석태를 무릎에 앉힌 채 강냉이에 입쌀을 섞어 끓인 죽을 호호, 불어 식힌 뒤 숟가락으로 떠먹였다. 진미는 친구 집에 놀러 가서 돌아오지 않았다. 딸은 결혼을 앞두고 있어 심란해

---

25) 화살을 던져 병 속에 많이 넣는 수효로 승부를 가리는 놀이

보였다.

"안 뜨겁지?"

"예, 하나도 안 뜨겁슴다."

석태는 또래 아이들과 달리 뜨거운 것도 잘 먹었다.

"많이 먹어라. 그래야 쑥쑥 큽지."

"석태 아바지, 석태는 혼자 먹을 나이가 됐으니 놔두고, 당신이나 식기 전에 어서 듭소."

박성배가 아내의 타박에 먹는 시늉을 내다가 숟가락을 소반 위에 놓았다.

"왜 남김까? 요새 굶어 죽는 사람이 얼마나 많은데…"

유옥란이 타박 반, 걱정 반인 말투로 말했다. 박성배가 한숨을 쉬었다.

"안전원에게 나오던 배급조차 곧 끊길 것 같은데 이제 어떡하오?"

그가 불붙은 성냥 알을 담배 가까이 가져가며 말했다. 목구멍 깊게 한 모금 빨아 넘겼다가 내뱉는 연기에 한숨이 섞여 있었다.

"강성대국인 우리 조국이 왜 이렇게 됐슴까?"

유옥란이 남편에게 따질 일이 아닌데 따지는 듯 물었다.

"휴, 이놈의 나라가 '멱부리 암탉' 같습데."

박성배가 아내 얼굴을 피해 천장을 향해 연기를 내뿜었다.

"맞슴다. 총비서와 중앙당 간부들 모두 멱부리 암탉 같습다. 조선 옛말에 '못된 벌레 장판방에서 모로 긴다.' 하지 않슴까?"

박성배는 '멱부리 암탉' 같다는 속담 한 구절로 불편한 상황을 벗어나려 했지만 아내가 그의 말에 힘을 얻은 듯 한술 더 떴다. 유옥란의 입에서 마음에 담아놓은 말이 튀어나왔다. 남편의 속담을 속담으로 되받았다. "못된 벌레 모로 장판방에서 긴다."는 속담은 '밉게 보이거나 되지 못한 자가 눈에 거슬리는 짓만 한다.'는 말이다. '밉게 뵈거나 되지 못한 자'가 누군지 말을 하지 않아도 부부는 알고 있었다.

박성배는 국제기구에서 원조 식량이 많이 들어왔다는 것을 알았다. 그 많은 구호 식량을 어디로 빼돌려서 함경도와 량강도에 쌀 한 톨 지원하지 않는지 화가 났다. 도당 비서급, 안전원과 보위부 고위간부들 사이에 비밀스러운 말이 돌았다. 나라에서 국제기구에서 들어온 식량을 전 주민에게 골고루 나누지 않고 선별적·차별적으로 분배한다는 것이다. 적대계층이 많이 거주하는 지역에는 원조 식량 배급을 하지 않았다. 아버지 박승호는 "말이 새면 우리 가족은 전부 총살이다. 죽을 때까지 입을 닫아라."라는 다짐을 받고 그 말을 들었다.

'멱부리 암탉'은 '턱 밑에 털이 많이 난 닭'이다. 이 속담은 멱부리 닭이 턱 밑에 털이 나서 아래를 못 보듯이, 바로 눈앞의 것도 모르는 사람을 놀리는 말이었다. '전 인민이 굶어 죽어나가기까지 나라에서 무얼 했느냐?'는 박성배의 원망이 이 속담에 담겼다. 북한체제를 지키는 도 안전국 수사과장으로서 그동안 할 말을 속으로 꾹꾹 쟁여놓았다. 그런데 집에 식량이 떨어져 당장 내일부터 자식이 굶게 생겼다는 아내의 울음 섞인 하소연을 듣자 부지불식간에 터져 나왔다. 어른이야 어느 정도 참겠지만 5살 난 아들조차 굶어야 한다는 처지에 화가 났다. 박성배는 안전원이 된 후 처음으로 나라를 비판했다.

"구호 식량은 전국에 골고루 배분해야지 함경도와 량강도는 사람이 아이 사나?"

그가 화난 얼굴로 아내에게 동의를 구하듯 말했다.

"평양과 다른 지방에는 구호 식량이 갔습까?"

"이참에 한번 확인해 볼 요량입데."

"오늘 양순이 어머니가 자기 집 담벼락에서 죽은 시체를 2개 봤다고 벌벌 떨며 말합데."

"재앵거[26]를 몰고 집 밖에 나가는 게 무섭소."

박성배는 화가 나면 고향 회령 말을 사용하곤 했다. 처한 상황과 감정에 따라 자신도 모르는 사이에 튀어나오는 말투다. 이런 습관은 고향이 회령 옆 종성인 아내 유옥란도 비슷했다.

"함경도에 굶으[27] 죽은 사람이 제일 많다고 합데."

---

26) 자전거
27) '굶어'의 북한식 발음

"……"

그는 아내의 말에 대꾸하지 않았다. 둘이서 이런 말을 주고받아도 사태에 아무런 도움이 되지 않았다. '미공급 사태'의 원인이 내외적으로 얽히고설켜 웬만한 방책은 "언 발에 오줌 누기"였다. 수백만이 굶어 죽어나갈 때쯤 이 사태가 끝날지도 몰랐다. 그런 생각을 하자 눈앞이 캄캄해지고 쇠망치에 머리를 얻어맞은 것 같았다. 박성배는 아내 유옥란의 해쓱해진 얼굴을 바라보았다. 집안 살림을 책임지고 있는 아내가 자신보다 더한 고통을 겪고 있는 것 같아 마음이 아렸다. '미공급 사태'가 벌어진 뒤 부부는 이런 하나 마나 한 이야기를 주고받으며 불안감을 달랬다. 핵심계층인 도 안전국 수사과장과 혜산시 신흥동 인민반장으로 누구보다 북한체제에 충성하며 살았던 부부였다. 부부의 오늘 저녁은 최고지도자의 최근 처신을 풍자, 비판하는 속담으로 주린 배를 채웠다.

북한 전역에서 앞서거니 뒤서거니 사람이 굶어 죽어나가는데 김정일 조선로동당 총비서는 관심이 없었다. 김일성이 죽자 그는 〈금수산 의사당〉을 김일성의 시신을 영구보존 하는 〈금수산기념궁전〉으로 확장·개축하는 데만 열을 올렸다. '기념궁전'은 사실상 김일성 '미라 전시장'이다. 〈금수산기념궁전〉은 총 부지면적이 12만 평 정도 됐다. 건물 앞에는 김일성과 김정일의 생일을 상징하는 폭 415m, 길이 216m의 크기로 콘크리트 광장을 조성했다. 김정일은 〈금수산 주석궁〉을 김일성의 시신을 영구보존 하는 〈금수산기념궁전〉으로 확장·개축하는 데 어마어마한 돈을 들였다. 두 사람만의 술자리에서 도 정치부장이 말했다.

"궁전조성비에 전 인민이 3년간 '이밥에 고깃국'으로 배불리 먹을 수 있는 1조 원이 들었다. 김일성 시신 방부처리 및 관리에만 연간 이십억이 넘는 돈이 든다."

1조는 얼마인지 감조차 안 왔다. 김일성 시신 방부 및 관리비용 20억은 함경도와 량강도의 굶어 죽어가는 주민 상당수를 먹여 살릴 수 있는 큰돈일 것이다. 도 정치보위부장의 말을 들으며 화가 나서 주먹을 불끈 쥐곤 했다. 식량 문제로 아내의 울음 섞인 하소연을 듣자 술자리에서 정치부장이 한 말에 분노했던 기억이 났다.

도 보위부와 안전원은 대개 사이가 좋지 않다. 도 정치보위부장 고영호와 도 안전국 수사과장 박성배는 둘 다 회령 출신이어서 사이가 원만했다. 고영호의 나이가 5살 위였다. 부서는 달라도 부장과 과장이라는 상하 관계가 존재할 법한데 보위부장은 박성배를 고향 후배 대하듯 했다. 아버지 박승호가 도당 비서라서 그랬을 수도 있다.

유옥란이 주저주저하다가 물었다.

"석태 아버지, 며칠 전에 빼앗은… 거, 거, 그걸 뭐라나, 하여튼

남쪽 연속극이 담겨 있는 것… 그거 지금 어디 있슴까?"

"저장장치 말이오? 당신이 뭐 그거까지 알아야겠소?"

박성배가 의아한 표정을 지었다.

"알면 아이 됨까?"

그는 내가 알던 아내가 맞나 싶었다. 타박을 했는데 물러서기는커녕 집요하게 캐물었다.

"……"

"그거 상부에 보고했슴까?"

"쯧, 그건 왜 또 묻슴데?"

아내의 질문이 계속되자 혀를 찼다. 아내가 왜 남한 영화와 드라마 녹화장치에 관심을 가지는지 궁금했다. 평소 남편이 하는 일에 관여하지 않는 순종적인 여자였는데 지금은 저장장치에 대해 진드기처럼 달라붙었다. 아내의 질문을 피해 가려 해도 그녀는 집요했다. 아내가 또 물었다.

"어디에 숨겼슴까?"

"남편의 공무수행에 자네가 왜 그렇게 관여하오?"

"석태 아바지, 관여하는 게 아니라 그냥 궁금해서 물어봄다."

"집안에 무슨 일이 있슴데?"

안전원의 직업적 촉수가 아내가 던진 질문이 수상쩍다는 느낌에 닿았다. 타박을 받은 유옥란이 딴청을 부리며 고개를 숙였다. 그녀는 남편의 질문에 대답을 하지 않았다. 엄지로 찢어진 장판

위만 반복적으로 문질렀다.

　박성배는 북한 남자답지 않게 평소 아내에게 부드러운 경어를 사용했는데 지금은 달랐다. 최근 식량난 때문에 신경이 날카로웠다. 별것 아닌 아내의 질문이 그의 날카로워진 신경을 건드렸다. 요즘 들어 출근하자마자 매일 도당에서 자질구레한 교육을 받았다. 〈 조선로동당 〉은 식량 배급이 줄거나 중단되자 사상교육을 강화했다. 배급에 도움이 되지 않는 그런 세뇌적인 사상교육이 그를 짜증 나게 했다. 유옥란이 말했다.

　"석태 아바지, 집에… 식, 식량이… 없슴다."

　새벽바람 맞은 문풍지처럼 떨리는 목소리였다.

　"뭐? 언제부터?"

　"아, 아-이오."

　박성배의 놀란 물음에 유옥란은 입을 닫았다. 안전원 간부인 그는 언제부터 배급이 줄어든 지 잘 알고 있지만 시치미를 뗐다.

　"배급이 줄어든 지 한참 되었는데…"

　"맞슴다."

　"당신이 그동안 차려낸 음식은 어디서 났슴데?"

　그녀는 엄지손가락으로 찢어진 장판 위를 반복적으로 문지를 뿐 입을 열지 않았다.

　"답변 아이하오?"

　박성배가 추궁했다. 그러기를 몇 차례, 유옥란이 사정을 털어놓았다.

"그동안 세간과 당신이 결혼할 때 입었던 양복을 장마당에서 식량과 바꿨슴다. 오늘 아침에 그 식량마저 동이 났슴다. 그래서 당신의 재앵교[28]를…"

막다른 처지에 몰리자 유옥란은 남편의 자전거까지 들먹였다. 절박한 표정이 얼굴에 나타났다.

"뭐? 그건 아이 되오. 재앵교 없이 어떻게 출근하는가?"

유옥란이 말한 재앵교는 남편의 갈매기 자전거를 말했다. 갈매기 자전거는 고급자전거에 속해 일반 주민보다 안전원이나 보위원, 당 일꾼들이 타고 다녔다. 남편이 자전거 없이는 출근하기 힘들다는 것을 그녀도 알고 있기에 얼마 전 남편이 압수한 저장장치 시디알(CD-R)을 들먹였다. 그녀는 남편이 시디알 한 묶음을 장롱 속 서랍에 감추는 것을 봤다. 명색이 인민반장인데 시디알이 장마당에서 돈이 된다는 것쯤 알고 있었다. 배급이 줄어든 후 유옥란은 돈 될 만한 집안 물건을 남편 몰래 장마당에 내다 팔았다. 더는 팔 것이 없어지자 식량이 떨어졌고, 앉아서 굶어 죽기만 기다릴 순 없었다. 아들 석태도 있어서 남편이 대학생에게 압수한 저장장치를 숨긴 장롱에 자꾸 눈길이 갔다.

아내는 집에 식량이 떨어졌다고 했다. 강냉이 한 톨 남아 있지

---

28) 자전거

않다고 했다. 박성배는 아무 말도 못 했다. 대답할 말이 없었다. 얼마 전부터 아침을 먹지 못하고 출근했다는 안전원들의 말을 귀에 달고 지냈다. 식량을 구하려고 집안 세간들까지 내다 파는지 모른 채 아내가 차려내 온 식사를 꾸역꾸역 먹었던 자신의 무심함이 미안했다. 자신의 몫으로 지난해의 20% 정도 강냉이가 나오고 있어 굶지는 않겠다고 생각했다. 아내의 이야기를 미루어 짐작하면 20%의 강냉이만으로는 네 사람이 먹기에 부족했다. 석태는 발육을 위해 강냉이에 쌀을 섞어 먹어야 했다.

세대주로서 박성배는 대책을 세워야 했다. 머리를 짜내도 뾰족한 대책이 있을 리 없다. 그때 번쩍, 하고 어떤 생각이 머리를 스치고 지나갔다. 조금 전 아내가 망설이며 물은 것, 시디알(CD-R)이다. 얼마 전에 압수한, 남조선 영화, 연속극이 들어 있는 저장장치 시디알(CD-R)이 떠올랐다. 대학생으로부터 시디알 30개를 압수한 그는 조사서에 20개를 압수했다고 축소·작성했다. 보위부에 제출한 20개의 시디알 외에 나머지 10개를 집 장롱에 감추어 두었다. 그때의 마음은 이것을 팔아 식량을 사자, 이런 것이 아니었다. 대학생에 대한 처벌을 조금이라도 줄여보려고 했다.

박성배와 동시에 유옥란도 '이거다!' 하며 무릎을 쳤다. 그녀는 이것을 내다 팔다가 잡히는 순간 어떻게 될지 알고 있었지만, 아들 석태에게 먹일 식량이 떨어지자 물불을 가리지 않았다. 보위부에 걸리는 날에는 자신도 그 대학생처럼 총살을 당할지 모른다는 공포심에 몸을 떨었다. 하지만 엄마로서 책임감이 공포심을 이겨냈다. 유옥란이 선수 쳤다. 장마당에서 시디알(CD-R)은 단번에 팔렸다. 평소 알고 지내던 인민학교 후배 장사꾼 손에 저장장치를 보여주자 그는 재빨리 안주머니에 집어넣었다. 그리고 의미심장한 웃음을 흘렸다.

"안전원 집도 식량 아이 나왔슴까?"

"우리 같은 충성일꾼에게도 아이 나오니 큰일이쟤이쿠."

유옥란은 후배 장사꾼의 질문에 짧게 대답했다. 그와 나눈 대화는 그게 다였다. 그녀는 '고난의 행군'이 시작되자 말을 줄였다. 웬만한 물음에는 입을 다물었다.

"묻기오. 얼마면 되겠슴까?"

그는 이문을 계산하듯 눈알을 희번덕였다. 유옥란이 물었다.

"이렁 거… 필요하나?"

후배는 고민하는 체했다. 유옥란은 감시를 의식한 듯, 주위를 두리번거렸다.

"사겠슴다."

유옥란 눈이 커졌다.

"얼, 얼마에? 이렁 거 10개 있으께."

"1개에 1달러. 10개 다 주기요. 영화 보고 나서 장마당에 도로 내다 팔검다."

장사꾼은 호주머니를 뒤져 꼬깃꼬깃 접힌 1달러 10장을 내밀었다. 이상한 것은 그가 내민 1달러화마다 손도장이 찍혀 있는 거였다. 찜찜했다. 하지만 누가 볼까 자신의 왼손바닥에 놓인 달러화를 오른손으로 덮기에 바빴다. 〈압록각〉에서 파는 농마국수 한 그릇이 1달러였다. 이 돈이면 매일 우리 부부가 농마국수 한 그릇씩 닷새 동안 먹을 수 있겠다는 생각이 모든 의심을 덮었다. 가슴이 벅찼다. 자식의 입을 책임진 엄마로서 양어깨가 으쓱, 솟아오르는 것 같았다. 이 시국에 어른 한 사람이 하루에 농마국수 한 그릇이면 버틸 수 있다. 부족한 양은 강냉이를 사서 보충하면 되겠다는 희망이 벅차올랐다. 그녀는 10달러를 받고 시디알(CD-R)을 건넸다. 후배 장사꾼은 주위를 두리번거리다가 자리를 떴다. 그를 믿었다. 자신만 빼고 누구라도 믿으면 안 되는 세상인데. 아니, 이 시국에는 자기 자신조차 믿지 말아야 했다. 그래야 살아남을 수 있다.

　돈을 받아 쥔 유옥란은 집으로 가는 발걸음이 깃털처럼 가벼웠다. 쩝쩝, 입맛을 다셨다. 이 돈으로 고지식한 남편과 진미, 석태를 데리고 〈압록각〉에서 농마국수 한 그릇씩 먹었으면 하는 마음이 간절했다. 혜산세관 맞은편에 있는 〈압록각〉은 총비서 김정일이 다녀갔다는 것으로 유명세를 탄 곳이었다. 박성배는 아내가 시디알에 손을 댄 것을 몰랐다.

*

 모든 것이 뒤숭숭하던 겨울이었다. 새벽부터 방향을 바꿔가며 부는 찬 바람이 5개월간의 긴 겨울을 예고했다. 량강도를 둘러싼 산들은 헐거워져 있었다. 풀을 뜯어 먹으려 해도 겨울이라 먹을 풀이 없었다. 몇 날 며칠을 굶은 주민들 눈에는 뵈는 것이 없었다. 그들의 어둡고 움푹 팬 눈 안으로 느릅나무와 소나무가 끌려 들어왔다. 식량이 바닥난 지 오래된 사람은 나무껍질이라도 벗겨 먹어야 했다. 살기 위해서 먹지 못할 것이 없었다. 무엇이든 입안에 넣어야 했다. 살면서 고상을 떨었던 주민에게 그 대가로 굶주림이 찾아왔다. 굶주림은 비참한 죽음으로 이어졌다. 교사나 교수, 학자 같은 인텔리 계층이 많이 굶어 죽었다. 세상일에 약삭빠르고 천박한 사람들만 살아남았다. 보위부 같은, 먹이사슬 맨 위쪽을 차지했던 사람들도 죽지 않았다. 배급이 정상적으로 이루어지던 시절, 그 사슬의 맨 아래쪽에 있던 장사꾼들이 사슬 위로 올라갔다. 대학과 중고등학교 교원들이 먹이사슬 맨 아래쪽으로 추락했다. '미공급 사태'가 시작되자 사람들은 모두 동물처럼 변했다. 동물의 생태계에서 체면은 피식의 특징이 되었다. 대개 선량한 사람들이 여기에 해당되었다.
 이 엄혹한 시기에 박성배는 시디알(CD-R)을 장마당에서 판 죄로 보위부에 끌려갔다. 도 보위부는 지상 삼 층, 지하 이 층의 잿빛 콘크리트 건물이었다. 건물 내부는 지하부터 지상에 이르기까지 모두 장방형으로 배열되어 있었다. 가운데 복도를 두고 양편으로 감방들이 줄지어 있는 형태였다. 지하 일 층 맨 끝에 조사실이 있었다. 2평 남짓한 조사실은 빛이 들어오지 않았다. 대낮에도 낮은 촉수의 전등이 꺼질 듯 깜빡거렸다. 금이 갈라지고 패진 시멘트 바닥 위에 회갈색 가랑잎 나무로 만든 탁자의 한쪽 발이 기울어져 있었다. 그 양편으로 나무 의자 2개가 놓여 있었다. 박성배는 의자에 앉아 맞은편 벽을 응시했다.

"이 새끼, 고개 숙이라!"

귓속으로 고막을 찢는 고함이 송곳처럼 파고들어 왔다. 박성배는 등짝을 의자 등받이에 밀착하고 머리를 쳐든 자세로 벽면 정중앙에 걸린 김일성·김정일의 초상화를 올려다보던 중이었다. 보위부 대위가 소리치며 몽둥이로 박성배를 후려친 뒤 양손으로 고개를 짓눌렀다. 그 순간 도 안전국 수사과장 박성배 중좌는 '자본주의 사상에 물든 반당, 반사회주의 반혁명 종파분자'라는 낙인이 찍혔다. 제대로 된 조사도 하지 않았다. 살벌한 분위기가 느껴졌다.

그의 직위인 도 안보국 수사과장은 주민의 사상 동향 감시와 사회주의 체제를 위협하는 자들을 감시·감독·체포하는 역할을 했다. 박성배는 주어진 직책에 최선을 다했고 뛰어난 실적으로도 안전국장의 오른팔이 되었다. 주민들이 굶어 죽어나가는 '미공급 사태'에도 북한 정권이 무너지지 않은 것은 박성배 같은 충성스러운 체제지킴이들이 있기 때문이다. 시간이 흐를수록 박성배의 몰골이 형편없이 변해갔다. 일생이 한순간 도 보위부의 결정에 달려 있었다.

"야, 박 과장, 동무가 남조선 연속극이 녹화된 시디알을 장마당에서 팔았다고? 우리 정보원 말로는 너의 앙까이[29]에게 샀다고 하던데, 왜 거짓말하는가?"

대위 계급장을 단 도 보위부 조사원은 조금 전 박성배의 목을 짓눌렀던 자였다. 그는 눈을 부릅뜨고 박성배를 윽박질렀다. 아니라고 하자 그자는 다시 몽둥이로 얼굴을 후려쳤다. 얼굴이 뭉그러지고 짓이겨지며 피투성이가 되었다. 박성배는 어금니를 깨문 채 비명을 지르지 않았다. 집에 식량이 떨어졌다며 울먹이던 아내가 생각났다. 그런 대화를 주고받은 다음 날부터 밥상 위에 밥과 반찬이 푸짐해진 것을 보고 마지막 남은 세간이나 옷가지를 내다 팔았구나, 생각했다. 장롱에 감춰둔 시디알을 찾아내 장마당에 내다 팔았다고, 상상조차 하지 않았다. 식량사정이 얼마나 절박했으면 남편의 업무와 관련된 위험한 물건임을 알고도 손을 댔을까, 생각하니 화가 나기보다 한 가정을 책임진 세대주로서 자신의 무능함에 부끄러워졌다. 아내가 얼마나 겁이 났

---

29) 아내의 북한말

을까. 시디알을 품 안에 숨긴 채 보위부나 안전원 같은 감시자를 피해 그 물건을 사 줄 사람을 찾아 장마당을 얼마나 방황했을까. 측은함에 가슴이 미어졌다. 그는 시디알을 판 아내 대신 자신이 그 대가를 치러야 한다는 책임감을 느꼈다. 보위부가 유옥란을 연행하려고 집에 쳐들어왔을 때 마침 집에 와 있었다. 박성배는 그녀를 밀쳐내고 자신이 대신 잡혀 왔다. 그는 급박한 상황이 닥치면 아내에 대한 보호본능이 지나쳤다.

양강도 안전국과 보위부 사이에는 오래전부터 알력과 권력다툼이 있어왔다. 그런 시각에서 이번 건은 왠지 느낌이 좋지 않았다. 예상했던 대로였다. 조사결과는 보위부가 만들어 놓은 각본과 일치했다. 박성배는 잡히는 순간 어느 정도 결과를 예상했다. 그가 시디알을 유포한 대학생을 검거했을 때, 보위부가 강제 개입하여 그 학생을 공개처형 했던 기억이 떠올랐다.

보위부는 구타와 고문을 받으면서도 박성배가 식량 때문에 자신이 시디알을 팔았다고 고집을 부리자 더 이상 유옥란에 대해 캐묻지 않았다. 그들은 인민반장보다도 안전국 수사과장을 잡아넣는 것이 보위부의 위상과 실적을 높이는 데 더 도움이 될 것을 계산하고 있었다. 누구든 어때? 어차피 둘 다 잡아넣을 수 없다면 시디알을 팔았다고 주장하는 자를 잡아넣으면 된다는 분위기였다. 그의 죄목은 시디알 배포로 처형된 대학생처럼 '반동, 반혁명, 반사회주의 자본주의 종파분자'였다.

보위부에 잡혀 온 사람들은 성별로 분리되어 감방 하나에 5명 정도 수용되었다. 식사량은 죽지 않을 만큼 배급되었다. 씻는 것도 허용되지 않았다. 죄수의 얼굴은 더럽고 얼룩덜룩했다. 조사기간 내내 햇빛조차 볼 수 없었다. 잔인한 고문이 뒤따랐다. 육체적 고문의 전형적 수법은 여러 시간 어떤 미동도 없이, 어떤 소리도 내지 못한 채 앉아 있어야 하는 것. 살아 있는 인간으로서 견디기 힘든 고통이었다. 약간의 움직임이나 소리를 내면 철장 사이로 손을 내밀게 한 뒤 손가락을 꺾고 몽둥이로 후려쳤다. 피조사자가 숨지는 경우도 많았다. 사망자의 가족은 항의는커녕 가족이 숨졌다는 사실조차 전달받지 못했다. 보위부에서 하는 조사와 심문은 잡아 온 사람을 초죽음을 만든 다음 법정에 보내는 역할이다. 북한의 법정은 〈 국가안전보위부 〉가 지배하는 청문회에 불과했다. 법정에서 죄목이 열거되고 피고가 유죄를 인정하면 처형을 당하거나 정치범 수용소에 보내졌다. 피고가 죄를 인정하지 않으면 보위부에서 다시 추가심문이 진행된다. 심문이 너무 고통스럽고 끔찍해서 피고는 대부분 죄를 인정한다.

보위부 박치열 소좌가 피투성이가 된 친구 박성배를 몰래 들여다보고 갔다. 박성배는 그가 다녀간지 몰랐다. 박 소좌는 피투성이가 된 친구를 보며 흐뭇한 미소를 짓곤 했다. 친구를 정치범 수용소로 보내버리면 오랫동안 마음에 품어왔던 그의 아내 유옥란을 차지할 수 있을 것 같았다. 유옥란에게 시디알을 사 준 장마당 장사꾼은 박 소좌가 심어놓은 보위부 '정보원'이었다. 박 소좌가 쳐놓은 그물에 걸려들었다. 변명은 통하지 않았다. 집에서 발견된, 유옥란이 쓰고 남은 1달러 지폐에 미리 후배 장사꾼이 손도장을 찍어놓아 증거가 확실했다. 옴짝달싹할 수조차 없었다.

북한에서 보위부는 거미줄처럼 짜진 체제지킴이다. 박 소좌가 근무하는 부서는 보위부의 핵심인 반탐[30]과였다. 반탐과는 국내와 해외에서 북한체제 유지와 정권유지에 방해되는 모든 위험세력들을 색출해 낸다. 사용하는 방법은 도청과 시디알 사건에서 보듯, 정보원을 활용한다.

북한에는 보위부 끄나풀인 정보원이 도처에 깔려 있다. 이런 사실을 알고 있는 북한주민들은 가족 외에는 불필요한 말을 주고받지 않는다. 시디알 사건이 터지기 전 박 소좌가 집으로 찾아와 남편과 술잔을 기울일 때도 도청을 의심하여 유옥란이 두 사람과 함께 있었다. 아무리 친한 사이라도, 가족이라 해도 믿어서는 안 됐다. 박성배 혼자 박 소좌와 술을 마시면 화장실에 갈 일이 생긴다. 북한의 화장실은 건물 밖에 있다. 박성배가 자리를 비울 동안 박 소좌가 도청장치를 설치할지도 모른다. 이런 이유로 박 소좌와 술자리를 만들면 박성배 부부는 반드시 그와 함께

---

30) 방첩

했다. 아무리 친구 사이라 해도 박치열 혼자 방 안에 두고 부부가 동시에 자리를 비우지 않았다. 서로가 서로를 의심하는 것, 아무리 친해도 서로를 믿지는 않는 것, 그런 일이 인간으로서 자연스러운 곳, 그곳이 북한이었다.

박성배가 보위부에 끌려간 반년 뒤부터 박 소좌가 때를 가리지 않고 유옥란을 찾아왔다. 올 때마다 위로하는 척했다. 처음에 그녀는 지푸라기라도 잡는 심정으로 그가 찾아와 주는 것이 고마웠다. 그때까지 남편은 보위부 예심국에서 조사를 받고 있었다. 울면서 "시디알을 판 사람은 자기"라며 남편을 풀어달라고 매달리기도 했다. 박 소좌가 올 때마다 술상을 차렸다. 그런 일들이 반복되었다. 한번은 그가 찾아왔을 때 인민반 활동에 지친 유옥란이 가만히 있으니 술상을 차려오라고 윽박질렀다. 술에 취하면 그녀의 목에 팔을 두르고 입을 맞출 듯 가까이 가져다 대며 "걱정하지 말라. 내가 노력하고 있다."며 반말을 사용했다.

어젯밤 10시께였다. 술에 얼큰하게 취한 박 소좌가 또 찾아왔다. 대문을 열어주자 그는 허락도 받지 않고 곧장 안방으로 들어갔다. 유옥란은 밖에 서 있었다. 그가 창문을 열어젖히고 그녀에게 들어오라 소리쳤다. 방 안 호롱불이 밤바람에 꺼질 듯 가물거렸다. 유옥란이 박 소좌와 일정한 거리를 두고 앉았다. 그가 무릎걸음으로 바짝 다가앉으며 말했다.

"형수, 오늘밤 내 여자가 되어주라. 그렇게만 해준다면 성배는 책임지고 가벼운 형을 받게 해주겠다. 그렇지 않으면 무조건 정치범 수용소에 가게 되어 있다. 그곳에 가면 살아나오지 못해."

살이 벌벌 떨리고 몸에 소름이 돋았다. 남편의 둘도 없던 친구였던 그가 저런 인간이었나. 친구가 잡혀가고 없는 동안 찾아와서 그의 아내에게 부화[31]를 요구하다니. 유옥란은 "열 길 물속은 알아도 한 길 사람 속은 모른다."는 속담을 뼈저리게 느꼈다.

"소좌 동무, 공화국 형법 257조를 아십까?"

유옥란이 눈을 치켜뜨며 말했다. 그녀는 어제 아침 남편이 집에 두고 수시로 읽어보던 형사법 책을 들춰보았다. 유옥란은 그 책을 샅샅이 훑었고, 257조라는 숫자 뒤 부화로 남의 가정을 파탄시킨 경우 1~2년 노동 교화형에 처한다는 구절을 발견했다. 보위부의 경우 취급하는 것이 정치적 사건이라 박 소좌는 주민과 관련된 형사법을 모르는 것 같았다.

"무슨 말을 하고 싶은가?"

박치열이 히죽거렸다.

"그 형법에 부화로 남의 가정을 파탄시킨 경우 10년 노동 교화에 처한다고 되어 있슴다. 나를 가만두지 않으면 박 소좌를 가정 파탄죄로 도 안전국에 고발할 검다."

유옥란은 형량을 부풀려 말했다.

---

31) 간통

"그깟 도 안전국쯤이야…"

박 소좌가 비웃었다. 그의 얼굴은 이미 유옥란에 대한 성적 욕망에 사로잡혀 미세 핏줄이 살갗 위로 도드라져 있었다. 그가 바지춤을 끌렀다. 그의 행동을 보며 악에 받친 그녀가 소리쳤다.

"그럼 마음대로 해보오! 자신 있으면 내 옷도 벗겨보시오!"

유옥란이 선수를 쳤다. 그녀는 큰 대 자로 방바닥에 드러누워 상의 단추 2개를 풀었다. 그 순간 남편이 보위부에 잡혀간 것이 어쩌면 이 자의 계획된 농간일지도 모른다는 의심이 들었다. 유옥란은 온순하고 순종적이다가도 위기의 순간이 닥치면 이악하고[32] 드센 여자로 변했다. 이판사판이었다. 박 소좌가 덮치면 꼼짝없이 당할 판이었다. 부뚜막에 놓아둔 식칼이 떠올랐다. 아침에 무를 잘라 깍두기 김치를 만들고 숫돌에 날을 벼려놓아 칼날이 예리했다. 죽음을 생각했다. 겁탈을 당한다면 그 칼로 박 소좌를 죽이고 자신도 죽을 결심을 했다.

유옥란은 혜산 제1중학교 시절 체조선수로 활동해서 체구가 작아도 동작이 날렵하고 손아귀 힘이 셌다. 자신을 겁탈한 후에 만족감을 느끼며 박 소좌는 경계가 느슨해져 있을 것이다. 술상까지 차려준다면 평소 술이 약한 이 자는 금세 취하겠지. 그 틈을 노려 식칼로 목을 찌른다면 이 개자식을 못 죽일 것도 없다.

---

32) 강인하다

유옥란은 주님의 음성을 기다렸으나 필요할 때 늘 그분은 응답하지 않았다. 지하교인이 된 후 성경을 몇 번이나 읽었으나 아무런 구절도 떠오르지 않았다. 그런데 예상치 못한 일이 일어났다. 박 소좌가 발목까지 내려간 바지를 주섬주섬 끌어 올렸다. 그가 등을 보이며 선 채로 말했다.

"형수, 잘 생각해 보라. 내 맴[33]을 잘 알문서 그러이. 성배가 끌려간 뒤 내 맴도 좋지 애이와[34]."

고향이 함경도 부령(富寧)인 박 소좌는 유옥란의 행동에 뜨악한 표정을 짓더니 평소 쓰지 않던 동북부 방언으로 말했다.

"이보시오! 남편이 평소 당신을 친혈육 이상으로 생각했슴다! 그런 친구의 아내를 겁탈하려 하다니 남편이 풀려나오면 당신은 죽은 목숨임다!"

유옥란이 단추를 잠그면서 악을 썼다.

"성배가 끌려갈 곳은 죽은 시체도 절대 나올 수 없는 곳이다. 그런 헛된 기댈랑 하지 마라. 너도 성배가 죄를 지었을 때 이혼을 거부해서 연좌제의 책임을 지게 되어 있다. 그것이 안타까워 내 여자가 되어달란 것이개."

"내 여자? 이 쌍간나 새끼! 비겁한 구실 대지 말고 빨리 꺼지

---

33) 마음
34) 내 마음도 좋지 않다.

라!"

유옥란은 머리뚜껑이 열리면 무서운 여자였다. 그날 박 소좌가 물러서지 않았다면 둘 중 한 사람은 죽었을 것이다. 그녀는 죽음으로서 몸을 지킬 수 있는 여자였다. 박치열이 유옥란에게 덤벼든 첫날은 그녀의 반항으로 별 탈 없이 끝났다. 그것은 시작이지 끝이 아니었다. 박치열은 자신의 목적을 이루는 데 수단과 방법을 가리지 않을 뿐 아니라, 끈질기고 집요한 자였다.

그런 일이 생긴 지 닷새가 지난 금요일 오후였다. 대문이 잠겨 있자 박 소좌는 담을 뛰어넘어 집 안으로 침입했다. 과거 특수부대에 근무한 경력이 있으니 가정집 담쯤은 아무것도 아니었다.

유옥란이 기도를 하고 있는데 그가 방문을 열어젖히고 구둣발로 방 안으로 들어섰다. 박치열은 지난번과 달리 처음부터 힘으로 그녀를 제압했다. 다리를 걸어 유옥란을 자빠뜨렸다. 쓰러진 그녀에게 달려들어 한 손으로 유옥란의 입을 감싼 뒤 상의를 벗겼다. 셔츠는 금방 목을 빠져나왔다. 젖싸개[35]가 드러났다. 박치열은 유옥란의 주름치마를 위로 걷어 올려 얼굴을 덮은 뒤 팬티를 밑으로 끌어 내렸다. 박치열이 강제로 유옥란의 몸 안으로 들어왔고 그녀의 입안으로 혀를 밀어 넣었다. 명백한 강간이었다. 하지만 북한에서 강간죄는 있으나 마나 한 죄였다. 북한 형법

---

35) 브래지어

279조는 강간죄의 처벌을 규정하고 있지만 실제 처벌되는 사례는 거의 없다. 강간죄는 대개 권력형 성범죄이기 때문에 무수한 강간이 존재해도 실질적으로 처벌되는 경우는 1년간 5건 미만이었다. 사실상 강간을 저질러도 처벌이 안 된다는 증거였다. 박치열은 이점을 노렸을 것이다.

"이-이-악!"

유옥란은 온 힘을 다해 입안으로 들어온 그의 혀를 깨물었다. 작두처럼, 그녀의 이빨이 물컹거리는 박치열 혀의 살점을 썰었다. 방안에 피 냄새가 퍼졌다. 워낙 세게 물어서 박 소좌의 혀끝이 떨어져 나갔다. 그가 비명을 지르며 유옥란의 몸에서 떨어졌다.

"이 더러운 새끼, 차라리 날 죽이라!"

이웃집 주민들은 침묵했다. 유옥란과 남편 친구 박치열이 싸우는 소리, 유옥란이 저항하며 내뱉는 고함소리, 혀가 깨물린 박치열의 비명소리를 들었지만 누구도 나서지 않았다. 그들은 박성배가 잡혀간 뒤 뻔질나게 찾아오는 남자가 보위부 반탐과에서 근무한다는 것을 알고 있었다. 힘없는 북한주민에게 보위부 지도원은 권력자였다. 신흥동 주민들은 유옥란의 집에서 끔찍한 사건을 일으키고 있는 자가 보위부 반탐과 지도원이라는 것을 알고서 다들 모른 체했다. 두려움과 공포의 교집합에 침묵이 존재했다.

북한에서 보위부에 잡혀간 후 오랫동안 안 돌아오면 '보위부

가서 죽었구나.' 이렇게 생각했다. 보위부에서 이유 없이 자신의 가족을 데려가도 아무 말 못 했다. 가족 중 누군가 보위부에 잡혀가 소식이 끊어져도 하소연할 데도 없었다. 보위원에게 어디 데려갔는지 물어봐도 "못 오는 곳 갔으니 잊으라." 하면 그뿐이었다. 이것이 북한사회에서 주민들이 겪는 현실이었다. 보위부 반탐과 지도원의 혀를 물어뜯었으니 유옥란이 무사할 리 없었다. 저자가 강간을 하며 혀를 강제로 밀어 넣어서 물었다는 이유 따위가 통한다면 북한이 아니다.

　유옥란은 입안에 남아 있는 박치열의 혀 부위 살점을 내뱉지 않고 삼켰다. 개자식의 살점을 위산으로 녹여버리고 싶었다. 친구의 아내를 강간한 자를 나라가 벌주지 않는다면 자신이 그 대가를 치르게 해주고 싶었다. 이자는 이제 혀끝이 없으니 평생 말을 제대로 못한다. 말을 못하는 보위부원을 나라가 근무시킬 리 없다고 생각하니 자신이 강간당한 것도 잊고 고소했다. 다행인 것은 박치열이 그녀의 몸 안에 사정하기 전 혀를 깨물었다는 것. 혀가 잘린 그가 황급히 몸을 빼는 바람에 악마의 자식을 임신할 위험은 피했다. 그것이 이 끔찍한 상황에서 위로가 되어주었다. 살면서 가장 잘한 일은 박치열이 사정하기 전 그자의 혀를 깨물어 사정하지 못하게, 말을 하지 못하게 했다는 것, 이라는 생각이 들었다.

　남편 박성배와 박치열 소좌는 본관이 같았다. 둘 다 '개성 박씨'였다. 박씨의 본관은 151개나 된다. 151개 본관 중에서 두 사람의 본관이 같으니 이들이 형제보다 더 친하게 지낸 이유를 알 수 있다. 술이 오르면 박치열이 술잔을 높이 들고 "우리는 개성 박씨다!" 소리치곤 했다. 남편 박성배는 덩칫값을 했다. 술이 센 편이었고 아무리 마셔도 몸가짐이 흐트러지지 않았다. 그런 사람이 박 소좌와 함께한 술자리에서는 자주 취했다. 박 소좌의 기분을 맞춰주기 위해 취한 척했을지도 모른다. 일부러 술을 자제하지 않을 만큼 그를 믿고 좋아했다. 박치열도 박성배를 칼같이 형님 대접 하며 고분고분 따랐다. 그런 사이였는데…

박치열 소좌는 두 손으로 피가 흘러내리는 입을 틀어막은 채 도망쳤다. 유옥란은 숟가락을 목구멍 깊숙이 집어넣어 위 안에 있는 것을 전부 토했다. 하루 종일 먹은 것이 없으니 맹물 같은 것만 쏟아져 나왔다. 묵은 피 같은 시커먼 것이 나올 때쯤에야 강제로 토하는 것을 그만두었다. 위출혈로 나온 피 속에 그동안 소화된 잘린 혀 살점이 섞여 있을 것이다. 박치열의 혀를 깨물었을 때 그 물컹하고 더러운 것에 닿은 듯한 촉감이 이빨 끝에 남아 있었다. 백학치약을 듬뿍 짜서 칫솔에 묻힌 뒤 숫돌에 칼날을 연마하듯 이빨을 닦고 또 닦았다. 찜찜한 기분은 가셔지지 않았.

겨울 해는 짧아서 비닐을 댄 창밖이 금세 캄캄해졌다. 비닐박막은 저녁 맞바람에 파르르 떨었다. 유옥란은 비닐 창문 밖에는 세상이 존재하지 않는 것처럼 외면했다. 호롱불이 기름이 떨어져 가물가물했다. 뒷목에 돋아난 솜털이 호롱불에 비쳤다. 민들레 홀씨처럼 하늘하늘했다. 남편은 잡혀가고 혼자 남은 여자 힘만으로 어찌해 볼 수 없는 강간이 바늘로 손톱 밑을 찌르는 것처럼 아파왔다. 그녀는 이 억울함을 하소연해 볼 데가 없는 것에 절망했다. 유옥란은 '미공급 사태'가 터지기 전, 나름 단란했던 자신의 가정이 왜 남편이 잡혀가고 이 지경에까지 이르게 되었는지 납득할 수 없었다.

보위부에 끌려간 뒤 남편은 돌아오지 않았다. 행방 자체를 알 수 없었다. 설마 했던 일이 터졌다. 박 소좌의 협박대로 비극은 남편 하나로 끝나지 않았다. 북한은 서슬 퍼런 연좌제가 살아 움직이는 나라였다. '반동, 반혁명, 자본주의 종파분자'라는 죄명이 붙은 경우 3대 멸족 연좌제가 철저하게 작동했다.

박 소좌의 강간사건이 터진 이틀 후 새벽이었다. 보위부원 4명이 쳐들어왔다. 그들은 구둣발로 대문을 찼다. 대문이 열리자마자 "이 첫새벽에 누구시냐?"고 묻는 유옥란 뺨을 후려갈겼다. 기선을 제압하려는 듯했다. 억센 남자 손이 그녀를 쳤고 그 타격에 뒤로 자빠졌다. 쓰러진 그녀를 군홧발로 짓밟고 입에 담기 힘든 욕설도 퍼부었다. 이유를 따져 묻거나 반항할 새도 없었다. 책임자로 보이는 자가 유옥란에게 '반동 반혁명 자본주의 종파분자 박성배의 전 재산을 몰수하고 그 가족은 추방함.'이라고 적힌 서류를 내밀며 읽어보라고 했다. 종이 맨 아래에 낯익은 친필 서명이 되어 있었다. 평소 글자체가 반듯했던 남편의 휘갈긴 듯한 필체를 보자 유옥란은 눈물이 났다. 모진 고문을 견디지 못해 서명한 흔적 같아 보였다. 그녀가 어깨에 대위 계급장을 단, 보위부 상급자로 보이는 남자에게 물었다.

"책임자 동지, 남편은 지금 어디 있슴까?"

"죄인은 그런 것 묻지 말라!"

"나는 죄지은 것 없슴다."

"남편이 죄를 지었으면 너도 죄인이다. 죄인이 되기 싫으면 남남으로 갈라서라! 지금이라도 이혼도장을 찍으면 너는 무사할 수 있다."

보위부 대위의 말은 이혼서류에 도장을 찍으면 연좌제에서 자유로워질 수 있다는 규정을 말한 거였다. 유옥란은 거부했다. '시디알은 내가 팔았는데, 남편이 내 죄를 뒤집어쓰고 잡혀갔다. 혼자 살겠다고 남편과 이혼한다면 나는 인간이 아니다.' 어젯밤 늦게까지 술을 마셨는지 보위부 대위는 입을 열 때마다 술 냄새를 풍겼다. 그와 실랑이가 벌어질 동안 나머지 보위부원들은 구둣발로 집 안에 들어갔다. 그자들은 거실과 안방 서랍까지 뒤지더니 값이 나갈 직한 물건은 주머니에 집어넣었다. 대위는 저런 지저분한 짓거리는 자기 취향이 아니라는 듯, 그들의 행동을 지켜만 볼 뿐 제지하지 않았다. 유옥란은 나중에 보위부원들이 각자 훔친 물건을 팔아서 대위를 포함하여 네 사람이 일정 비율로 나눈다는 것을 알고 있었다. 이들의 약탈 행위에 가담하지 않았지만 상급인 대위에게 돌아가는 몫이 제일 많을 것이다. 무심한 듯 보여도 대위는 부하들의 약탈을 사실상 방조했다.

　보위부 대위가 유옥란에게 짐을 꾸리라고 명령했다. 보위원이 유옥란과 딸 진미, 아들 석태를 대기하고 있던 러시아제 카마즈 트럭 적재함에 타라고 했다. 낡은 트럭은 야행성 동물처럼 헤드라이트를 밝힌 채 머플러에서 거친 콧김을 뿜어냈다. 트럭 적재함은 방수 천을 덮어씌웠고 적재함을 반으로 나누어 바깥쪽 공간에 물건을 약탈했던 보위부원들이 앉았다. 대위는 운전석 옆 조수석에 올라탔다. 운전수는 보위부가 아닌 듯 보였다. 호송원은 유옥란 가족과 40대의 남자 2명, 어린아이 1명, 할머니 1명 등 7명에게 고개를 숙이라 했다. 남자 어른 2명은 팔이 뒤로 꺾여 포승줄에 묶여 있고 손가락 수쇄까지 찼다.

　고요한 새벽공기를 깨뜨리며 트럭은 어디론가 향했다. 트럭 전조등 불빛 외 사방은 암흑천지였다. 어둠이 희뿌연 새벽안개와 뒤섞였다. 보위부가 집에 쳐들어왔을 때 새벽 2시경이었다. 지금이 12월이므로 해가 뜨려면 5~6시간은 더 기다려야 한다. 잡혀가면서 왜 해 뜨는 시간을 생각했을까. 유옥란이 일출 시간이 궁금해진 것은 보위부가 그녀의 행선지를 알려주지 않았기 때문이다. 몇 번이나 물었지만 윽박지르기만 했다. "그런 것 묻지 말라! 가보면 알게 된다!" 했다. 그래서 주변이 밝아오면 트럭이 어디로 달리는지 알 수 있을 것 같았다. 유옥란은 일출을 기다렸다. 보위부 대위가 내민 서류에는 '그 가족은 추방한다.'로 되어 있고 추방지역은 적혀 있지 않았다.

 돌이 많은 산길로 접어들며 트럭은 뒷바퀴에 뽀얀 흙먼지를 매달았다. 바퀴가 뾰족한 돌과 만나면 좌우로 기우뚱거렸다. 어둠 속에서도 흙먼지가 튀어 오르는 것이 보였다. 트럭은 깎아지른 산 사이를 달렸다. 방광이 예민한 유옥란은 트럭 안에서 찔끔 오줌을 지렸다. 트럭에 올라탄 순간부터 인간은 존재하지 않았다. 2시간쯤 달린 것 같았다. 알 수 없는 미래같이, 트럭 전조등을 집어삼킨 새벽안개가 더 짙어졌다. 앞이 보이지 않았다. 트럭은 전진하지 못한 채 멈칫, 멈칫했다. 경사가 급한 산길을 돌아 내려 가는지 몸이 앞쪽으로 쏠렸다. 그때마다 끼익, 끼익, 거리며 브레이크 밟는 소리가 연속해서 들렸다. 큰 돌멩이를 넘을 때 트럭이 앞으로 기울어지면서 뒷바퀴가 한 뼘이나 들려 올라갔다가 쿵, 하고 직각으로 떨어졌다. 그때마다 유옥란과 석태의 몸이 요동치며 트럭 적재함 바닥에서 굴러다녔다. 트럭이 흔들릴 때마다 진미는 요령껏 두 손이 엇갈리게 해서 철제 난간을 붙들었다. 진미는 억울했다. 원래 출가외인은 연좌제에서 자유롭다. 아버지가 잡혀간 소식을 듣고 임신한 몸으로 친정에 왔다가 규정을 무시한 보위부에게 잡혀가고 있었다. 차가 흔들릴 때마다 태동을 느끼는지 그녀는 막 불러오기 시작한 배를 쓰다듬었다.

한동안 내리막길이 계속되었다. 길 양편으로 잎이 떨어진 수림이 어둠 속에서 두 팔을 벌린 채 유령처럼 서 있었다. 넘어진 유옥란이 딸 진미의 손을 그러잡고 몸을 일으키려 했다. 그때, 트럭이 산 아래 계곡으로 굴렀다. 바위가 많은 계곡에 추락한 트럭의 네 바퀴가 뱅그르르, 하늘을 향해 돌아갔다. 트럭은 거꾸로 뒤집히고 형체를 알아보기 힘들만큼 완파되었다. 그 충격에 정신을 잃었다.

잠시 뒤 깨어난 유옥란의 귀에 두런거리는 남자들 소리가 들려왔다. 그녀는 바위에 짓눌린 듯 옴짝달싹하지 못해 숨이 막혀왔다. 함께 잡혀가던 남자 2명이 그녀의 몸 위에 엎어져 짓눌렀다. 정신을 차렸을 때 여기저기서 신음과 비명이 뒤섞여 들렸다. "아이고, 나 죽네." 하는 소리가 들려왔다. 그 신음소리를 마지막으로 잠잠해졌다. 주변이 조용해지자 남자 2명의 말소리가 또렷해졌다.

"야! 죽은 것들은 내버려두고 산 것들만 데리고 가라!"

"예, 지도원 동지, 알겠습니다."

트럭이 출발할 때 조수석에 책임자가 앉았다. 짐칸 쪽에 완전무장 한 보위부 3명이 올라탔으니 전체 보위부 호송원은 4명이다. 지금은 2명 목소리만 들렸다. 유옥란은 현재 상황을 파악했다.

오늘 새벽 보위부가 내민 종이에는 '죄인의 가족은 추방한다.'고 되어 있었다. 나는 다른 죄수들과 어디론가 끌려가는 중이다.

비탈길을 내려가다 트럭이 계곡으로 추락했다. 지금 위에서 나를 내리누르는 남자 죄수 2명은 죽었다. 보위부 2명도 죽었고, 살아남은 보위부 대위와 보위부 호송원 1명은 남자 죄수 밑에 깔린 나를 보지 못했다. 조도가 낮은 플래시 불빛이 위로 한 번 지나갔지만 몸 위에 엎어져 있는 남자 죄수 2명이 내 작은 몸뚱어리를 숨겨주었다.

보위부 대위와 호송원의 대화가 다시 들려왔다.

"안전원 앙까이[36]와 그 딸년은 왜 안 보여?"

"계곡에 처박혀 죽은 것 같습니다."

"간나 에미나이, 잘 됐다!"

보위부 대위인 듯한 남자의 욕하는 소리가 들렸고, 두 사람의 대화는 발소리와 함께 귓가에서 멀어졌다. 발걸음 소리가 들리지 않을 때쯤 위에서 몸을 짓누르던 남자 2명 사이에 틈이 보였다. 그 사이를 비집고 옆으로 빠져나왔다. 유옥란은 몸을 일으키려고 발에 힘을 주었다.

"아-악!"

땅에 발이 닿자마자 통증이 척추신경을 물어뜯었다. 유옥란은 두 손으로 입부터 틀어막았다. 통증은 신경을 타고 송곳처럼 뇌 속에 박혔다. 왼발에 체중을 실을 수 없었다. 발목뼈에 금이 간

---

36) 아내

것 같았다. 부러졌을지도 모른다. 머릿속이 먹물이 뿌려진 듯 캄캄해졌다. 이 상황을 어떻게 해야 하나. 절망감이 몰려왔다. 진미는 살아 있었다. 맨 밑에 진미, 그 위에 자신, 그 위에 죽은 남자 죄수 2명이 피라미드처럼 층층이 쌓여 있었다. 진미는 영리해서 두 팔로 몸뚱어리를 받쳐 땅과 배 사이에 공간이 생기게 했다. 유산하지 않으려 한 행동이었다. 영리한 아이였다. 내면이 옹골지고, 온순한 성격이지만 자랄 때 누군가 잘못된 행동을 하면 남자애라도 패고 다닐 만큼 드셌다. 아들이 보이지 않았다. 유옥란은 통증을 참아내며 아들을 찾았다. 집채만 한 바윗돌 곁에 석태가 산짐승처럼 엎드려 있었다. 놀란 그녀가 몸을 흔들었다. 미동도 하지 않았다.

"석태야! 석태야! 내 아들아, 눈을 떠봐!"

유옥란은 엎어져 있는 아들 석태의 어깨를 흔들며 소리를 질렀다. 석태는 바윗돌처럼 움직임이 없었다. 두 손으로 아들의 얼굴을 감싸는데, 미끄러운 액체가 손에 묻었다. 피 냄새가 훅, 콧속 점막에 달라붙었다. 바윗돌에 옆머리가 부딪힌 아들은 죽어 있었다.

"아들아! 아악! 내 아들아!"

비명이 폭풍같이 그녀의 입술을 열어젖히고 튀어나왔지만 이상했다. 이 끔찍한 상황에서도 눈물이 나지 않았다. '미공급 사태'를 거치면서, 길바닥에 죽어 있는 숱한 시체를 목격하면서, 유옥란은 자신도 모르는 사이 '생과 사'에 무디어져 있었다. 그녀는 어둠을 헤쳐 주변에 널린 돌들을 집어서 아들의 몸 위에 피라미드처럼 쌓았다. 지금 엄마가 자식한테 해줄 수 있는 것은 이 방법밖에 없었다. 눈물을 참았다. 참아내야 했다. 유옥란은 어금니를 깨물고 마음을 다잡았다. 딸 진미라도 살려야 했다. 살아서 이곳 산속을 빠져나가야 한다! 그녀의 머릿속에 그림처럼 압록강이 떠올랐다. 큰외삼촌 댁은 압록강이 코앞에 있었다. 어릴 때 여름방학이면 외사촌 형제들과 압록강에서 물장구를 치며 놀았다. 나무 스케이트를 타고 놀던 꽁꽁 언 압록강 겨울풍경도 그려졌다. 압록강은 그녀에게 낯설지 않은 강이었다.

가자! 떠나자! 극한의 발목 통증을 느끼며 유옥란은 처음으로 '탈북'을 떠올렸다. 고향을 떠나는 것, 이 인간 지옥을 벗어나는 것, 다시는 이 땅을 밟지 못하는 것, 그런 생각들이 '탈북'이라는 단어 하나에 모였다. 이 정권은 악독하고 무자비했다. 가자! 가족을 굶어 죽이지 않기 위해 '시디알'을 판 것을 '자본주의에 물든 사상범'으로 몰아 남편을 정치범 수용소로 끌고 간 곳, 내 사랑하는 아들 석태를 죽인 곳, 이곳은 생지옥이다. 그녀는 악에 받쳤다. 눈에 핏발이 섰다. 유옥란은 생각했다. '모든 인간은 자유롭게 태어났고, 자유롭게 살 권리가 있다. 그 자유를 빼앗고 억누르면 언젠가 폭발한다. 주민의 자유를 억압하는 이 독재정권은 언젠가 무너질 것이다.'

유옥란은 금이 간-부러졌을 수도-발목 때문에 걸을 수 없었다. 두 팔에 의지해서 포복자세로 기었다. 뒤에서 석태가 엄마, 하고 부르는 것 같아 이동을 재촉했다. 되도록 빨리 석태를 묻은 이곳에서 벗어나고 싶었다. 엎드린 채로 두 손을 옮길 때마다 굶어 홀쭉해진 뱃가죽이 등에 달라붙었다. 그때마다 이동을 멈추고 드러누운 채 손으로 배를 쓸다가 몸을 뒤집어 처음 자세로 이동을 계속했다. 사고 충격 때문인지 얼마나 굶었는지 그녀는 기억하지 못했다. 다행히 진미는 흙바닥에 떨어져서 크게 다치지 않은 것 같았다. 갈빗대에 금이 갔는지 이따금 옆구리를 만졌다. 몸을 좌우로 휘며 갈빗대의 상태를 확인하곤 했다. 딸이긴 해도 진미는 웬만한 사내아이보다 강했다. 진미는 엄마에게 부러진 나뭇가지를 쥐여주고 잡으라 했다. 나뭇가지를 앞에서 잡아당겼다. 이 상황에서 딸은 남편이었다.

12월의 산속 땅 전체가 거대한 얼음덩어리였다. 땅 표면뿐 아니라 그 아래 지구 중심부까지 얼어붙은 듯했다. 얼어붙은 땅바닥에 배를 엎드린 유옥란의 몸이 사람 모양 얼음조각처럼 보였다. 언 몸이 빳빳하게 굳어가는 도중에도 식욕은 살아 있었다. 장마당에서 팔던 인조고기와 두부밥이 어른거렸다.

유옥란(柳玉蘭). 고향 함경북도 종성(鍾城). 종성군은 9월 하순경에 첫서리가 내리고 이듬해 4월 말까지 눈이 계속 내리는 곳.

8월의 평균 기온이 21도인 곳. 1952년 군·면·리 통폐합에 따라 종성군 종성면 중봉리와 용산리를 병합하여 중봉리(仲峯里)로 했다. 유옥란의 고향집이 '중봉리'에 있었다. 1974년에 종성군이 회령군에 편입되었다. 옛 주소 '함경북도 종성군(種城郡) 종성면(種城面) 중봉리(仲峯理) 388번지' 그곳이 혜산1중학교에 입학할 때까지 살았던 고향이었다. 현 거주지 량강도 혜산시 신흥동. 경력은 〈 김정숙 사범대학 〉 조선어학부 졸업. 전 혜산 운총중학교 국어교원. 혜산시 신흥동 5인민반장. 량강도 안전국 수사과장 박성배의 아내. 그녀는 보위부에게 회술레보다 더 독한 모욕을 당한 후 죽음과의 사투를 벌이고 있었다.

 1시간이 넘도록 어두운 산속을 기어다녔지만 숲을 벗어난 것 같지 않았다. 같은 자리를 맴돌거나 엉뚱한 방향으로 왔을지도 모른다. 빛이 사라진 숲속은 침묵과 공포만이 지배했다. 겨울나무의 실루엣은 검고 앙상했다. 어느 방향으로 가야 되는지 알 수 없었다. 답답한 마음에 하늘을 올려다보았는데 초승달이 떠 있었다. 머릿속에 번쩍, 전깃불이 켜졌다. "저녁 초승달은 서쪽에, 새벽 초승달은 동쪽에 떠 있다."는 말을 교원생활 할 때 학생들에게 가르쳤던 기억이 났다. 그 말이 맞는다면 초승달로부터 45도 반대 방향으로 가면 압록강이 있는 북서쪽이 나온다. 길눈이 밝은 유옥란에게 방향감각이 살아났다.

 임신 5개월 차 진미가 힘들어 보였다. 유옥란은 진미가 끌어

당기는 나뭇가지를 놓았다. 혼자 힘으로 솟아오른 돌부리를 잡은 뒤 몸을 끌어당기며 기어갔다. 발목이 돌에 스치기라도 하면 전기에 감전된 것처럼 끔찍한 고통이 몸의 모든 감각기관을 물어뜯었다. 고통은 어릴 적 충수염에 걸렸을 때 마취도 하지 않은 채 배를 가르던 섬뜩한 기억을 불러내곤 했다. 발목 통증은 점점 더 심해졌다.

가파른 산길을 기어가는 동안 바지 주머니에 볼록한 것이 느껴졌다. 주머니에 손을 찔러 넣었다. 흙 묻은 손바닥에 무엇인가 잡혔다. 나침반이었다. 남편 박성배가 평소 소중하게 보관한 것인데, 잡혀가기 며칠 전 그녀에게 주면서 잘 숨겨놓으라고 했다. 그날 남편은 나침반을 보는 방법까지 세세하게 알려주었다. 남편과 주고받은 말도 조금 전 일인 듯 떠올랐다.

"석태 아바이, 이거 무스겝니까?[37]"

"라침반이오. 받아두오, 요긴하게 쓰일 때가 있을 테니."

"내사 왜 이렁 거 주는 겐지 잘 모르겠슴다."

유옥란은 뜬금없이 나침반을 건네는 남편의 행동이 이상해 보였다. 그때만 해도 자신에게 오늘 같은 일이 생길 거라고 생각하지 않았다. 박 소좌가 그런 악독한 흉계를 꾸밀 것이라고 눈곱만큼도 의심하지 않았다.

---

[37] 무엇입니까?

"그렁거 흔채니[38] 잘 보관해 두오."

유옥란이 들은 남편의 마지막 말이었다. 이제 방향을 알려주는 초승달에다 나침반까지 있으니 자신감이 생겼다. 그녀는 그 순간 압록강을 건너 반드시 이 굶주린 땅을 벗어나리라 결심했다. 평소 탈북할 생각을 조금도 가져본 적이 없는데, 갑자기 왜 그런 생각이 들었을까. 어쨌든 지금은 집으로 돌아갈 수 없었다. 남편을 정치범 수용소에 보낸 보위부가 집과 모든 재산을 몰수했다. 유옥란과 친정에 들른 딸 진미, 아무것도 모르는 5살 어린 아들에게조차 연좌제의 올가미를 씌웠다. 트럭에 실려 가던 이 상황은 단순추방이 아닐지도 모른다는 판단도 탈북을 결심하게 했다. 혀를 물어뜯긴 보위부 박치열이 수작을 부려 말로만 듣던 정치범 수용소에 끌려가던 중일지도 몰랐다. 그는 보위부 소좌여서 악심을 품으면 죄 없는 한 가족을 수용소로 보내는 것쯤 어려운 일이 아니었다. 진미는 아버지의 소식을 듣고 친정에 왔다가 함께 잡혀가게 됐다. 원래 출가외인은 연좌제 대상이 아니지만 악심을 품은 보위부에게 규정 따윈 지킬 필요가 없었다.

아직 동틀 시간이 되지 않은 데다 숲속이어서 천지사방 분간이 안 됐다. 방향에 대한 갈등이 생겼지만 그녀는 처음 정한 방향으로 계속 기어갔다. 키 작은 관목나무들이 빼곡해서 눈 밑 시

---

38) '흔치 않으니'의 북한말

야를 가렸다. 돌부리와 그루터기에 손이 걸릴 때마다 몸이 뒤틀렸지만 빽빽한 삭정이 덕에 고개를 땅에 처박지 않았다. 경사가 가팔라서 중심이 무너지면 산기슭까지 굴러떨어질지도 몰랐다. 눈 밑을 내려다보며 조심조심 기고 있는 그때, 반딧불이 같이 작고 희미한 불빛이 눈에 들어왔다. 국경경비대인가. 저 불빛이 경비대의 것이라면 벌써 압록강 가까이 도착했단 말인가. 유옥란의 머릿속이 갖가지 상상으로 채워졌다. 두려움과 기대가 교차했다. 그녀와 진미는 나무등치를 그러잡고 뱀처럼 최대한 몸을 낮추었다. 불빛의 정체를 파악해야 했다. 바람에 실린 남자 목소리가 들려왔다. 두 사람이 대화를 나누고 있었다.

"다 왔읍데?"

"그런 것 같으께."

새조차 울지 않는 한겨울 깊은 산속이었다. 남자들이 주고받는 대화내용이나 함경도 사투리를 쓰는 것으로 봐서 국경경비대는 아닌 듯했다. 유옥란은 경보병 여단 중좌였던 남편을 통해 군인은 평양말에 기반을 둔 문화어를 사용한다는 것을 알고 있었다. 저들은 자신처럼 야음을 틈타 압록강을 찾아가는 사람일 가능성이 높았다. 그즈음 압록강이나 두만강을 끼고 있는 회령이나 무산, 종성, 온성, 혜산에는 식량 때문에 국경을 넘는 사람들이 한 집 건너 한 집 꼴로 많았다. 굶어 죽을 판인데 국경을 넘지 않는 것이 이상할 정도였다. 유옥란은 두 남자가 탈북자일 거라는 판단에 자신감이 생겼다. 남자들의 대화가 함경도 말투라 말을 붙여볼 자신감도 생겼다. 그녀는 두 팔을 짚고 불쑥 상체를 일으켰다. 일부러 고향 말을 썼다.

"이보오, 어드메 가심둥?"

목숨을 걸고 건넨 말이었다. 어둠 속이지만 남자 두 사람의 실루엣은 군인이 아니라 민간인이었다. 국경경비대라면 긴 소총을 어깨에 메거나 들고 있을 텐데 그들의 양팔에는 아무것도 들려 있지 않았다. 안도의 한숨이 흘러나왔다.

"거, 누, 누기야?"

두 사람 중 실루엣이 길어 보이는 사람이 당황한 목소리로 물었다.

"혜산 사람임다."

"혜산 사람이 여기 왜 있음두?"

"강, 강 건너려 합슴데."

"거기도 식량 떨어졌소?"

"식구들 다 굶어 죽고 저와 딸만 살았슴데."

간절함을 보여주기 위해 유옥란은 거짓말을 했다.

"안됐소. 우리와 같이 감두?"

"동무들, 정말 고맙슴데."

여기가 어딘지 조차 모르는 깊은 숲속에서 네 사람이 동행이 되었다.

"고맙습데, 정말 고맙습다."

고마운 마음에 함경도 말과 혜산 말이 섞여 나왔다.

"고마워하지 않아도 되오. 같은 처지 아니오."

"그래도 고맙습데다."

"알았소. 우리는 압록강을 건너면 중국에서 사람이 나오게 되어 있소."

두 사람 중 나이가 들어 보이는 남자가 말했다. 그 남자는 등 뒤에 큰 배낭을 메고 있었다. 고난의 행군 때 '보따리 장사꾼'으로 불리는 여자들이 이용하는 배낭이다.

"나도 그 중국에서 나오는 사람에게 연결해 주오. 가진 돈 조금 있습데."

"돈은 무슨? 됐소, 됐소. 돈은 우리가 치른 것으로 충분하오. 그쪽도 우리와 같은 처지 같은데."

유옥란은 남자들과 얼어붙은 압록강을 건넜다. 생각 외로 강폭이 넓었다. 덩치가 큰 남자가 유옥란이 다친 것을 보고 두 팔로 안아 강을 건네주었다. 그녀의 체구가 작은 탓에 크게 힘들어 하지 않았다. 그 과정에서 진미와 헤어졌다. 진미는 일행과 떨어져 물살이 약한 곳을 건넜다가 다른 방향으로 간 것 같았다. 국경경비대 때문에 소리쳐 부를 수 없었다. 유옥란 혼자 숲속에서 만난 남자 2명과 작별을 하고 중국에서 나온 40대 남자를 무작정 따라갔다. 어떤 의심도 하지 않았다. 그녀는 원래 탈북하려고 집에서 나온 것이 아니다. 북한 여자가 탈북할 때 겪을 수 있는 안 좋은 일에 대한 귀동냥이나 정보가 전혀 없었다.

중국으로 탈북한 대부분의 북한 여자가 그렇듯, 유옥란 역시 브로커의 농간에 속아 늙은 중국 남자에게 인신매매로 팔려 갔다. 홀아비로 오래 산 중국 남자는 젊고 예쁜 유옥란을 보는 순간 눈이 번쩍 뜨였다. 그는 다른 남자에게 뺏길까 봐 브로커가 부르는 1만 위안에 1,000위안을 더 얹어주고 유옥란을 차지했다. 나쁜 짓을 하면 죽어서 간다는, 성경에서 말한 지옥이 살아 있는 현실에도 존재했다. 지옥이 여기 있었다. 유옥란은 인신매매로 팔려 간 뒤 7년 동안 짐승처럼 일했고, 밤마다 굶주린 중국 남자의 성욕에 시달렸다. 그녀는 중국인 남자와의 사이에서 딸 영희를 낳았다. 피임기구가 없고 문이 잠겨 있어 임신을 피할 방법이 없었다.

늙은 중국인 홀아비는 유옥란을 집으로 데려온 후 끊임없이 협박하여 길들이려 했다. 잠자리를 거부하거나 도망칠지 모른다는 의심이 생기면 방문을 밖에서 걸어 잠갔다. 걸핏하면 중국말로 고함을 지르며 으름장을 놓았다. 1년 후쯤 유옥란은 그 중국인의 말을 어느 정도 알아들을 수 있었다. 그의 북송위협에 몸이 떨렸다. 나쁜 마음을 먹으면 다른 중국 남자에게 또다시 팔려 가거나 북송은 곧 죽음을 의미했으므로, 그의 협박에 머리칼이 쭈뼛 섰다.

인신매매를 당한 북한 여자는 돈에 불과했다. 그녀들의 죽음은 개죽음이었다. 다섯 번이나 인신매매로 팔려 가 중국 남자가 5명이나 되는 북한 여자도 있었다. 중국 남부 윈난성 쿤밍까지 팔려 간 북한 여자는 도망치다가 자신을 돈 주고 산 중국 남편에게 맞아 죽었다. 탈북한 여자를 죽인 중국 남자는 살인사건을 돈으로 무마했다. 벌금을 조금 문 뒤 처벌을 받지 않았다는 소문이 나돌았다.

기독교를 믿기 시작한 후 한 번도 얼굴을 보여주지 않던 주님이 나타났다. 중국 남자가 농기구를 고치러 시내에 나간 사이 잠긴 문짝을 발로 차서 문틀에서 뜯어버렸다. 오래된 집이라 녹슨 경첩은 쉽게 부러졌다. 집 밖으로 나가 무조건 십자가를 찾았다. 가까운 곳에 자그마한 시골교회가 있었다.

'고난의 행군' 동안 북한체제를 이탈하는 사람이 많아졌다. 살기 위해서였다. 굶어 죽지 않기 위해서였다. 중국에서 북송된 탈북자 중 한국행을 기도한 사람은 정치범으로 분류되어 정치범수용소(관리소)에 집어넣었다. 탈북자 모집책은 본보기로 주민들이 보는 앞에서 공개처형 했다. 처형까지는 아니라도 완전통제구역인 북창이나 개천, 회령 같은 정치범 수용소에 갇히면 시체가 되어도 밖으로 나오지 못했다. 수용소 안에서 죽으면 시체조차도 행방불명이었다.

북송당하지 않기 위해 유옥란은 중국 남편에게 고분고분한 체했다. 그녀가 한 수 위였다. 중국 남편은 그녀의 순종적인 겉모습에 속았다. 부드러운 외모와 달리 유옥란의 내면은 강하고 치밀했다. 지옥 속에서도 시간이 흘렀다. 중국에서 낳은 딸 영희가 소학교에 입학할 나이가 되었다. 유옥란은 어느 날 저녁에 중국 남편 '따청(대성)'에게 술상을 차려주었다. 뭔 까닭인지 몰라 어리둥절한 그에게 유옥란은 헤실헤실 웃음을 흘렸다. 목적이 있으니 못 할 것이 없었다. 화류계 여자처럼 값싼 애교도 부렸다. 따청이 술에 곯아떨어진 새벽 3시, 코를 골고 있는 그를 내려다보며 깨금발로 안방을 나왔다. 옆방에서 자고 있는 영희를 깨웠다. 검지를 세워 입술을 누르며 어떤 소리도 내지 말라는 신호를 보냈다. 영리한 영희는 엄마의 손가락 보디랭귀지를 이해했다. 유옥란은 영희를 데리고 나와 대문 앞에서 머리를 한번 쓰다듬어 주고는 혼자 어둠 속으로 사라졌다. 그녀는 인근 산속에서 한국교회가 보내준 사람과 만났다. 그 교회는 북한에서 처형당한 강영일 선교사를 파송한 교회였다. 북한 지하교인이었던 유옥란은 그 남자의 얼굴에서 강영일 선교사를 보았다. 자신의 죽음으로 하나님을 알게 해주신 분, 너무 보고 싶었다.

험난한, 목숨을 담보로 한, 긴 탈북길이 시작되었다. 태국까지 가는 동안 매 순간 목숨을 위협하는 위기가 닥쳤다. 그는 헌신적인 남자였다. 그 남자가 없었다면 유옥란은 이방의 땅에서 시체가 되었을 것이다. 주님이 보내준 분일까. 그-끝내 이름을 밝히지 않았다-의 도움으로 그녀는 라오스를 거쳐 태국 감옥에서 4개월, 그리고 한국에 입국했다. 압록강을 건넌 뒤 7년 만에 중국 남편 '따칭'의 북송위협과 성적수탈에서 벗어났다. 유옥란은 35살에 강을 넘고 42살에 탈북에 성공해서 대한민국 국민이 되었다. 서울 강서구에 위치한 임대주택과 약간의 정착지원금도 받았다. 2년 뒤 그녀는 한국 여권으로 영희를 데려왔다. 한국 여권의 힘은 컸다. 그토록 두려웠던 중국 공안 앞에서도 당당했다.

1990년대 중국에서, 탈북 여성은 돈이었다. 브로커로 가장한 인신매매범에게 속아 중국에 팔려 간 북한 여성들은 그들에게 먼저 성폭행을 당했다. 그런 뒤 퇴폐업소에 팔려 가거나 중국 시골 남성들에게 넘겨졌다. 시골로 팔려 가게 된 많은 여성은 낮에는 노동을, 밤에는 성폭행을 당했다. 돈에 팔려 왔기에 그들의 인권은 존재하지 않았다. 중국어를 하지 못해 도망치기도 어려웠다. 시간이 흘러 중국어를 배우게 된 일부 북한 여성들은 필사적으로 도망쳐 나왔다. 대부분 중국 공안에 잡혀 북송되는 최악의 경우가 기다렸다.

문제가 되는 것은 남겨진 아이였다. 탈북 여성이 떠난 자리에 중국 남성과의 사이에서 태어난 아이만 중국에 홀로 남겨졌다. 아무도 돌보지 않았다. 엄마가 사라지자 중국 아버지는 또 다른 북한 여자를 사들이거나 아이들을 나 몰라라 했기에 고아나 마찬가지였다. 영희도 엄마가 도망친 뒤 똑같은 신세가 되었다. 2

년 후 엄마 유옥란이 데리러 온 영희는 운 좋은 아이였다. 엄마가 사라진 대부분의 아이는 중국인 아버지에게도 버림받았다. 중국 남성과 북한 여성 사이에 태어난 아이들, 북한에서도 인정하지 않고 중국에서도 받아주지 않는 무국적 고아들을 두고 '검은 아이(흑아, 黑兒)'라고 불렀다. '검은'은 멸시와 업신여김을 의미했다. 이 아이들은 호구(중국 주민등록증)가 없기 때문에 학교에 가지 못하고 병원 문턱에는 발도 들일 수 없다. 한때의 영희처럼 중국 땅에 버려진 '검은 아이들'이 수만 명에 이르렀다.

  나중에 알게 되었지만 진미는 그 새벽녘 혼자 압록강 인근 마을로 추정되는 중국을 떠돌았다. 사방이 캄캄했다. 진미는 눈도 밝았다. 창문 틈새로 불이 새어 나오는 건물 하나를 발견했다. 건물 출입구가 잠겨 있지 않았다. 무작정 들어갔다. 교회였다. 나중에 알게 되었지만 유옥란이 팔려 간 집과 그 교회는 5km밖에 떨어져 있지 않았다. 자유가 없으면 5km가 5천 리보다 멀었다. 교회 목사의 도움으로 진미는 유옥란보다 먼저 한국에 도착했다. 몽골 루트였는데 반쯤 직통이었다.

*

  몇 개의 감시초소를 지나서 트럭이 멈춰 섰다. 철문 위 콘크리트 외벽에 〈 조선인민경비대 제2958 군부대 〉라고 쓰여 있었다. 정문 양편으로 4m 높이의 담장이 완만한 곡선을 그리며 뻗어 있었다. 담장 위에는 철조망이 이중·삼중으로 둘러쳐져 있었다. 철문 옆 감시탑에는 기관포가 대가리를 쳐들고 AK소총을 든 경비병이 경계를 섰다. 북한의 정치범 수용소는 모두 보위부 소속인데 이곳만〈사회안전성〉이 관리책임을 맡았다. 트럭 차단막이 벗겨지고 동행한 보위원의 지시에 따라 박성배와 함께 잡혀간 사람들이 내렸다. 잡혀 온 사람들은 두려움에 웅성거렸다.

 박성배는 남한 영화가 저장된 시디알을 판 죄를 아내 대신 뒤집어썼다. 그는 보위부에서 고문을 받은 뒤 서류에 강제 서명 했다. 화가 나서 서류에 무엇이 적혀 있는지 읽어보지 않았다. 박치열 소좌의 마수에 걸려들었다. 안전원인 그는 보위부가 없는 죄도 만들어 낸다는 것을 알고 있었다. 하지만 그들의 폭력과 극악한 고문 때문에 서명한 것이 부끄러웠다. 핵심계층인 신분 때문에 함경도의 어느 탄광쯤으로 추방당하는 줄 알았지 정치범 수용소로 끌려올 줄은 몰랐다.〈조선민주주의 인민공화국〉의 버팀목이라 여겼던 안전원 수사과장으로서 긍지가 한순간에 물거품이 되었다. 박성배는 공화국에 자본주의 사상이 스며드는 것을 막아야 할, 도 안전국 수사과장이었다. 그런 직책을 맡은 자신이 남한 드라마가 저장된 시디알을 허술하게 관리해 아내가 장마당에 내다 팔게 된 것은 스스로 용납이 되지 않았다. 박성배는 그런 성품의 소유자였다. 아내가 왜 그랬을까? 하는 의문이 고개를 쳐들었다. '압수한 시디알(CD-R) 중 장롱에 감춰둔 10개를 장마당에 내다 판 것은 '미공급 사태'로 자식이 굶어 죽을 상황에 내몰려 어머니 입장에서 어쩔 수 없었을 거야.' 그런 판단이 그의 죄의식에 한 줄기 위안이 되었다. 정치범 수용소에 끌려들어 오자 그때서야 '아내는 어떻게 됐을까, 아들 석태는?' 이런 저런 생각으로 머릿속이 혼란스러웠다. 그때였다.

"이 새끼, 움직이지 말라!"

박성배와 대각으로 서 있던, 당직책임자로 보이는 사내가 고함을 질렀다. 그 사내는 상위 계급장을 달고 있었다. 북한군에만 존재하는 상위는 한국군으로 치면 중위와 대위 사이 계급이다. 금색 견장 바탕에 그어진 한 줄 초록색 띠 위에 별 3개가 박혔다. 안전원 출신의 박성배는 견장을 보자마자 그의 신분을 알아차렸다.

잡혀 온 한 남자가 겁먹은 눈으로 주위를 두리번거렸다. 안전원 상위가 그 남자의 머리를 몽둥이로 사정없이 내리쳤다. 갑작스러운 공격을 받은 사람은 조금 전 트럭에서 내릴 때부터 몸을 덜덜 떨고 있던 60대 남자였다. 퍽, 하는 둔탁한 파열음과 함께 남자의 뒤쪽 머리 부분에서 피가 흘러내렸다. 핏방울이 본부건물 처마 밑 백열등에 반사돼 붉은빛으로 퍼졌다. 캄캄한 수용소에서 불빛이라고는 회반죽으로 미장한 수용소 본부의 백열등이 유일했다.

"아악!"

남자가 비명을 지르며 주저앉았다. 박성배가 피투성이가 된 그의 머리를 감싸안았다. 양쪽 겨드랑이에 손을 집어넣어 일으켜 세우려 했다. 안전원 상위의 얼굴이 일그러졌다.

"어, 이 개간나 새끼! 해독분자를 동정하다니, 아직 바깥 물이 안 빠졌구나! 죽고 싶지 않으면 비켜서라!"

그 안전원 간부는 박성배에게 욕만 할 뿐 몽둥이를 휘두르지는 않았다. 그가 안전원 수사과장 출신이라는 것을 미리 전달된 인적서류를 훑어본 후 한때의 동료에게 최소한의 아량이라도 베푼 것일까. 그 상위는 비명을 지르며 주저앉은 남자에게는 계속 몽둥이를 휘둘렀다. 남자의 머리에서 다시 핏방울이 튀어 올랐다. 핏물이 얼굴을 적시고 목덜미로 흘러내렸다. 안전원 상위가 소리쳤다.

"너희 놈들은 공화국의 원쑤다! 3대를 멸족해도 부족하다! 죽기 싫으면 내 말 명심해라!"

구타와 욕설이 계속 이어지고 있을 때 여명이 밝아왔다. 이곳은 사면이 산으로 둘러싸여 있고, 비탈진 산허리가 남동쪽으로 이어져 있었다. 북쪽과 서쪽 역시 높은 산들이 솟아 있었다. 동남쪽으로도 2개의 산이 에워싸고 있는 데다 4m 높이의 철책선은 네 겹이었다. 탈출은 꿈꾸기조차 어려워 보였다.

전직 수사과장답게 박성배는 수용소에 들어오자마자 작업반장을 통해 이곳 사정에 대해 어느 정도 감이 잡혔다.

여기는 인간 생지옥이다. 살아남으려면 인간이기를 포기해야 한다. 안전원들은 수감자들에게 '선생님'으로 불리며 신과 같은 존재다. 그들에게 수감자의 목숨 따위는 그날 기분에 따라 마음대로 빼앗을 수 있고, 죽여도 처벌받지 않는다. 표창을 받아 근무성적이 올라가고 제대 후 당원이 되거나 그 공로로 휴가를 나가기도 한다. 수용소장은 지위만 있을 뿐 실제적인 권한을 휘두르는 것은 감찰부장 소진구 대좌[39]다. 수용소 전체관리는 〈사회안전성[40]〉 안전원이 맡고 있지만 안전원 복장을 한 보위부 스파이도 일부 섞여 있다. 보위부 스파이는 〈사회안전성〉의 수용소 관리 실태를 감시·감독하고 그 상황을 상부에 보고한다. 수용소장과 감찰부장도 힘센 보위부에 항의하지 못한다. 이곳에서 살아남으려면 수용소에서 주는 하루 350g의 강냉이와 멀건 시래깃국만으로는 안 된다. 풀도 뜯어 먹고 한 달에 두세 번 쥐, 개구리, 도롱뇽, 뱀 같은 동물을 잡아먹어 모자라는 단백질을 보충해야 한다. 그렇지 않으면 '펠라그라'라는 영양실조 병에 걸려 목숨을 잃게 된다. 이곳 수감자들은 이 병으로 1년에 몇백 명이 죽어나간다.

박성배는 수용소에 입소한 지 한 달이 되기도 전에 이곳의 관

---

39) 대령
40) 사회안전부가 사회안전성으로 격하됨

리 실태와 인권유린, 구타와 고문, 공개처형뿐 아니라, 생존에 관한 정보를 대부분 알게 되었다. 작업반장 윤칠구는 교원[41] 시절 수업 시간에 바른말 한번 했다가 10년 전에 붙잡혀 왔다. 사회에 있을 때 혜산시 운총중학교 물리교원이었다. 아내 유옥란과 근무했던 학교가 같았다. 내 아내가 그 학교 국어교원을 하다 퇴직한 유옥란이라고 하자 윤칠구는 가까운 친척을 만난 것처럼 기뻐했다. 그때부터 이곳에서의 생존과 죽음, 탈출과 총살, 구타, 살아남는 법, 죽는 법, 영양실조 등 모든 정보가 작업반장 윤칠구로부터 나왔다. 안전원의 사냥개 역할에 충실한 다른 작업반장에 비하면 윤 반장은 인간으로서 양심을 지켰다. 다른 작업반장처럼 흡혈귀가 되어 수감자의 혈관에 빨대를 꽂아서 빨아먹거나 그들의 약점을 상부에 고해바치지도 않았다. 수감자들의 잘못된 점을 안전원에게 고발하면 작업반장은 그날 치 식량 배급을 더 받거나 총반장으로 올라가는 데 참작이 되었다. 굶주림에 몸부림치는 이곳에서 그런 유혹을 견뎌내는 것이 쉽지 않았을 텐데 윤 반장은 인간으로서 최소한의 품위를 지켰다. 그가 작업반장을 할 수 있는 것은 실적 때문이었다. 그가 맡은 작업반 실적이 수용소에서 늘 최고를 차지했다. 이상한 현상이었다.

수용소는 거대한 마을형태였다. 수감자는 2만 명 정도 돼 보

---

41) 교사

였다. 이곳은 가족 단위의 수감자가 대부분이었으나 박성배처럼 단독 수감자도 일부 있었다. 수용소는 수감자에게 하루 15시간 이상 강제 노동을 시켰다. 탈출하다가 잡히면 공개총살이었다. 일일 배급량은 원래 삶은 강냉이 350g, 염장배추 3줄기, 소금 1.5g이었다. 박성배가 잡혀간 1990년대 중후반 식량난 시기에는 하루에 강냉이 160g만이 지급되었다. 160g은 한 주먹이다. 단독 수감자들은 의식주에 대한 보장이 완전히 끊긴 채 들판에 구덩이를 파고 생활했다. 먹을 것을 구하기 위해 돌산을 헤맸다. 굶어 죽어도 수용소는 시체를 방치했다. 날이 따뜻해지면 구더기가 들끓었다. 수감자들이 구더기를 서로 먹으려고 아귀다툼을 벌였다.

이곳은 북한 특유의 하모니카 집이 마을형태를 이루었다. 박성배와 몇 명의 단독 수감자들은 하모니카 집의 한 칸을 배정받았다. 특혜였다. 보통은 1인이 잡혀 들어오면 스스로 토굴을 파서 생활했다. 안전원은 "넌 전직 안전원 간부여서 소장님이 특별 취급 해서 방 한 칸을 지급하는 것이니까 감사해야 한다."고 했다. 1채의 집에 6가구가 사는 하모니카 집의 한 칸이 박성배와 2명의 단독 수감자들에게 배정됐다. 박성배 덕분에 토굴에 살던 단독 수감자 2명이 방에서 살게 되었다.

난방은 탄광에서 수감자 개개인이 석탄을 짊어지고 와서 해결했다. 의복은 일체 지급되지 않아 처음 들어올 때 입은 옷을 깁고 수선해서 입었다. 잡혀 온 지 몇 년이 지난 수감자가 입은 옷은 누더기였다. 그 수감자 가까이 가면 벼룩이 튀어 올랐다. 옷깃의 오목한 주변에는 하얗게 서캐가 슬어 있었다. 더럽고 악취가 나서 가까이 오면 서로 고개를 돌렸다. 구역질이 났다.

수용소는 탄광이었다. 수감자 대부분 탄광에서 중노동을 했다. 박성배는 탄광 1작업반 갱도 2조에 배치받았다. 수감자에게 악마로 군림하던 총반장은 그가 82경보병 여단 대대장으로 근무할 때 직속부하인 1소대장 최호일 중위였다. 최 중위는 돈을 받고 하급병사의 탈영을 묵인했다는 죄를 뒤집어썼다. 그는 억울한 마음에 탈북을 시도하다가 잡혀 수용소에 들어와 있었다. 박성배와 최호일은 전직 대대장과 3중대 1소대장으로 직속상관과 부하 관계였다. 하지만 둘 다 죄수 신분이라 총반장과 작업반원으로 처음 만났을 때 눈인사만 건넸다. 박성배는 총반장을 보자마자 그가 과거 1소대장 최호일이라는 것을 알았다. 난처해할까 봐 아는 척은 하지 않았다. 최호일도 마찬가지였다. 박성배를 처음 보았을 때 움찔하며 그의 눈이 휘둥그레졌다가 원래의 눈매로 돌아갔다. 최호일은 다른 수용자들에게 했던 욕설, 구타를 박성배에게는 하지 않았다. 부질없는 과거가 되었지만 한때 자신의 직속상관, 그것도 특수부대 경보병 여단의 대대장과 소대장이라는 상하 관계가 총반장에게 불편했을 것이다. 이곳에서 과거의 인연 따윈 거추장스러운 것에 불과했다. 박성배는 그와 함께 작업할 땐 열심히 일했다. 그의 작업지시에 충실하려고 애썼다. 그것만이 한때나마 옛 부하였던 그에게 상관이 해줄 수 있는 최선의 방법이었다. 이런 박성배의 마음을 아는지 총반장 최 중위는 연대책임을 물어야 할 때만 제외하면 처음 입소해 어리바리한 다른 수용자에게 했던 학대, 욕설, 구타 등을 하지 않았다.

수용소에선 신과 같은 존재인 담당 안전원-수감자들은 안전원을 선생님으로 부르라고 교육받았다-에게 작업량 미달에 대한 지적을 받지 않기 위해 총반장도 욕설, 기합 등 어쩔 수 없는 것이 있을 것이다. 그의 본래 성품을 알고 있는 박성배는 최 중위의 별명 '독사 반장'을 듣고 속으로 웃었다. 작업량이 하루 목표에 미달할 때면 총반장 최 중위는 작업반장과 전체 수감자에게 '비둘기 고문', '펌프훈련 고문(앉고 서기 반복)'을 시키곤 했다. 이때는 박성배 역시 예외가 아니었다. 박성배가 기합을 받는 동안 그는 등을 돌린 채 뒷짐을 지고 있었다. 그때 최 중위는 감찰부장이 총반장과 작업반장들에게 교양한 말을 떠올리고 있었을 것이다. 감찰부장은 귀에 딱지가 앉을 만큼 김일성이 했던 교시를 반복했다.

"이곳 정치범들은 우리 인민의 피땀을 빨아먹던 계급적 원쑤놈들이다. 이놈들은 지난 시기 동무들의 할아버지, 아버지의 피땀을 갈취하고 우리 인민들을 학살한 친미분자, 친일분자, 치안대 가담자, 종파분자, 조국반역자이다. 우리의 위대한 공화국을

음으로 양으로 파괴하려는 불순분자들이다."

"……"

"너희들도 이놈들과 같은 죄를 짓고 여기에 들어왔지만 내 교양을 듣고 개조된 자들이다. 그래서 나는 여러분을 총반장과 작업반장에 임명한 것이다. 내 은혜에 보답하여 정치범들을 잘 감시하고 내가 준 작업 목표를 초과 달성 하여야 한다."

수용소 최고 책임자 최 소장은 장령[42]급인 전방부대 군단장(별 3개 상장계급)을 하다가 수용소 관리소장으로 좌천된 인물이었다. 나이는 예순이 넘어 노인 축에 들었다. 그를 둘러싸고 안 좋은 소문이 돌았다. 군단장을 하다가 강등되어 이곳에 온 것을 낙담하여 매일 밤 술타령이었다. 얼굴이 반반한 여자 수감자를 불러 놓고 성추행과 성폭행 같은 추한 짓을 했다.

수용소 여자들은 남자들 앞에서 소변, 대변을 보면서도 부끄러움을 몰랐다. 여자의 본능이 인간으로서의 존엄은 생존에 방해가 된다는 것을 깨닫게 했다. 수용소에 잡혀 들어온 지 1년쯤 되면 모두가 야생동물처럼 변해갔다. 그렇게 되어야 이곳에서 살아남을 수 있었다.

여기에 잡혀 온 뒤 박성배는 생을 포기했다. 살아남기 위해 악착같이 쥐와 뱀을 날것으로 잡아먹기까지 하는 대부분 수감자와

---

42) 장군

달리, 그는 생에 대한 아무런 미련도 느끼지 않았다. 하루의 노동을 끝내고 잠자리에 누울 때마다 내일 아침에 눈을 뜨지 않고 이대로 죽었으면 했다. 어느 날 박성배가 탄광에서 채굴 작업을 하고 있는데 총반장이 본부건물로 가보라고 했다. 산을 내려와서 관리소 본부건물의 문을 열고 들어갔다. 카키색 군복을 입은 군인이 안전원 당직자와 말을 나누다가 그를 돌아봤다. 박치열 소좌였다.

"어어, 박 중좌, 어떻게 지내고 있나?"

박 소좌는 박성배가 수용소에 잡혀 들어오기 전 그를 중좌님, 혹은 선배님, 이라며 깍듯했다. 지금은 달랐다. 옛 부하를 대하듯 하대하는 말투를 사용했다. 박성배는 아무 대답도 하지 않았다. 그를 바라보기만 했다. 말투 때문이 아니었다. 너무 피곤했다. 극도의 피로함이 박치열의 말투에 대한 불쾌감조차 집어삼켰다. 펠라그라병에 걸렸는지 요 며칠 전부터 조금만 걸어도 현기증이 나고 눈앞이 어질어질했다. 박성배가 휘청거리자 박 소좌가 그가 앉아 있던 의자를 빼주었다.

"여기 앉으라! 자네가 걱정되어서 면회 왔네. 완전통제구역은 면회가 안 되는데 이 박 중좌가 수용소장에게 특별히 부탁해서 허락 받았습지."

박치열은 자신을 가리켜 '박 중좌'라고 말했다. 보위부에 잡혔을 때 소좌였는데 그새 중좌로 진급한 모양이었다. 그는 도 보위부 예심처장을 맡았다며 턱을 치켜들었다. 거만해 보였다.

"그새 진급했는가?"

박성배가 물었다.

"그새가 뭐야? 자네가 잡혀간 지가 언젠데?"

세월은 애기 화살촉처럼 빨랐다. 그 화살촉에 박혀 자신은 이곳 수용소에서 노예보다 더 못한 삶을 견디고 있고, 박 소좌는 진급을 해서 보위부 예심처장이라는 요직에 임명되었다.

"혹, 내 안해[43] 소식을 갖고 왔는가?

"자네가 잡혀갈 때 둘이 갈라섰으면… 아니, 아니. 아무튼, 자네 처는 내가 잘 돌보고 있으니 아무 걱정 말라."

박치열은 말을 뱉어놓고 이건 아니다 싶었는지 아니, 아니, 하며 수습하려 애썼다.

"그게 무슨 말인가? 갈라서다니."

"자네가 정치적 죄를 지어도 이혼하면 자네 처는 연좌제에서 해방되어 신흥동 집에 그대로 살 수 있다는 것을 말한 거야! 안전원 수사과장 출신이 그것도 모르나?"

남편이 정치범으로 잡혀갈 때 부부가 이혼하면 부인은 연좌제에서 자유로울 수 있는 규정을 말함이었다. 그의 말을 해석하면 이혼하지 않았으니 아내는 연좌제로 처벌을 받았다는 것이다.

---

43) 아내

"박 소좌, 지금 내 안사람은 어디에 있습데?"

화가 난 박성배는 박치열을 예전 계급으로 불렀다.

"관심 갖지 말라. 이 박 중좌가 잘 돌보고 있다지 않나."

'사람이 어떻게 저렇게 변할 수 있나.' 싶었다. 변해버린 박치열을 보니 인간 자체에 회의가 일었다. 박성배가 압수한 시디알(CD-R)을 아내가 장마당에서 팔았다는 것을 아는 사람은 자신과 박치열 뿐이었다. 집으로 찾아온 그와 술을 마시다 말했다. 집에 식량이 떨어져 내가 압수한 시디알 중 10개를 아내가 10달러 받고 팔았다고 털어놓았다. 그 말 때문에 혹시, 라는 의심이 들었다. 아내가 고발할 리는 없었다. 박치열이 실적을 올리려고, 나와 아내를 갈라놓으려고 음모를 꾸몄을 수도… 아니야, 그럴 리 없어. 박성배는 친구를 의심하는 자신이 못나 보여 고개를 흔들었다. 그를 믿었다. 믿고 싶었다.

박성배는 이 사건이 박치열의 치밀한 계략이었다는 것을 알지 못했다. 박치열은 그날 술자리에서 시디알 관리에 대한 박성배의 자기반성을 들었다. 그 순간 마음속 악마가 꿈틀거렸다. 악마는 친구를 '자본주의에 물든 반당, 반혁명 분자'로 엮으라고 꼬드겼다. 유옥란 대신 박성배를 정치범 수용소에 보내버리고 마음에 둔 유옥란을 자기 여자로 만들어야겠다는 음흉한 욕망이 뱀처럼 그의 머릿속을 휘감았다. 박치열은 그녀를 처음 볼 때부터 확, 끌리는 바가 있어서 그녀를 차지할 기회만 엿보고 있었는데 기회가 제 발로 찾아왔다. 어리석은 놈, 여긴 북한이야, 자기 자신에게조차 비밀을 숨겨야 되는 곳이야. 박치열은 자신의 계략이 예상대로 먹혀들어 가자 세상을 다 얻은 것 같았다.

둘 사이에 침묵이 한 뜸 돌고 나서 박치열이 말했다.

"자네는 안전원 간부니 누구보다 잘 알 거야. 잡히면 총살이니 탈출 같은 것은 꿈도 꾸지 말라. 재주껏 잘 적응해 보라. 그리고 이 험한 시기를 남자 없이 여자 혼자 어떻게 버티나. 자네 앙까이는 내가 책임질 테니 나한테 맡기라. 석태도 내가 잘 키워주겠으마. 다른 사람보다야 친구인 내가 낫지 않겠나. 내 말이 무슨 뜻인지 알아들었나? 알아들은 것으로 알고 가게."

"진심인가?"

"진심이재이쿠."

처음에 박성배는 무심히 박치열의 말을 받아들였다. 그러나 "너 앙까이는 내가 책임질 테니 나한테 맡기라."라는 그의 말이 가시처럼 목구멍에 걸려 정신이 번쩍 들었다. 그가 아내에게 못된 마음을 품고 있을지도 모른다는 생각이 들었다. 그 못된 마음을 이미 행동으로 옮겼을 수도 있었다. 살이 떨리고 분노가 치밀었다.

"네놈이 옥란에게." 박성배가 말했다. "실오라기만 한 흠이라도 낸다면 결코 용서하지 않겠다. 박치열, 내 말 명심하라!"

박치열이 히죽거렸다. 비웃는 얼굴이었다.

"친구로서 마지막 부탁인데 솔직하게 말해주라. 이번 시디일 건은 자네가 엮었나?"

박성배의 갑작스러운 질문에 박치열이 당황한 듯했으나 이내 표정을 가다듬었다.

"나, 솔직하게 말한다. 너 앙까이가 판 시디알을 산 놈이 내 정보원이다. 장마당 입구에서 중국옷 파는 여자는 너 정보원이 잖나. 나쁘게 생각 말라. 우리 직업상 다들 그런 자들을 기르지 않나?"

박성배가 노려보았다. 울고 싶었다. 울지 않기 위해 눈시울에 힘을 줬다.

"그건 직업상 어쩔 수 없다 쳐도⋯ 친구인 나를 꼭 엮어 넣어야 했나? 너를 친혈육 이상으로 생각했다. 나도 불법이 죽기보다 싫은데 식량이 떨어져 아내와 자식이 굶어 죽을 판이라 어쩔 수⋯"

"같은 말 자꾸 하게 만들지 말라. 너 처가 시디알을 판 것을 다 알고 있다. 너 앙까이 유옥란과 아들은 내가 돌봐준다고 하지 않았나?"

박치열이 아내 이름을 말했다. 한 번도 아내 이름을 말한 적이 없는데 어떻게 아내 이름을 알고 있을까. 한번 의심을 품기 시작하자 그가 하는 말마다 의심스러웠다.

"내 안해 이름을 어떻게 아까?

"야, 박성배! 보위부 예심처장을 뭐로 보나? 안전국 주민등록과도 다 내 수중에 들어 있다!"

박치열이 아내 이름과 행적을 도 안전국 주민등록과에서 조사를 한 모양이었다. 그런 짓을 벌인 이유가 궁금했다.

"자네가 왜 내 안해를…"

"면회시간 끝났다."

안전원이 대화 중간에 끼어들어 박성배의 말을 잘랐다.

그가 박치열에게 말했다.

"원래 통제구역 죄인은 일체 면회가 안 된다는 것을 알고 계시지요? 중좌님이 보위부 예심처장이어서 제가 특별히 봐드린 것입니다."

박치열이 지갑에서 1달러 3장을 꺼내 주었다.

"곧 끝나오."

안전원 태도가 공손해졌다.

"10분 더 드리겠습니다. 시간을 지켜주십시오. 어기면 철칙해임[44] 당합니다."

북한의 보위원과 안전원은 순환근무처럼 현역 군인의 신분을 가지고 해당 부서에 배치되는 경우가 많았다. 박성배는 제대 후 안전원이 된 반면, 예심처장 박치열은 현역 조선인민군 신분이

---

44) 해고의 북한말

었다. 계급은 작년에 승진하여 중좌였다. 소좌에서 중좌가 되는데 최소 기간이 5년인 걸 감안하면 그의 승진은 상상하기 힘들 정도로 빨랐다. 보위부와 앙숙인 안전국의 핵심계층인 박성배를 '자본주의 사상에 물든 반당 반혁명 종파분자'로 잡아넣은 공로가 인정되어 특별승진을 했을 가능성이 높았다. 자신의 출세에 눈이 멀어 군 시절 직속상관이었고, 군관학교 동기생이며, 둘도 없는 친구 사이인 박성배를 이곳 지옥으로 밀어 넣었을지도 모를 일이다. 아내를 내게 맡기라는 그의 말이 계속 마음에 걸렸다.

면회 온 박치열을 처음 보았을 때 비명이라도 지를 듯 반갑고 고마웠다. 그런 마음은 잠깐이었고 대화를 나누다 보니 그가 하는 말마다 의심스러웠다. 식량이 떨어져 아내가 장마당에서 시디알을 판매한 일을 알고 있는 사람은 자신과 박치열밖에 없었다. 시디알 관리를 제대로 못 한 자신의 책임이 가장 컸다. 그래서 자신이 시디알을 팔았다고 아내 대신 죄를 대신 뒤집어썼다. 이 사실을 알고 있는 사람도 박치열과 아내뿐이다. 아내가 고발할 리 없으니 범인은 박치열밖에 없었다.

"친구로서 마지막 부탁이다. 내 안해는 건드리지 마라!"

"이 종간나새끼, 넌 군관학교 시절부터 늘 나를 앞섰지만 지금부터는 그 반대다! 너는 죽을 때까지 여기서 나오지 못하니 앙까이 따윈 입에 담지도 말라! 너 앙까이 문제는 내가 알아서 하겠다."

이것이 박치열과 나눈 마지막 대화였다. 출입문을 열고 나가는 그의 등짝을 보며 탈출을 결심했다. 한때 안전국 수사과장으로서 이 나라를 누구보다 잘 안다고 자부했던 자신이 부끄러웠다.

겨울에는 너무 추워서 넝마보다 못한 옷을 몇 겹이나 덕지덕지 겹쳐 입었다. 그 옷들은 안전원이 오기 전 재빨리 시체에서 벗긴 옷이었다. 그 옷을 벗길 때 허연 살비듬이 가루로 떨어졌다. 바깥이라면 기겁을 할 살비듬이지만 이곳에서 살비듬 따윈 아무것도 아니었다. 추위를 피하는 데 도움이 될 수만 있다면 옷 전체가 살비듬에 뒤덮였다 해도 서로 차지하려고 몸싸움을 벌일 판이었다.

박치열은 면회소 문을 열고 나가며 "넌, 죽어서도 이곳을 나올 수 없다."고 장담했다. 그때 열린 문을 통해 탄가루에 뒤덮여 거무죽죽해진 하늘에 낮달이 떠 있는 것을 보았다. 잠시 골똘했다. 자신이 낮달과 같은 존재라는 생각이 들었다. 수사과장으로 재직하면서 '나라에 충성하고 가정적으로 아내의 밤길을 비춰주는 저녁달이 되리라.' 결심한 적이 있었다. 그러나 이제 자신은 캄캄한 북한의 밤길을 비춰주던 저녁달이 아니었다. 흐려진 하늘에 눈조리개를 모아도 보일까 말까 하는 낮달과도 같은 존재였다. 그것조차 아닐지도 몰랐다. 이 세상에 존재 자체가 없는 달. 그래도 한때는 저녁달이었다, 며 항변하는 달.

*

　씨팔, 총반장 최호일이 툴툴거렸다. 설날인데 명령이 떨어졌다. 박성배가 속한 작업 2반이 화목[45]하라는 본부 지시였다. 화목에 동원된 사람은 작업 1반 채탄공 중에서 35명, 작업 2반 굴진공 중에서 나머지를 차출하여 60명 정도 되었다. 박성배는 전에도 뒷산에서 화목을 한 적 있어서 그 산에서 수용소 경계철선이 멀지 않다는 것을 알았다. 총반장은 박성배와 지난주 탈출 모의를 했다.
　수감자 관리책임자인 감찰부장 소 대좌는 희대의 악인이었다. 그는 수감자들을 모아놓고 "지금까지 이곳에서 살아서 탈출한 놈은 수용소가 세워진 이래로 단 1명도 없다."는 말을 반복했다. 총반장 최호일은 그 말에 겁을 먹은 듯 탈출을 포기했다. 박성배는 결심을 바꾸지 않았다. 죽는 것이 두렵지 않으니 두려울 게 없었다. 희망 없이 사는 것은 죽음만 못했다.
　평일 날 대부분의 수감자들은 석탄채굴에 동원됐다. 열악한 근로 환경이 수감자들을 죽음으로 내몰았다. 수감자들은 갱도 더, 더, 더 안쪽으로… 무릎으로 기어다니며 등짐으로 석탄을 밖으로 내왔다. 이곳 수용소에서는 '개미작업'이라 불렀다. 그러다

---

[45] 벌목한 나무를 지정된 장소로 끌고 내려오는 일

사고를 당하는 일이 잦았다. 박성배도 지난달 개미작업을 하다가 동굴 천장에서 쏟아진 흙 속에 매몰되었다가 겨우 살아났다. 안전장비가 없으니 각종 사고로 수감자들이 짐승처럼 죽어갔다. 권양기[46], 동발목[47], 광차 등 탄을 캐는 데 필요한 설비가 없는 살인적인 채굴환경에 수감자들이 내몰렸다. 지난 8월에도 채굴 2반에 큰 사고가 났다. 일주일이나 계속된 여름장마가 지나간 후여서 흙들이 점성을 잃고 물러져 있었다. 석탄갱도가 붕괴했다. 석탄마대를 지고 나오던 갱부 33명이 매몰되었다. 모두 죽었다.

이곳 수용소에서는 갱도 사고, 질병, 영양실조, 안전원의 이유 없는 구타와 고문 등으로 매 분기마다 200여 명이 죽었다. 사망자들은 그 가족에게 통보도 없이 화장되었다. 수용소는 구타나 고문으로 죽은 수감자들을 사고사로 상부에 보고했다. 말하고 기뻐하고 슬퍼하고, 매 순간 희로애락을 느끼며 숨을 들이마시고 내쉬었던, 한 인간의 죽음이 서류 1장으로 끝났다. 수감자의 목숨은 '인간'이나 '생명'과는 거리가 멀었다. 화난 안전원이 밟아버리면 벌레처럼 형체도 없이 뭉개졌다.

박성배는 수용소 뒷산 지리를 잘 알았다. 구체적인 탈출계획

---

46) 〈북한어〉 광산에서 무거운 것을 들어 올리거나 내리는 데 쓰는 기계
47) 〈북한어〉 갱도를 받치는 나무기둥 = 갱목

을 혼자 세웠다. 특수부대인 경보병 여단에서 오래 복무해서 독도법과 적진 침투를 위한 지리적인 감각 익히기 등을 훈련한 경험이 풍부했다. 경계철책 가까이서 화목작업을 할 때 전기철조망 위치도 눈에 익혀 두었다.

박성배는 오늘 경계철책에서 40m 정도 떨어진 곳에서 화목작업을 했다. 다들 화목에만 정신을 팔아서 그의 행동에 관심을 두지 않았다. 새해 첫날 화목작업에 동원된 수감자들은 자신에게 주어진 목표량을 채우는 데만 집중했다. 목표량 미달로 굶지 않으려면 어쩔 수 없었다.

박성배는 종아리 굵기의 통나무 2개와 그 절반쯤 되는 길이의 통나무를 잘라 허리끈으로 묶었다. 뾰족한 돌로 통나무 사이에 전기선을 끼울 만큼 홈도 팠다. 벌목하러 산에 왔으니 그의 행동을 아무도 의심하지 않았다. 그는 이 통나무 3개를 전기철조망을 통과할 때 써먹을 거였다. 2개의 긴 통나무로 전기철조망 위아래를 벌리고 그 사이를 짧은 통나무로 받치면 두 전선 사이에 공간이 생긴다. 그는 벌목하는 척하며 경계철책 쪽으로 한 걸음씩 옮겼다. 그때 어디선가 악, 하는 비명과 "이 새끼 죽어라!" 하는 소리가 들렸다. 오늘 화목작업을 감시·관리하는 안전원이 작업 2반 굴진공 최태석의 얼굴을 군홧발로 걷어차고 있었다. 그 안전원은 안전원으로 위장한 보위부 오철진 중사였다. 그는 보위부 소속인데 안전원으로 위장하여 수용소장과 감찰부장 등

〈사회안전성〉 간부들의 사상과 근무태도를 감시하러 잠입한 자였다. 보위부장의 지시로 안전원으로 위장하여 이곳 수용소의 문제점을 파악하여 〈사회안전성〉을 공격하는 구실을 만들어야 했다. 국가보위부장과 사이가 나쁜 임태수 〈사회안전상〉에 대한 견제였다.

박성배는 그 광경을 지켜보며 처음에는 "개새끼들!" 하며 욕만 했다. 수감자들에 대한 구타와 고문이 일상화되어 있어서 또 그러려니 했다. 탈출을 위해 경계 철조망 주변을 살피는 것이 더 급했다. 그때 구타당하던 최태석이 갑자기 달려들었다. 보위부 오 중사가 공격을 피하며 그의 복부에 권총을 쏘았다. 빵, 빵- 하고 총소리가 두 번 났다. 권총 2발을 맞고 최태석이 쓰러졌다. 오 중사가 쓰러져 있는 최태석의 머리를 정조준해서 세 번째 권총 방아쇠를 당겼다. 박성배와 오 중사의 거리는 20m쯤 떨어져 있어 그가 무슨 짓을 한지 생생하게 보였다.

분노가 폭발했다. 박성배는 경보병 여단의 특수부대원 시절로 돌아갔다. 피가 거꾸로 솟구쳤다. '오 중사, 저놈은 적이다! 적은 무자비하게 죽여야 한다!' 그는 옆구리에 찬 통나무 3개 중 2개를 버린 뒤 빛의 속도로 달려갔다. 오철진 중사의 턱밑에 도착하기까지 10초가 걸리지 않았다. 수용소에서 폐인이 되다시피 했지만 한창때 100m를 11초대에 달렸던, 경보병 여단에서 가장 빠른 달리기의 소유자였다. 오 중사가 자신에게 달려오는 박성배에게 권총을 겨누기 전 통나무가 그의 머리에 내리꽂혔다. 오 중사가 머리통을 부여잡고 주저앉았다. 박성배는 다시 통나무로 그의 얼굴, 턱, 목을 향해 세 차례 휘둘렀다. 이러한 행동은 특수부대원 시절 백병전 훈련이 몸에 밴 동작이었다. 오 중사는 권총을 손에 쥔 채 널브러져 가쁜 숨만 쉬고 있었다. 박성배는 권총을 빼앗은 뒤 그의 머리를 향해 방아쇠를 두 번 당겼다. 머리통에서 피가 솟구쳤다. 수용소 악마로 군림하던 보위부 스파이 오 중사가 죽었다. 이런 놈은 죽어 마땅했다. 화목하던 수감자들이 몰려왔다. 눈에 살기가 돌았다. 수감자의 눈에서 절대 나올 수 없는 눈빛이었다. 굶주림과 고문·구타와 처형에 대한 두려움에 익숙해진 눈들이 아니라 탄압과 독재에 맞선 분노와 저항의 눈빛이었다.

"우리 모두, 간부사택으로 갑소!"

"우리를 멸시한 안전원 가족에게 본때를 보여주기오!"

"본부에 가서 안전원부터 먼저 때려죽이자우!"

흥분한 수감자들은 나이와 출신지역에 따라 저마다 말투와 억양이 다른 소리로 외쳤다. 장시간 억눌려 왔던 분노가 분화구를 뚫고 용암이 솟구치듯 한꺼번에 터져 나왔다. 사건 당사자인 박성배는 냉철했다. 이곳 수용소는 경비병만 해도 1,000명이 넘는다. 그들이 사용하는 무기도 AK-47 자동소총이다. 수감자들이 들고 있는 유일한 무기인 나무 절단용 톱으로는 상대가 되지 않는다. 이 상황에서 택할 수 있는 방법은 딱 한 가지. 모든 책임을 자신에게 돌리고 수감자들은 딱 잡아떼는 것이다. 빨리 흩어져야 한다. 각자의 위치로 돌아가서 벌목하는 척해야 한다.

"아무리 화가 나도 간부사택에 가서 안전원 가족을 죽이는 것은 안 되오. 그들은 안전원의 가족일 뿐이오. 그리고 총소리 때문에 경비대가 곧 우리 쪽으로 달려올 것이오. 각자 흩어져서 화목 하는 척 하오. 경비대가 오면 내가 저지른 일이라 하고 시치미를 떼시오. 모두 알았습데?"

박성배의 말에 수감자들은 실망한 듯 각자의 위치로 돌아갔다. 그는 알고 있다. 시치미를 뗀다고 해결될 일이 아니라는 것을. 수감자 1명만 잡아서 고문하면 금세 사건의 전말이 드러난다는 것을.

이상했다. 총소리가 났는데도 잡으러 오는 안전원이나 경비원이 없었다. 안전원이나 경비대가 탈출하는 수감자에게 쏜 총소리로 알았던 모양이다. 그런 일이 흔했으니까, 그럴 만했다. 총소리를 들었지만 술에 취해 있어 비상 거는 일이 늦어질 수도 있었다. 이유를 알았다. 작업 시작 시간에 맞춰 본부 스피커를 통해 작업 독려용 군가가 울려 퍼졌다. 평소보다 볼륨을 2배 가까이 올려놓았다. 본부건물 회의실에서 술을 마시느라 군가는 더 크게 들렸을 것이고 그 군가에 총소리가 묻혀버렸을 가능성이 높았다.

겨울 해는 짧았다. 땅거미가 깔리기 시작했다. 오후 4~5시쯤 된 것 같았다. 지체할 시간이 없었다. 어둠이 깔리면 탈출이 어려워진다. 박성배는 철책으로 달려갔다. 맨 아래쪽 전선과 위의 전선을 2개의 통나무 홈에 끼워 벌리고 그 사이에 짧은 통나무를 받쳤다. 두 전선 사이에 공간이 생겼다. 그 사이로 팔을 앞으로 내민 다음 머리와 상체를 밀어 넣었다. 동시에 불빛이 번쩍하더니 고기 타는 냄새가 났다. 몸무게가 50kg로 줄어 있어 벌어진 공간 속으로 몸을 집어넣는 것이 가능했지만 다 빠져나왔을 때 왼 발목이 전선에 살짝 닿았다. 살 타는 냄새가 났다. 날카로운 칼로 살갗을 후벼 파는 듯한 통증이 몰려와서 잠깐 기절했다가 깨어났다. 몸서리쳐지는 고통이었다. 전선에 닿은 왼 발목 부위에 화상을 입었다. 박성배는 발목 감각이 마비되어 걸을 수가 없었다. 호흡이 곤란하고 숨이 찼다. 그는 감전된 상태로 철조망 바깥으로 빠져나왔다. 죽지는 않았다. 감찰부장 소진구 대좌가 "지금까지 이곳에서 살아서 탈출한 놈은 수용소가 세워진 이래로 단 1명도 없다."라고 한 수용소 탈출에 성공했다. 머뭇거릴 시간이 없다. 경비견의 목줄을 풀기 전 도망쳐야 한다. 탈출자를 잡기 위한 목적으로 훈련받은 경비견은 도베르만과 독일산 셰퍼드다. 늑대보다 사나운 그 개들의 눈에 띄는 순간 상황 끝이다.

요란한 군가와 총소리 섞임에 대한 박성배의 생각이 맞았는지도 모른다. 총소리가 난 지 10분이 지났는데도 비상사태를 알리는 수용소 사이렌 소리가 들리지 않았다. 사이렌 소리는 언제든 울릴 수 있다. 그 소리는 추격이 시작되었음을 의미한다. 그 전에 최대한 멀리 벗어나야 한다. 다리통증을 참아내며 뒷산 계곡을 향해 달렸다. 산속으로 몸을 집어넣자 가시덤불이 얼굴을 할퀴었다. 녹지 않은 눈이 얼어붙은 땅을 덮고 있었다. 걸을 때마다 눈이 발목을 집어삼켰다. 10분이면 닿을 거리를 1시간 걸렸다. 박성배는 자신이 갇혀 있던 수용소 위치가 평안남도라는 것을 알고 있었다. 살기 위해서는 강을 건너 중국으로 가야 했다. 평안도에서 압록강을 끼고 있는 혜산까지 걸어서 갈 수 있는 거리가 아니었다. 그는 특수부대인 82경보병 여단 시절의 자신을 떠올렸지만 나이와 몸 상태가 그때와 달랐다. 하지만 다른 방법은 없었다. 살기 위해선 걷지 않을 수 없었다.

 탈출한 지 1시간쯤 되자 배가 고팠다. 오늘은 아침 식사로 한 주먹도 안 되는 강냉이밖에 못 먹었다. 벌목량이 부족하다는 벌칙으로 점심은 주지 않았다. 눈앞이 어질어질했다. 나무들이 기차레일을 타고 좌우로 움직이는 것 같았다. 정신을 차려야 했다. 칼로 자른 듯한 북풍의 단면은 노출된 피부를 찔렀고 얼음장처럼 차가웠다. 주저앉으면 그 자세 그대로 얼음조각이 될 것 같았다. 박성배는 얼어붙은 공기를 깊이 빨아들였다가 내뱉었다. 심장을 얼음물에 담그는 것 같은 한기가 느껴졌다. 화상 때문에 발목 피부가 벗겨졌다. 눈이 계속 내렸다. 속눈썹에 달라붙은 눈송이 때문에 눈이 무거워졌다. 그는 눈시울에 힘을 주어 처진 속눈썹을 들어 올렸다.

그루터기만 남은 강냉이밭이 보였다. 그 옆에 헛간이 있었다. 박성배는 몸통으로 문을 밀쳤다. 판자로 만든 출입문은 쉽게 부서졌다. 안으로 들어서자마자 흙바닥 위에 쓰러졌다. 부서진 출입문으로 칼바람이 들어와 얼굴을 벴다. 밖에는 눈이 쏟아졌다. 쏟아지는 함박눈 속에서, 살면서 아내와 나누었던 대화들이 눈과 섞여 땅으로 떨어졌다. 갈증이 찾아왔다. 그는 문밖으로 손만 내밀어 눈과 섞인, 아내와 나누었던 대화를 한 움큼 뭉쳐 입안으로 밀어 넣었다.

"나는 복 많은 여자임다."

"왜 그러오?"

"당신 같이 능력 있고 잘생긴 남자가 내 남편이라는 것이 믿기지 않습다."

"농담도 잘하오."

"농담이 아님다."

그는 소리 없이 웃었다. 아내와 나누었던 이런 대화들이 입안에서 녹아 목을 적셨다. 살 것 같았다. 추격조 때문에 오래 머물 수 없어 밖으로 나왔다. 숨이 붙어 있는 한, 피가 돌고 있는 한, 북쪽으로 가야 한다. 반드시 살아서 아내 유옥란을 만나야 한다. 아내를 만나기만 하면 그녀를 목말 태운 채 압록강을 넘을 것이다. 아내의 엉덩이와 두 다리가 목 양쪽을 감싸고 그녀는 두 팔을 뻗어 내 목을 감싸 줄 것이다. 잠시나마 그런 행복한 상상에 빠졌다.

"옥란이, 조금만 기다려 주오. 내가 누구요? 경보병 특수부대 대대장이었던 내게 혜산까지 가는 것쯤 아무것도 아니오. 날 믿소? 10년간의 특수훈련으로 다져진 내 두 다리의 능력을 믿소?"

그는 자신에게 듣고 싶은 대답을 아내에게 묻고 있었다. 혼자 중얼대며 걸었다. 미치광이 같았다. 살을 에는 칼바람이 얼굴을 때리고 지나갔다. 천지사방이 분간되지 않을 만큼 눈보라가 휘몰아쳤다. 계곡으로 접어들었다. 추적을 피하려면 능선과 계곡을 번갈아 타고 가야 했다. 도로를 따라 걷는 것보다 거리가 멀고 길이 험하더라도 어쩔 수 없다. 산속으로 접어들자 어둠이 그를 삼켰다. 탈출한 지 만 하루가 후딱 지나갔다. 박성배는 군대 시절에 배운 대로 하늘을 올려다보며 별자리를 찾았다. 북두칠성만 찾아내면 가야 할 방향을 알 수 있다. 다행히 1시간 전쯤 눈이 그쳤고, 하늘에는 희미하게 별들이 떠 있었다. 기적이었다. 잠시 눈이 그쳤다고 별이 보인다는 것은 기적이라는 말 외에 표현할 수 없는 자연현상이다. 희망이 생겼다. 별들은 겨울잠을 자지 않았다. 북두칠성을 찾아냈다. 7개 별을 가상의 선으로 이으니 국자 모양이 되었다. 긴 자루 끝에 매달려 있는 국자의 오른쪽 모서리별이 다른 별보다 밝았다. 저거다! 박성배는 안도의 한숨을 쉬었다. 저 별이 북극성이었다. 북극성 방향으로 걸어가면 량강도나 함경도가 있는 조국의 북쪽이었다. 그는 북두칠성을 향해 걸음을 내디뎠다. 지금부터는 한순간도 걸음을 멈추어선 안 된다. 박성배는 혼잣말을 하면서 걸었다. '옥란이, 내가 가고 있다. 조금만 더 기다려 주오.' 아내를 만난다는 생각만으로 코가 찡해왔다. 그는 북쪽 방향을 기억해 두었다. 그쳤던 눈이 다시 퍼붓고 있어 별들은 금방 사라질 것이다. 특수부대인 경보병 시절 한밤중에 적진에 침투하는 훈련을 여러 번 했다. 그 훈련 덕분에 어둠 속에서 당황하지 않고 산길을 걸을 수 있었다. 눈이 어둠에 적응하자 주변의 물체가 윤곽을 드러내기 시작했다. 어둠이 하늘의 저편으로 밀려가고 있었다. 나무와 나무 사이에 난 길이 흐릿하게나마 수풀과 구분됐다. 한 번씩 방향감각을 잃을 때도 있었다. 그때마다 가만히 멈추어 주변을 살핀 다음 방향감각이 돌아오면 다시 걸었다. 내딛는 걸음마다 발목이 눈에 빠졌다. 눈을 깜빡이고, 숨을 쉴 때마다 코밑에 고드름이 달렸다. 30분 간격으로 능선과 계곡을 바꾸어 가며 걸었다. 계곡으로 내려가면 북풍 때문에 영하 30도가 넘을 성싶었다. 너무 추웠다. 몇 개의 산을 넘었는지 기억이 가물가물해질 무렵 주변이 희끄무레해졌다. 날이 밝아오는 듯했다. 여명이 푸르스름한 강물처럼 그의 눈 안으로 흘러들었다. 나무들 사이가 휑해 산모퉁이가 붉었다. 무연고 분묘인 듯, 허물어진 무덤들이 형체를 드러냈다. 걸어도, 아무리 걸어도 7부 능선은 구불구불하여 끝이 없는 듯 길었다. 얼어붙은 몸에 땀이 배어들었다. 한기가 살갗을 뚫고 칼날처럼 몸 안으로 파고들었다. 나무 그림자가 박성배를 따라왔다. 허물어진 무덤 옆에 모서리가 깨진 비석 하나가 그를 바라보았다. 그는 산기슭까지 내려와 있었다.

밭인지 논인지 분간되지 않는, 눈 덮인 들판이 펼쳐져 있었다. 희끄무레한 들판에 움직임이 느껴졌다. 긴장했다. 거리가 멀어서 그 움직임의 정체가 분간되지 않았다. 움직임에 초점을 맞추기 위해 눈을 오므리고 펴기를 반복했다. 2개의 물체가 서로를 끌어당겼다가 제자리로 돌아와 한동안 움직이지 않았다. 흘레붙은 개 두 마리였다. 강추위에도 개들은 동물적 본능에 충실했다. 개들은 사랑을 나누고 있었다. 그는 홀린 듯 개를 향해 걸어갔다. 들판은 추격대의 눈에 띄기 좋은 장소였다. 위험해도 상관없었다. 수컷과 암컷의 살아 움직이는 모습을 가까이서 보고 싶었다. 그 살아 있음의 가장 거룩한 행위를 축하하며 두 마리 개의 머리를 쓰다듬어 주고 싶었다.

아내를 떠올렸다. 보위부에 잡혀가기 한 달 전 마지막으로 품었던 아내. 반드시, 반드시 살아서 그녀 곁으로 돌아가리라 결심했다. 박성배는 자신에게 묻고 자신에게 던진 질문에 대답하며 걸어갔다. 실성한 듯했지만 아랑곳 하지 않았다.

들판 너머 도로가 눈에 들어왔다. 목탄트럭이 지나가며 하얀 연기를 뿜어냈다. 트럭은 뒷바퀴에서 뿌연 흙먼지를 일으켰다. '옥란, 조금만 더 기다려 줘. 이 들판을 가로질러 저 도로까지 가면 차를 얻어 탈 수 있을 거야.' 그는 아내 유옥란이 옆에 있는 것처럼 중얼거렸다. 흘레붙은 개를 지나쳐 도로 쪽 들판에 발을 내딛자 뻘밭처럼 무릎까지 오른쪽 다리가 쑥, 하고 빠져 들어갔다. 여기부터 도로까지 지대가 낮아서 눈이 더 많이 쌓여 있었다. 그 바람에 중심을 잃고 뒤로 쓰러졌다. 몸 절반이 눈밭 속에 파묻혔다. 그 위로 목화송이 같은 눈발이 쏟아졌다. 눈은 내리고 쌓이기를 멈추지 않았다. 이따금 세찬 북풍이 눈 덮인 들판을 빗자루처럼 쓸며 지나갔다. 도로와 들판 중간쯤 마을이 있는 듯했다. 어느 집 굴뚝에서 하얀 연기가 피어올랐다. 그는 눈으로 그 연기를 쫓아갔다. '지금쯤 옥란도 아궁이 불을 지피다 연기를 마시고 기침을 할지도 모른다.' 아내는 부엌에 쪼그리고 앉아 희나리에 불을 붙이다가 자주 콜록거렸다. 그런 생각만으로 박성배는 행복감을 느꼈다. 아내를 품에 안고 싶었다. 긴장감으로 꼴깍거리며, 침이 힘들게 그녀의 목구멍을 통과하는 소리를 듣고 싶었다.

시간은 계속 흘렀다. 다시 어둠이 찾아왔다. 땅거미가 들판을 가장자리부터 야금야금 파먹기 시작했다. 멀리 산골의 집이 하나둘씩 반딧불이 같은 희미한 불빛으로 그 존재를 드러냈다. 그때쯤 박성배의 몸통이 쏟아지는 눈에 덮여 조금씩 사라졌다. 눈에 쌓여 이제 그의 몸은 보이지 않는 부분이 더 많아졌다. 어둠이 박성배를 이불처럼 덮었다. 머리가 닿은 부분에 편편한 바윗돌이 박혀 있는지 도드라져 있었다. 그 돌 덕분에 그의 얼굴은 아직 눈 위에 나와 있었다. 인간으로서 오감이 추위에 모두 굴복했지만 시각만은 살아 있었다. 하늘을 올려다보았다. 그의 시각은 눈발이 그쳤을 때, 그때 잠시 별들이 기적처럼 나타났을 때, 기억해 둔 북극성 위치를 놓치지 않으려 애썼다. 하지만 심장의 고동소리가 잦아들더니, 들릴 듯 말 듯 희미해지더니, 경련을 일으키곤 했다. '죽는다는 것이 이런 과정을 거치는 것인가.' 하는 두려움이 몰려왔다. '안 돼! 살아야 해!' 아내를 만나기 전 결코 죽어서는 안 된다. 그에게 사랑하는 아내를 두고 혼자 죽을 권리가 없었다. 눈 속에 파묻힌 몸은 이런 결심에 관심 없었다. 눈 밖에 드러난 얼굴을 제외하고 전신의 감각은 사라진 지 오래였다. 감각이 사라지니 박성배는 원래부터 몸통이 없는 존재처럼 느껴졌다. 세상에 고고성을 울릴 때부터 얼굴만 가지고 태어난 사람. 그런 사람 아닌 사람. 누워서 바라보는 눈앞이 아뜩했다. 하늘과 하늘을 에워싸고 있는 모든 사물들이 일그러지고 뒤틀려 보였다.

'이것이 끝인가. 옥란을 만나지 못하고 내 삶은 이대로 끝나는가.'

그는 아내에게 힘을 달라고 소리쳤다. "당신이 믿는 그분에게 나를 살려달라고 기도해 줘."라고 애원했다. 그리고 박성배는 살면서 속으로만 생각한 것을 작심한 듯 입 밖으로 뱉어냈다.

"옥란이, 나 열심히 살았어. 아무리 수사과장이지만 당신과 석태를 굶길 수는 없었어. 당신이 장마당에 시디알을 내다 판 것을 조금도 원망하지 않아. 당신은, 엄마로서, 내 안해로서 의무를 다한 거야. 당신, 잘했어! 잘했다고 말해줄게! 그러나 벌은 내가 받을게."

다음 말은 입속에서 우물거려 귀를 기울이지 않으면 잘 알아듣기 어려웠다.

"당신이 내 아내가 된 후 다른 여자에게 눈길조차 준 적 없었어."

나지막한 말소리가 개 짖는 소리에 파묻혔지만, 그는 개의치 않고 다시 말했다. 지금 말하지 않으면 안 된다는 듯.

"당신이 교인이라는 것을 진즉부터 알고 있었어."

박성배의 몸이 중력을 따라가듯, 코와 입만 내놓고 눈밭으로 빠져 들어갔다. 그가 중얼거렸다.

"옥란, 내가 퇴근 후 저녁상 앞에 마주 앉으면 상다리 밑으로 우리 무릎이 맞닿았지. 그때가 하루 중 가장 행복했어."

박성배의 가물거리는 의식 틈새 속으로 살면서 아내와 나누었던 대화가 밀물져 들어왔다. 그것은 귓바퀴 안쪽 부근에서 웡웡거리며 맴돌았다. 그 소리는 곧 사라져 버릴 생의 허망하고 우수 어린 음률이었다. 추억의 어느 지점에 이르러서 아내와 주고받은 말들을 바람이 흩뜨리며 통과했다. 박성배의 들릴락 말락 한 목소리가 공중에서 흩어졌다.

"좀 쉬고 싶어."

안전원이 된 후 순간순간 치밀어 오르던 화를 감추었다. 그가 숨을 한 모금 들이마신 뒤 이제 그 화들을 용서한다는 듯 길게 내뱉었다. 삶과 죽음이 단짝동무처럼 손을 맞잡았다가 뿌리치기를 반복하며 표정을 바꾸었다. 하늘에 문이 있다면 그 문이 활짝, 열린 듯했다. 열린 문 사이로 눈이 계속 내려와 들판에 차곡차곡 쌓였다. 사람이 누워 있다는 것을 알려주던 코와 광대뼈까지 조금씩 눈에 덮여… 얼굴 모양의 도톰한 흔적만을 남긴 뒤 모든 것이 사라졌다.

이상한 재회

　　　　　　유옥란을 다시 만난 곳은 수도권 외곽에 있는 요양
병원이었다. 지난달 문인단체 모임에 갔다가 최 작가가 C 요양
병원에 있다는 말을 들었다. 나는 그 요양병원을 찾아갔다. 진입
로에 철쭉이 피기 시작한 4월 하순이었다. 최 작가는 가벼운 뇌
졸중을 당한 후 가족에게 짐이 되기 싫다며 제 발로 요양병원에
들어갔다. 글을 쓸 때 깐깐하고 자존심 센, 그 모습 그대로였다.
뇌졸중 같지도 않은 뇌졸중이라 손만 떨릴 뿐 글을 쓰는 것은 가
능했다. 글씨체가 비뚤배뚤했지만.

　안성에 있는 '천사요양병원'은 콘크리트 오 층 건물이었다. 밖
에서 본 것과 달리 실내는 깔끔했다. 일 층의 중앙 홀은 노인을
위해 미끄럼 방지 패드가 깔려 있고, 계단에는 각진 철제 안전바

위에 모서리가 완만한 목재로 마감되어 있었다. 안내 직원은 옥상에 정원이 있고 오 층은 면회자 전용 카페라고 홍보했다. 최 작가는 사 층의 2인실에 있었다. 그는 손짓으로 반가움을 표현했다. 우리는 손짓, 몸짓을 교환해 안부를 물었다. 그가 손짓으로 천장을 가리켰다.

"천장에 뭐가 있다고요?"

내가 큰 소리로 묻자 최 작가가 고개를 저었다. 그가 손을 입으로 가져가는 시늉을 반복했다. 답답한 표정을 짓자 옆 침대 할머니가 '오 층 카페에서 커피 마시자는 것'이라고 해석해 주었다. 옆자리 할머니가 알 정도니 여기서도 최 작가는 커피에서 벗어나지 못한 것 같았다. 안내 직원이 해준 말이 기억났다. 그가 가리킨 위층에 카페가 있었다.

최 작가는 고교 선배였다. 글을 쓰다 주제, 구성 등에 고민이 생기면 찾아가곤 했다. 그는 커피중독자였다.

카페는 사방이 타원형 통유리로 되어 있어 눈이 휘둥그레질 만큼 전망이 확 트였다. 우리는 창가에 앉아 봄 경치를 구경했다. 산 여기저기 하얀 물방울이 떨어진 것 같았다. 어떤 곳은 하얀색 작은 꽃이 덤불에 무더기로 피어 있었다. 내가 메모지에 '찔레 산?'이라고 적어 최 작가에게 보여줬다. 그는 떨리는 손으로 '다음 달 찔레꽃 축제'라고 써서 내밀었다. 나는 '다시 올게요.'라고 적었다. 최 작가 얼굴이 환해졌다.

나는 라테를, 최 작가는 아메리카노를 주문했다. 잠시 후 테이블 위 진동 벨이 파르르 떨었다. 조금 전 들어올 때 카페에는 우리밖에 없었다. 커피를 가져오려고 자리에서 일어났을 때 출입문에 걸어놓은 놋쇠종이 딸랑거렸다. 어떤 할머니가 가슴부터 들이밀며 들어왔다. 그 동작에 훅, 하고 어떤 형상이 떠올랐다.

최 작가가 웃었다. '저 할머니도 여기 단골이야. 이틀에 한 번은 오지. 나하고도 친해.' 이런 내용을 적은 종이를 내밀었다. 할머니는 주문코너로 걸어왔고, 나는 커피를 받아 자리로 되돌아왔다.

나는 지독한 근시였다. 안경을 안 쓰면 3m만 떨어져도 물체 구분이 안 됐다. 그날 안경을 차에 두고 내렸다. 최 작가가 벌벌거리며 손을 흔들었다. 의자에서 엉덩이를 들썩이며 어, 어, 라며 어눌한 발음으로 알은체했다. 할머니가 웃으며 테이블 쪽으로 걸어왔다. 최 작가의 비명 같은 말을 알아들을 정도라면 두 사람이 친한 사이로 보였다.

그는 할머니가 나타나면서부터 아메리카노에서 입을 떼지 않았다. 커피가 바닥을 드러내자 내 카페라테를 자기 잔에 옮겨 붓기까지 했다. 나는 최 작가의 이상한 행동을 지켜보느라 할머니가 가까이 온 것도 몰랐다. 나는 사람 낌새에 몸을 틀었다. 4개의 눈이 마주쳤다.

"이, 이게 누구?!"

"……"

할머니는 유옥란이었다. 무표정했다. 정상인 같지 않았다.

그녀는 최 작가 옆 베이지색 라탄 의자에 앉았다.

나는 최 작가에게 고개를 갸웃거렸다. 그의 상의 호주머니에는 항상 필기구가 꽂혀 있었다. 최 작가가 내 손을 끌어당겨 내 손바닥에 볼펜으로 '나중에 설명해 줄게.'라고 적었다.

유옥란의 옷차림은 화사했다. 노란색 티셔츠 위에 진홍색 카디건을 걸쳤고 하의는 통이 넓고 헐렁한 청바지였다.

커피를 마시는데 갑자기 통유리창이 어두워졌다. 조금 전 푸르던 하늘이 사라지고 시커먼 먹구름이 하늘을 뒤덮었다. 섬광이 번쩍했고 벼락이 내리쳤다.

카페에서 나와 최 작가 방으로 왔다. 그녀에 대한 사연을 듣고 싶었다. 최 작가는 그녀가 요양병원에 들어온 이유와 가족에 얽힌 사연을 들려주었다. 북한 남편을 그리워하다 극도의 스트레스와 우울증으로 인한 초기치매가 왔다고 했다. 유옥란은 반년째 요양 병원비가 밀려 오도 가도 못 하는 신세였다.

그녀의 치매는 공식적인 알츠하이머 진단이 내려지는 단계였다. 대화는 가능하지만 인지장애가 나타나며 숫자 계산을 못 한다. 자주 쓰는 물건을 잃어버리고 외출을 꺼리거나 타인을 만나기를 꺼린다. 단기 기억력이 손상되며 사람에 따라서 공격성을 동반하는 단계다.

우리의 재회는 엉망으로 끝났다. 5월, 요양원에 두 번째 방문했다. 유옥란을 누가 입원시켰는지 궁금했다. 나는 유옥란과 오래 떨어져 있어서 그녀에 대해 아는 것이 없었다. 지난번엔 유옥란과 말도 나누지 못한 채 요양병원을 떠났다. 이번에도 눈치 없는 최 작가가 끼어들어 커피만 홀짝이다 끝났다.

세 번째 방문했을 때 밀린 병원비부터 갚았다. 그때부터 원장은 내게 호의를 베풀었다. 나는 유옥란을 데리고 외출했다.

내가 말했다.

"외박할지도 몰라요."

"하하, 좋은 시간 보내세요."

원장은 웃었다. 그녀를 차에 태우고 속초로 향했다.

오후 6시경에 횟집에 들어갔다. 농어회는 싱싱했고 잠수부가 수심 20m에서 직접 잡았다는 해삼과 멍게에서 바다 향이 진하게 났다. 식사를 마친 뒤 사방이 어스름해질 때 우리는 횟집에서 나왔다. 속초항 해변의 하늘이 붉은빛으로 물들어 있었다. 유옥란을 상가 앞에 세워두고 주차장에서 차를 몰고 나왔다. 나는 목적지를 정하지도 않은 채 차를 몰았다. 바퀴에 닿는 도로 느낌이 부드러웠다. 새로 아스팔트 공사를 한 해변도로는 헤드라이트 불빛에 반사돼 노란 선이 산뜻해 보였다. 사이드미러에 비친 중앙선이 차와 일렬로 달렸다. 속초해변을 중심으로 1시간을 달렸다.

7월 초순, 토요일 밤은 더웠다. 때 이른 열대야 때문인지 체감온도가 30도를 넘을 정도로 밤공기가 후끈했다. 나는 길가 쉼터에 차를 세워놓고 에어컨을 최대로 틀어놓았다.

그때였다. 유옥란이 내 얼굴을 뚫어져라 쳐다보더니 "배고파."라며 얼굴을 찡그렸다. 20분 전에 농어회와 매운탕으로 밥을 한 그릇 비워놓고 배가 고프다며 짜증을 부리다니, 그녀를 이해할 수가 없었다.

조금 전 유옥란은 횟집에서 며칠 굶은 사람처럼 회를 먹은 뒤 농어매운탕으로 밥을 비웠다. 추가 밥을 주문해 며칠 굶은 사람처럼 밥그릇을 숟가락으로 달달 긁기까지 했다. 밥을 먹을 동안은 어떤 말도 하지 않았다. 그런 모습이 보기 좋아 핸드폰 동영상으로 그녀가 밥 먹는 모습을 찍었다. 동영상을 찍다가 이상한 느낌을 받았다. 유옥란의 밥 먹는 모습은 오랫동안 굶은 아프리카 사자가 사냥한 초식동물을 뜯어먹는 것처럼 보였다. 식욕이 아니라 굶주림을 채우는 것처럼 보였다. 탈북 전 300만이 굶어 죽었다는 '고난의 행군'을 경험한 그녀가 음식을 보자 자신도 모르게 그런 행동을 했을지도 모른다.

오늘은 뭔가 이상했다. 그녀를 바라보자 중얼거렸다.

"나쁜 놈, 나쁜 놈."

유옥란은 안절부절못했고, 불안해 보였다. 그녀의 손바닥에 내 손바닥을 포갰다. 내 체온으로 에어컨 냉풍으로 차가워진 그녀

손을 덥혔다. 유옥란의 표정이 처음으로 돌아왔다. 익숙해진 어둠 속에서 그녀의 얼굴을 뜯어보았다. 시간이 통통했던 볼살을 파먹었지만 그 나이대 여자치고 아직 고왔다.

'할머니도 아름다울 수 있구나.'

유옥란과 차 안에 함께 있었던 1시간 동안 그녀는 두 번 발작했다. 갑자기 표정이 사나워지고 그녀만이 알고 있는 말을 중얼거렸다. 그리고 내가 그녀의 손을 잡으면 기다렸다는 듯, 원래의 평온한 모습으로 되돌아오곤 했다. 유옥란은 방금 했던 말을 까먹기 일쑤였다.

"부인은 어떤 사람이에요? 궁금하네."

"암으로 죽었어."

이런 대화를 했다가 화제를 딴 데로 돌리면 "지금 부인하고 각방 써?"라며 둘이 나눈 말을 기억하지 못했다. 내가 "건망증이 심하네." 하면 난처한 표정을 짓곤 했다. 그리고

"각방 쓴다고?"라며

내가 한 적이 없는 말을 들은 것처럼 다시 확인했다.

"……"

내가 침묵하자 이런 말도 했다.

"부부라도 늙으면 각방이 편해."

그때서야 그녀가 초기치매에 걸렸다는 확신이 들었다.

나는 어머니가 알츠하이머 치매를 앓다가 돌아가셨기 때문에

치매에 대하여 지식이 많았다. 어머니의 치매는 기억력 감퇴로 시작되었다가 시간과 공간에 대한 자각이 없어졌다. 어느 날부터 이유도 없이 화를 내며 배변을 가리지 못하고 손톱으로 아버지를 할퀴었다. 부친이 내 밥을 가져갔다는 둥, 말도 안 되는 누명을 덮어씌울 때쯤 의사는 치매 말기라는 진단을 내렸다. 그날부터 어머니는 돌아가실 때까지 바깥출입을 못 했다.

지금 유옥란은 우리가 방금 나눈 이야기를 기억 못 했다. 내 이름조차 까먹고 '최만수'가 아닌 '최만식'이라고 부르기도 했다. 판단력 자체가 없는 아기처럼 행동했다. 첫 번째 방문했을 때 나를 당황하게 만든, 갑자기 화를 내며 자리를 박차고 일어난 유옥란의 행동이 그제야 이해됐다. 그땐 당황해서 최 작가가 말해준, 초기치매라는 말을 믿지 않았다. 오늘은 달랐다. 밥 잘 먹고 금세 배가 고프다고 하더니 갑자기 뜻 모를 혼잣말을 하고, 화를 벌컥 내는 이 모든 것이 치매와 연결되었다. 유옥란이 정말 치매라면, 누가 그녀를 요양병원에 강제입소 시켰을까. 나는 그녀에 대해 아는 것이 없었다. 결혼을 했었는지, 자식을 낳았는지, 출산했었다면 자식은 몇 명인지, 결혼을 했다면 남편은 누구인지, 요양병원에 강제입소 시킨 사람이 남편인지, 자식인지, 남편과 이혼을 했는지, 화가 나서 몸이 떨렸다.

나는 유옥란의 치매를 한 울타리에서 겪지 않았고 치매환자 가족이 겪는 고통은 아직 내 것이 아니었다. 내 화는 치매환자를 직접, 지속적으로 겪어보지 못한 이기적인 마음에서 나왔을 거였다. 한때 치매환자를 둔 가족이긴 해도 어머니의 치매를 감당한 사람은 아버지와 형수 몫이었다. 나는 아버지와 형수를 만나면 두 사람을 식당에 데려가 밥을 사 주었는데, 그들은 숟가락을 들기 전, 어머니의 치매간병이 지옥과 같다며 하소연을 하다가 어느 순간 눈물이 볼을 타고 흘러내리곤 했다. 나는 그 모습을 보다가 나도 모르게 함께 울곤 했다. 하지만 아버지와 형수에 비하면 내 고통은 아무것도 아니었다. 내 고통은 바느질을 하다가 손가락이 바늘에 살짝 찔린 정도였다. 왜냐하면 나는 1년에 한두 번, 추석이나 생일 같은, 이름 있는 날에 손님처럼 잠깐 다녀갔기 때문이다.

유옥란의 머릿속은 수명을 다한 필라멘트 전구 같았다. 처음에는 한두 번 깜빡거리기 시작하더니 어느 순간 빛을 잃고 캄캄해졌다. 처음에는 전구가 한두 번 깜빡이기 시작하더니 점차 그 빈도가 늘어났다. 마치 오래된 전구가 연결이 제대로 되지 않아 빛을 내지 못하는 것처럼, 그녀의 생각도 끊어졌다 이어지기를 반복했다.

처음에는 사소한 것들을 잊어버리는 것으로 시작했다. 이름, 날짜, 약속 등 일상적인 정보들이 마치 어둠 속에 감춰진 것처럼 흐릿해졌다. 어느 날은 아침에 먹은 음식조차 기억해 내지 못했고, 또 다른 날은 내 얼굴과 이름조차 헷갈려했다.

결국 어느 순간, 그녀의 기억의 전구는 완전히 빛을 잃고 말았다. 더 이상 깜빡거림조차 없었다. 그녀의 머릿속은 완전한 어둠에 잠식되었다. 과거, 현재, 미래가 사라져 버렸다. 그녀는 더 이상 자신이 누구인지, 주변 사람들이 누구인지, 지금 어디에 있는지조차 알 수 없게 되었다. 그녀의 머릿속 어둠은 단순한 망각이 아니라, 모든 것을 집어삼킨, 깊고 끝없는 캄캄함이었다. 더 이상 스위치를 켠다고 해서 빛이 돌아오는 일은 없었다. 그녀의 정신은 마치 전구가 깨져 다시는 쓸 수 없게 된 것처럼, 완전히 파괴되어 복구될 수 없었다. 나는 그녀의 빈껍데기를 보며 슬픔과 무력감을 느꼈다.

유옥란은 어느 순간 인지기능과 시공간 판단능력이 없어지기 시작했다. 네 번째 방문한 날 안가겠다고 버티는 유옥란의 손을 강제로 잡아당겨 정신의학과를 내원했다. 그녀 상태를 병원 의사에게 직접 들어보고 싶었다.

한때 좋아했지만 헤어졌고 오랜 시간이 흐른 후 만난, 병든 여자에 신경 쓸 필요가 있을까. 지금 우리는 남남이었다. 나는 옛사랑에 대한 감정을 떨쳐 버리려고 했다. 머릿속이 복잡했다. 최 작가 문병만 가지 않았더라면, 하는 후회가 몰려왔다.

*

의사는 마우스 커서로 컴퓨터 화면을 획획 넘기다가 한 화면에서 멈췄다. 호두 알맹이같이 쭈글쭈글한 뇌 영상이 보였다.

"보이시죠. 왼쪽의 정상 뇌에 비해 해마가 위축되었지요?"

의사가 말한 해마는 기억을 담당하는 뇌 신경세포였다.

"동그랗게 생긴 저것이 해마인가요?"

"바다에 사는 해마와 닮았지요?"

"예, 머리가 말처럼 생긴 실고기…"

"사진상으론 안 닮았는데 끄집어내 보면 바다동물 해마(海馬)와 흡사하지요."

의사가 커서를 소시지처럼 등이 구부러진 것에 갖다 댔다.

"해마가 치매와 무슨 관계가 있나요?"

나는 치매환자였던 어머니 때문에 인터넷으로 치매공부를 많이 해서 의사가 하려 하는 말을 예상하고 있지만, 아무것도 모르는 체했다.

"알츠하이머 치매가 오면 해마부터 손상됩니다. 사진상으로 지금 해마가 많이 위축되어 있습니다. 그동안 부인의 기억력에 문제가 있었을 겁니다. 부인의 지남력 장애 같은 것을 느끼지 못했나요?"

나는 그 순간 유옥란의 남편이 아니지만 남편이 되어야 했다.

의사가 치매환자와는 대화가 의미 없다는 듯, 환자인 유옥란에게는 아무것도 묻지 않았다. 그녀는 우리의 대화가 오갈 때마다 체머리를 흔들었다.

"지남력이 뭔가요?"

"오늘이 몇 월 며칠인지, 무슨 요일인지, 어떤 계절인지 파악이 안 되고, 여기가 어디인지, 같이 있는 사람이 누구인지에 대해 기억하지 못하는 증상을 말합니다. 육하원칙 아시죠? 언제, 어디서, 누가, 무엇을, 어떻게, 왜, 중에서 앞의 세 가지인 '언제, 어디서, 누가'를 인식하는 능력이 없는 겁니다. 시간, 장소, 인물에 대한 판단이 안 되는 것이라 할 수 있습니다. 부인에게서 이런 장애를 못 느꼈습니까?"

"느, 느꼈습니다."

부인이라는 말에 긴장해서 말을 더듬었다. 내가 당황해하자 의사가 유옥란을 바라보았다. 시선이 마주치자 그녀는 마치 죄를 지은 사람처럼 고개를 숙였다. 동그라미를 그리듯 구두 앞창으로 진료실 바닥 위를 빙글빙글 돌렸다. 이때부터 나는 유옥란의 진짜 남편이 되어야 했다.

"집사람이 이유도 없이 갑자기 화를 냅니다. 방금 밥 먹은 것을 기억하지 못하고 감정변화가 심해졌습니다."

나는 속초 횟집에서 농어회를 먹었던 때를 떠올렸다. 농어회를 먹고 매운탕에 밥 두 그릇을 말아먹은 뒤 10분도 되지 않아 "밥 안 먹었다, 배가 고프다."고 짜증을 부렸던 그녀.

"알츠하이머는 건망증부터 시작됩니다. 뇌 사진 검사를 하지 않으면 치매에 걸린 것을 모르지요. 나이가 들어 기억력이 떨어졌구나, 생각합니다."

의사가 알츠하이머 치매를 조근조근 설명했다.

"치료하면 회복될 수 있을까요?"

나는 여전히 고개를 숙인 채 신발코를 돌리고 있는 유옥란을 바라보았다.

"최선을 다해봅시다."

진료실 창밖에 구름에 걸쳐진 낮달이 보였다. 낮달은 의사의 모호한 대답처럼 보이다가 보이지 않다가 했다. 의사는 치매정도를 확인하기 위해 인지지능검사를 해보자고 했다.

"비행기, 연필, 소나무."

"비행기……"

"비행기, 연필, 소나무."

"비행기……"

"비행기, 연필, 소나무."

"……"

4인용 테이블 하나만 있는 내실이었다. 의사 지시를 받은 간호사가 유옥란 맞은편에 앉아 녹음기 전원단추를 눌렀다. 낯익은 단어들이 3개씩 흘러나왔다. 3개의 단어가 끝나면 녹음기는 한동안 말을 멈췄다. 간호사는 유옥란에게 따라 해보라고 했다. 긴장을 풀어주려는 듯 미소를 지었다. 그녀는 첫 단어밖에 말하지 못했다. 반복해도 마찬가지였다. 유옥란은 이 세상에 존재하는 언어가 '비행기'밖에 없는 것처럼 다음 단어를 기억하지 못했다. 나는 속으로 연필! 연필! 하며 애타게 외쳤다.

"……"

그녀는 결국 비행기조차 기억하지 못했다. 검사가 반복되자 얼굴빛이 변하고 짜증을 냈다. 계속하면 발작을 일으킬 것 같았다. 나는 검사를 중단해 달라고 부탁했다. 간호사가 검사결과지를 출력해서 의사에게 주었다.

"뇌 영상사진과 인지지능검사 결과로 봐서 알츠하이머 초기로 판단됩니다. 환자가 연필과 소나무를 기억하지 못하는 것을 심각하게 받아들이지 마세요. 이 병은 보호자의 태도가 중요합니다."

의사가 해쓱해진 내 얼굴을 보며 말했다. 치매일지도 모른다는 생각과 의사의 통보는 다른 영역이었다. 나는 반발심이 생겼다. 인권탄압과 굶주림, 탈북과정에 아들의 죽음까지 겪은 유옥란에게 벌처럼 내려진 치매라는 악마에 대해.

*

아들 윤택은 직장을 그만두고 아파트를 판 돈으로 카페를 열었다가 망했다. 카페를 할 동안 아들 가족은 오피스텔에 머물렀는데 그마저 경매에 넘어갔다. 살 집이 없었다. 아버지를 모시겠다는 핑계로 아들은 며느리와 5살 손자 호영을 데리고 내 집으로 무작정 쳐들어왔다. 나는 아들 내외를 앉혀놓고 유옥란에 대해서 설명했다. 아버지가 지방으로 발령받았을 때 알던 사람이다. 네 엄마가 죽은 후 가까워진 사이인데 최근에 우연히 만났다. 아버지 개인사이니 더 이상 묻지 말라고, 선을 그었다.

윤택은 살림을 합쳐도 좋다는 내 대답이 떨어질 때까지 최대한 내 기분을 맞춰주려고 했다. 며느리도 눈치를 보면서 승낙이 떨어지기를 기다리고 있는 듯했다. 둘 다 유옥란에 대해 아무 말도 하지 않았다. 자신들 처지가 급해 아버지의 여자 문제에 가타부타할 입장이 아니었다. 자기 이야기를 하고 있는데도 유옥란은 체머리를 흔들며 소파에서 TV 채널을 돌리고 있었다.

나는 유옥란에 대해 '치매 치' 자도 끄집어내지 않았다. 그녀가 아들과 며느리에게 치매환자 취급받는 것이 싫었다. 모든 것은 내가 책임지겠다, 생각했다. 착각이었다는 것을 깨닫는 데 오랜 시간이 걸리지 않았다. 유옥란은 금고 속에 넣어두고 자물쇠를 채울 물건이 아니었다. 치매환자이긴 해도 그녀는 살아 움직이는 사람이었다.

자식 이기는 부모 없었다. 결국 아들 내외에게 일 층을 내주고 나와 유옥란은 이 층에서 생활하기로 했다. 아들은 조심스럽게 "그럼, 식사는 어떻게 할까요?"라고 묻더니 내 대답도 듣지 않고 "식사는 저희들이 준비할게요. 숟가락 1개만 더 얹으면 되잖아요."라며 며느리를 쳐다보았다. 며느리가 "아버님, 그렇게 해요." 하더니 "부엌 벽에 이 층에 연결되는 무선벨만 하나 달아줘."라고 아들에게 말했다. 식사가 준비되면 일 층에서 무선 벨을 누르고 벨이 울리면 일 층으로 내려오라는 말이었다. 나는 결국 아들 내외와 동거를 허락했다.

합가한 다음 날 아침, 살림을 합친 뒤 두 가족의 첫 식사이기도 했다.

나는 유옥란과 침대에서 일어날 준비를 하고 있었다. 그녀는 얼굴이 조금 부어 있었고 눈곱이 낀 얼굴로 나를 바라보고 있었다. 나는 눈곱을 떼어주고 손가락을 벌려 밤새 헝클어진 머리칼을 가지런히 쓰다듬어 주었다. 그녀는 이런 내 행동에 대해 아무 말도 없이 나를 빤히 올려다보았다.

벨소리가 너무 커서 우리 둘 다 깨어 있지 않았다면 화들짝 놀라 침대에서 떨어질지도 모를 정도였다. 다이얼을 돌려 벨소리 모드를 '크게'에서 '중간'으로 줄였다. '최소' 단계로 하고 싶었지만, 그럴 경우 아들에게 한마디를 들을 것 같아 '중간'을 택했다. 아들 윤택은 오냐오냐해서 키운 탓인지 이기적이었고 버릇이 없었다. 그래도 며느리에게만은 고분고분한지 우리가 보는 앞에서 부부싸움을 하거나 이 층에서 들릴 만큼 큰 소리를 내지는 않았다.

나는 유옥란의 손을 잡고 계단을 내려갔다. 그녀는 계단을 무서워했다. 내가 손을 잡아주지 않으면 한 계단도 내려가기 어려워했다. 내가 손을 잡고 조심조심 내려가도 계단 층계참에 이르면 쪼그려 앉아 두 손으로 얼굴을 감싸안았다. 그때마다 나도 쪼그려 앉아 그녀의 손을 풀어줬다.

오늘도 계단 층계참에 이르자 여느 때처럼 유옥란이 쪼그려 앉았다. 내가 그녀의 손을 잡고 일으켜 세우려 할 때였다. 구수한 소고기 냄새가 코에 스며들었다. 나는 소고깃국을 좋아했다. 맑은 소고기뭇국이 아닌, 경상도식 얼큰한 소고깃국. 고춧가루를 풀고 엇비슷하게 썬 대파, 콩나물, 토란, 고사리를 넣으면 육개장이 되는, 그런 소고깃국. 아들이 귀띔을 했는지 식탁에 차려진 것은 소고기 양지 부위를 넣고 끓인 얼큰하게 보이는 소고깃국이었다. 고사리도 들어 있어 먹음직스러워 보였다. 입에 침이 흥건하게 고였고, 침을 삼키자 목구멍에서 꿀꺽하는 소리가 크게 들려 민망했다. 아무것도 모르는 손자 호영의 시선조차 나에게 쏠리는 듯한 느낌이 들어 더욱 당황스러웠다.

"내가 소고깃국을 좋아한다는 것을 어떻게 알았니?"

"호영 아빠가 말해주었어요."

윤택은 사업에 실패하고 아버지 집에 가족을 들인 것이 미안한 듯 효자인 척했다. 경상도식 소고깃국은 입맛에 맞았다. 며느리는 요리 솜씨가 좋았다. 아들 윤택의 말에 의하면 며느리는 대학시절 전공과목인 사회학을 제쳐두고 요리학원에 다닐 만큼 음식 만들기를 좋아했다.

 이 여자와 결혼하면 매일 먹어야 하는 집밥은 걱정하지 않아도 되겠구나 하여 결혼을 결정하는 데 큰 영향을 미친 모양이었다. 어릴 때 어머니가 끓여주시던 소고깃국 맛과 비슷했다. 간도 적당했다. 경상도 출신인 나는 여느 경상도 사람들처럼, '밥 따로 국 따로'인 '따로 국밥'이 아닌, 국에 밥을 말아 먹는 것을 좋아했다. 내가 밥그릇을 들어 국에 넣으려고 한 순간이었다. 내 옆자리에 앉은 유옥란의 눈알이 흔들리더니 그녀가 소리쳤다.

 "짜!"

 유옥란이 숟가락을 식탁에 탁, 소리가 날 만큼 세게 놓았다. 밥알들이 사방으로 튀었다. 그녀의 얼굴은 단단히 굳어 있었고, 눈은 불타는 듯한 분노로 가득했다. 주변 공기가 무겁게 가라앉은 듯했다. 식탁에 앉아 있던 우리는 순간적으로 얼어붙었다. 모두가 숨을 죽이고 그녀의 다음 행동을 기다렸다. 긴장감이 주방을 감돌았다. 유옥란은 숨을 크게 들이마시고는 떨리는 목소리로 다시 말을 꺼냈다.

 "짜!"

 나는 가늘게 치켜뜬 그녀의 눈을 보며 공격성 치매가 발작한 것을 알았다. 유옥란이 눈을 가늘게 치켜뜨면 치매가 발작한다는 표시였다. 한밤중에 정전이 된 것처럼 캄캄한 침묵이 식탁 위에 내려앉았다. 윤택과 며느리 눈이 휘둥그레졌다. 아들은 유옥란의 예상치 못한 행동에 놀라 식탁의자에서 벌떡 일어섰다.

나는 어찌할 바를 몰랐다. 식탁 밑에 떨어진 밥알을 주우며 안절부절못했다. 무엇보다 유옥란의 이런 발작을 처음 본, 아들과 며느리에게 미안했다.

"물 좀 더 붓고 다시 끓여드릴게요."

며느리가 손을 내밀어 국그릇을 잡으려 하자 유옥란이 빼앗기지 않겠다는 듯, 재빨리 국그릇을 잡아당겼다. 이번에는 국그릇이 식탁에 뒤집혔다. 윤택의 얼굴에 시뻘건 국물이 튀었고 그의 표정이 일그러졌고, 한 대 때릴 듯 주먹을 들어 올렸다가 나를 보더니 도로 내렸다. 유옥란은 이 사태에도 며느리를 향해 고함을 질렀다.

"이년이 내 밥을 빼앗아 간다! 죽일 년!"

며느리가 도움을 청하는 듯, 아들의 얼굴을 바라보았다. 이 상황에서도 며느리는 침착한 목소리로 말했다.

"왜 이러세요?"

윤택이 행주를 가져와 식탁을 닦았다. 식탁을 닦으면서도 유옥란을 향해 눈살을 찌푸렸다. 유옥란은 자신이 무슨 짓을 했는지 모르는 듯했다. 눈알을 이리저리 굴리더니 금세 어린아이처럼 해맑은 표정을 지었다. 나는 무슨 말인가 해야 할 때라고 생각했다.

"오해하지 마라, 이분이 좀 아프…"

"치매?"

내 말이 끝나기도 전 며느리 입에서 치매라는 말이 튀어나왔다. 부친이 치매를 앓다 죽은 며느리로서 어떤 느낌이 온 모양이었다.

며느리가 말했다.

"아빠는 초기치매 때 '내일이 무슨 요일이더라?' 하며 반복적인 질문을 하고 동네 슈퍼마켓에 가면 집으로 돌아오는 길을 잃어버리기 일쑤였어요. 그러다가 아침에 일어나 옷을 갈아입는 것조차 힘겨운 일이 되었어요. 옷장 앞에서 한참을 서성이다가 어떤 옷을 입어야 할지 결정하지 못해 결국 가족의 도움을 받아서야 옷을 입을 수 있었고요."

한번 입을 열기 시작하자 봇물처럼 바깥사돈에 대한 치매 이야기가 며느리의 입에서 터져 나왔다. 그동안 속으로만 꾹꾹 쟁여둔 감정들이 이제 그 무게를 이기지 못하고 터져 나오려는 듯해 보였다.

"치매가 중기로 접어들자 아빠는 자주 시간을 혼동했죠. '지금이 아침인가, 저녁인가?' 하며 창밖을 보며 헷갈려했어요. 식사 시간이 되어서도 '벌써 점심을 먹었나?' 하고 물어보았어요. 집안에서도 길을 잃은 듯 헤매며, 익숙한 방을 찾지 못해 불안해했고요. '여기가 내 방이 맞나?' 하며 아빠가 문 앞에서 주저앉아 방문을 물끄러미 바라보았을 땐 나도 모르게 화가 치밀어 올랐어요. 그러면 안 되는데, 안 되었는데…"

결국 며느리는 울음을 터뜨렸다.

"아빠는 가족의 얼굴과 이름을 점점 기억하지 못했어요. 오빠가 다가와 '아빠, 저 왔어요.'라고 인사하면, 아빠는 혼란스러운 눈빛으로 '너 누구지?'라고 물었지요. 손자들이 찾아와도, 그들의 이름을 떠올리지 못했고요. '이 아이들은 누구지?'라고 했어요."

나는 며느리가 바깥사돈에 대한 치매상황을 영화필름처럼 초기, 중기, 말기에 이르기까지 상세하게 묘사하고 말하는 것에 대해 어떤 의도가 있는 것처럼 느껴져 불편해졌다. 유옥란 때문이었다.

"아빠는 가끔 환각과 망상을 경험한 듯했어요. '저기, 누가 내 방에 있어!'라며 빈방을 가리키며 소리쳤다고요. 가족들이 아무도 없다고 설명해도, 아빠는 쉽게 믿지 않았어요. '저 사람들 왜 날 쳐다보는 거야?'라며 아빠는 텔레비전 속 인물들을 현실로 착각하며 두려워했어요."

며느리의 말을 들으며 나는 가슴이 철렁 내려앉으며 숨이 막히는 듯했고, 그 순간 온몸에 소름이 오소소 돋았다. 차가운 손길이 등줄기를 타고 내려가는 것처럼 느껴졌다. 피부 위로 가시 돋친 감각이 서서히 퍼져나갔고, 털끝이 하나하나 곤두서는 듯했다. 그 순간, 찬 바람이 스치듯 내 귀 옆을 지나갔다. 갑자기 유옥란으로부터 도망치고 싶은 충동이 생겼고, '내가 비겁한 남자구나.' 하는 자괴감에 빠져들었다. 며느리가 내 속마음을 눈치챈 듯, 이상한 눈빛으로 바라보며 말했다.

"치매 말기에 접어들자 아빠는 거의 모든 일상 활동에서 도움을 필요로 했어요. 혼자서는 일어나지도 못하고, 식사도 먹여줘야 했고요. 화장실도 스스로 가지 못해 기저귀를 사용해야 했을 때 우리 가족은 아빠가 빨리 죽었으면 했어요. 그때부터 아빠는 말을 거의 하지 않았어요. 멍하니 천장이나 창문 밖 허공을 바라보았지요. 친정 가족들이 말을 걸면, 그저 멍한 눈빛으로 바라볼 뿐 아무런 반응이 없었어요."

"그랬구나. 그랬었구나."

나는 며느리의 말을 들으며 가슴이 먹먹하다 못해 아파왔다.

"아빠는 이제 가족들조차 알아보지 못했고요. 제가 '아빠, 저예요. 사랑해요.'라고 말을 걸어도, 눈을 깜빡이며 아무런 반응을 보이지 않았어요. 저는 아무것도 할 수 없었고요."

며느리의 눈에서 눈물이 볼을 타고 흘러내렸다. 나는 손수건을 며느리에게 건네주었다.

"네가 마음고생이 심했구나. 실컷 울려무나. 네 마음 이해한다."

내 말에 갑자기 며느리의 울음소리가 통곡으로 바뀌었다. 나는 며느리의 등을 토닥거려 주었다. 한번 말을 꺼내자 봇물이 터지듯이, 며느리 입에서 치매 걸린 바깥사돈에 대한 똑같은 말이 반복적으로 쏟아져 나왔다.

"아빠는 이유 없이 불안해하고 울부짖었어요. 때로는 밤에 잠을 이루지 못하고 소리를 지르기도 했다고요. 이제 아빠는 거의 모든 일상 활동에서 도움을 필요로 했어요. 침대에 누워 지내는 시간이 대부분이었고, 화장실도 스스로 가지 못해 기저귀를 사용해야 했어요. 가족들이 말을 걸면, 그저 멍한 눈빛으로 바라볼 뿐이었고요."

며느리가 마음속에 꾹꾹 눌러둔, 바깥사돈에 대한 이야기를 푸념처럼, 동정처럼 늘어놓기 시작했다.

"체중이 급격히 감소했어요. 피부는 얇고 창백해졌으며, 아버지 몸 곳곳에 욕창이 생겼지요. 더 이상 몸을 가눌 수 없었고, 손발도 거의 움직이지 못했어요."

"네 마음 안다. 이제 그만하려무나."

며느리의 말처럼, 나이가 들어 주변을 보면 한 집 건너 한 집에 치매환자 1명쯤 있었다.

"병원에서 사돈과 같은 알츠하이머라고 하더구나."

나는 미안한 마음에 사돈이 앓았던 알츠하이머 치매를 유옥란의 행동에 연결시켰다. 나이가 들면 누구라도 치매에 걸릴 수 있다는 듯.

윤택이 화가 난 얼굴로 출근했다. 현관문을 문을 쾅 닫은 뒤 바깥에서 문을 발로 차는지 또 한 번 쾅 소리가 났다. 나는 며느리 눈치를 보며 유옥란을 데리고 이 층으로 올라갔다. 그녀는 내 손에 끌려 이 층으로 올라가면서 "저년이 내 밥을 훔쳤어. 죽일 년, 나쁜 년."이라며 욕설을 퍼부었다. 며느리 시선이 내 뒤통수에 화살처럼 꽂히는 것 같은 기분이 들었다. 나는 하루 종일 이 층에서 내려오지 않았다. 점심은 컵라면, 저녁은 편의점에서 사 온 김밥으로 때웠다. 며느리 눈치가 보여 일 층으로 내려가기가 두려웠다. 치매환자인 유옥란과 살며 아들과 합가를 허락하는 것이 아니었다. 그녀는 아침 식탁에서 자신이 무슨 짓을 했는지조차 기억하지 못했다. 기억을 담당하는 해마가 망가졌으니 당연한 결과였다. 내가 입에 넣어준 김밥을 먹은 뒤 속초 횟집에서처럼 "나, 밥 안 먹었어."라며 짜증을 부렸다. 나는 차를 몰고 마트에 가서 바나나 한 묶음을 사 왔다. 바나나를 까서 잘게 나눈 후 한 토막씩 그녀의 입에 넣어주었다.

새벽 1시쯤 유옥란이 잠들었다. 평화가 찾아왔다. 그녀는 코를 가볍게 골고 있었다. 코 고는 소리가 잔잔한 파도가 해변에 밀려오는 소리처럼, 내게 편안함을 안겨주었다.

발작을 하지 않는 유옥란은 첫눈 내린 풍경처럼 깨끗하고 아름다웠다. 잠든 그녀 이마에 입을 맞추었다. 유옥란의 치매 발작은 아들 내외만 들어오지 않았다면 내가 감당하면 될 일이었다. 최악의 경우 똥오줌을 가리지 못한 아기를 키운다고 생각하면 감당할 수 있겠다, 싶었다. 순진한 착각이었다. 아들 가족이 들어오자 모든 것이 틀어져 버렸다.

밤새 뒤척이다가 눈을 뜨니 7시였다. 나는 보통 새벽 5시면 일어나는데 어제의 아수라 때문인지 늦잠을 잤다. 기지개를 켜고 아침을 맞았다. 아침햇살이 보석처럼 침대 위 모서리에 반사되어 반짝거렸다. 늦잠을 자는 평상시와 달리, 유옥란도 발코니의 통유리창 앞 일인용 소파에 앉아 창밖을 내다보고 있었다. 대문 기둥에 묶어둔 개가 길고양이를 보고 두발을 들고 짖었다. 그때 벨이 울렸다. 내려와 아침을 먹으라는 신호였다.

두려웠다. 유옥란의 발작은 예고 없이 언제 어디서 터질지 몰랐다. 머리 뒤에 꽂히는 그녀의 따가운 시선을 느끼며 혼자 내려갔다. 계단 하나하나를 밟을 때마다 마음속의 불안은 점점 커졌다. 계단을 내려갈수록 어둠이 짙어졌고, 집 안의 공기는 무겁고 차가웠다. 머릿속은 여전히 유옥란의 발작에 대한 두려움으로 가득했다. 그녀의 발작이 터질 때마다 나는 그 폭풍 속에서 길을 잃곤 했다. 그 순간마다 나의 모든 감각은 날카로워졌고, 머릿속은 혼란스러워졌다.

나는 식탁에 앉아 멍하니 한 곳을 응시했다. 창밖으로는 회색빛 하늘이 드리워져 있었다. 바람에 흔들리는 나뭇가지 소리가 귀에 거슬렸다. 그 소리는 마치 내 불안한 마음을 그대로 반영하는 듯했다. 나는 두 손을 꼭 잡고 심호흡을 하며 마음을 다잡으려 애썼다.

아침은 카레였다. 온 집 안에 가득 찬 카레 냄새는 식욕을 자극

하는 매콤하고 달콤한 향이 어우러져 마치 인도의 거리를 걷는 듯한 느낌이 들었다. 향신료의 냄새가 부엌을 가득 채웠다. 창문을 통해 들어오는 아침 햇살이 식탁 위에 놓인 노란 카레를 부드럽게 비췄다. 카레의 향은 코를 자극하며 입맛을 돋우었다.

며느리는 어제 일을 표시 내지 않았다. 명랑한 음성으로 호영이 좋아해서 만들었다고 했다. 손자 호영은 이미 카레라이스 한 접시를 비운 뒤였다. 식탁에 카레라이스가 담긴 접시 2개가 놓여 있었다. 윤택은 숟가락을 들고 나를 바라보았다.

"맛있니?"

나는 손자의 머리를 쓰다듬어 준 뒤 며느리에게 말했다.

"나와 저 사람 몫은 오븐에 좀 담아주겠니?"

"이 층에서 드시게요?"라고 물으며 며느리는 이미 오븐에 김치와 수저를 놓고 있었다. 어제 아침의 난장판이 기억났을 것이다. 며느리가 받았을 충격이 얼마나 컸을지 이해가 됐다. 나 역시 가슴을 졸이면서 일 층 식탁에서 아들 가족과 밥을 먹는 것에 부담이 컸다. 치매환자인 유옥란을 생각했다면 아들 가족을 집에 들여서는 안 됐다.

윤택과 며느리는 유옥란이 치매환자인 것을 알고 태도가 돌변했다. 그녀 가까이 가지 않았고 그녀가 다가오면 눈알을 부라렸다. 식사는 오븐에 담아놓고 벨을 누르면 내가 가지고 올라갔다. 나는 손자 호영을 귀여워했다. 이 층에 발걸음을 끊은 아들 부부와 달리 호영은 자주 올라와 말동무가 돼주었다. 유옥란도 아들과 며느리에게 했던 것과 달리 손자는 귤을 까서 입에 넣어주곤 했다.

밀린 요양원 비용을 지불한 뒤 지갑이 비었다. 나는 오랜 친구인 정태를 만나 돈을 융통해 보기로 했다. 약속을 잡았다. 그는 서울 강북구 변두리에서 철물점을 하고 있었다.

돈을 빌린 뒤 정태와 오랜만에 한잔하고 돌아왔다. 집에 도착해 현관문을 열자 며느리 표정이 이상했다. 할 말이 있는 얼굴이었다. 내가 계단을 올라가자 뒤에서 나를 불렀다.

"아버님."

"집에 무슨 일이 있었니?"

나는 유옥란이 또 무슨 일을 벌였을까 걱정되었다.

"아, 아니에요."

며느리는 무슨 말을 하려다 입을 닫았다. 내가 없는 동안 무슨 일인가 벌어진 것 같았다. 이 층 방문을 열자 끔찍한 장면이 펼쳐져 있었다.

유옥란의 사지가 침대 네 모서리에 묶여 있었다. 그녀의 눈은 광기로 가득 차 있었고, 입에서는 끊임없이 알아들을 수 없는 신음소리가 흘러나왔다. 유옥란의 얼굴은 창백했고, 눈가에는 깊은 주름이 새겨져 있었다. 그녀의 머리카락은 땀에 젖어 이마에 달라붙어 있었고, 온몸은 마치 발작을 일으킨 것처럼 격렬하게 떨고 있었다. 그녀의 손목과 발목에는 붉은 자국이 남아 있고, 나는 한 걸음 더 다가서기조차 두려웠다.

나는 침대 곁으로 다가가 유옥란의 얼굴을 바라보았다. 그녀의 눈은 나를 알아보지 못한 채 허공을 헤맸다.

"저년이 나를 죽이려 했어!"

유옥란은 덫에 걸린 짐승처럼 팔과 다리를 버둥거리며 울부짖었다.

"누가 이랬어!"

나는 유옥란을 그대로 둔 채 계단을 내려갔다.

계단 아래서 며느리가 울고 있었다.

"네가 묶어놨니!"

나는 아들과 며느리에게 유옥란을 호칭하기 어려웠다. 따지자면 나와 유옥란은 아무 사이도 아니었다. 법적으로 남남이었다. 남녀로서 섹스를 하지 않으니 사실혼도 아니었다. 말하자면 나는 유옥란 보호자에 불과했다.

나는 호칭을 뺀 채 고함을 질렀다. 내 고함소리에 고개를 숙인 며느리는 설움이 북받치는 듯 거실에 쪼그려 앉아 큰 소리로 울기 시작했다.

"며늘아, 왜 그랬니?"

어떤 사연이 있겠지 싶어 목소리를 누그러뜨렸다.

"어머님, 아니 '저분'이 집에 불을 내려고 했어요. 라이터를 가지고 돌아다니며 커튼에 불을 붙였어요. 제가 발견하지 못했다면 큰 화재가 날 뻔했어요. 너무 무서웠어요. 안방에 호영이도 자고 있는데."

 기억이 되살아난 듯 며느리 목소리가 떨렸다. 나는 일 층 거실 발코니 창에 걸려 있는 커튼을 보았다. 원래는 바닥까지 내려온 커튼인데 거뭇거뭇 불에 탄 끝자락이 한 뼘가량 위로 올라가 있었다. 불을 끄려고 뿌린 물이 강화마루에 흥건했다.

 "제가 불붙은 커튼에 물을 뿌리는 동안 어머님이 뒤 발코니 창문 커튼에 또 불을 붙였어요. 제가 라이터를 뺏었는데 주머니에서 또 다른 라이터를 끄집어내셨어요."

 며느리는 착했다. 불을 낸 유옥란을 '저분'에서 '어머님'으로 바꾸어 불렀다. 시아버지인 나를 의식했던 아니던, 유옥란에게 '어머님'이라는 호칭을 붙인 것은 쉽지 않는 결정이었다. 고맙고 미안한 마음에 며느리 등을 토닥거려 주었다. 옆에 아들이 있었다면 어림도 없을 터였다. 윤택은 내 집에 얹혀살면서도 유옥란의 이상한 말과 행동에 눈을 부라렸다. 아들은 유옥란을 집에 들인 것에 대해 불만이 많은 듯했다. 윤택이 잔뜩 찌푸린 표정으로 이 층에 올라와 말했다.

 "아빠, 엄마에게 미안하지도 않으세요?"
 "네 엄마는 죽은 지 한참 되었어. 노인에게도 여자가 필요해."
 "치매 걸린 여자가… 여자예요?"

"싫으면 네가 나가라. 이놈아, 이 집은 내 집이다!"

내 고함소리에 윤택은 벌떡 일어나 일 층으로 내려갔다.

이 층 테이블 서랍에 넣어둔 라이터들이 생각났다. 흡연가인 나는 라이터를 모으는 취미가 있었다. 심심할 때 서랍을 열어 한 번씩 지포 라이터를 켜곤 했다. 그런 행동을 바라본 유옥란이 따라 했을 것이다. 치매가 그녀를 아기로 만들었다. 판단력이 없는 아기가 불장난을 했다.

며느리는 남자만큼 덩치가 컸고 힘이 셌다. 결혼 전 윤택이 인사차 그녀를 데려왔을 때 나는 며느리 외모가 마음이 들지 않았다. 거친 남자 같은 인상을 풍겼다. 팔다리가 굵고 체격도 웬만한 남자보다 좋아 보였다.

'이 녀석, 여자 보는 눈이.'

예비 며느리를 보면서 그런 생각을 했다. 그런데 화재사건을 듣고 보니 힘센 며느리가 고마웠다. 발작이 시작되면 유옥란에게 엄청난 힘이 생겼다. 힘이 세지 않다면 발작한 유옥란을 제압할 수 없었을 테고, 목재로 지은 집은 불덩어리가 되었을 것이다. 손자 호영이 타죽었을지도 모른다. 유옥란을 침대에 묶어놓은 것은 현명한 방법이었다. 오늘은 힘센 며느리가 고마웠다.

"많이 놀랐겠구나."

"지금도 가슴이 벌렁벌렁거려요."

"대신 사과하마."

나는 유옥란을 제압한 며느리에게 진심으로 사과했다.

내가 다시 이 층에 올라가자 유옥란이 반가운 얼굴을 했다. 더 이상 발버둥 치지 않았다. 그녀의 팔다리를 조이고 있는 노끈을 풀었다. 사지가 자유로워진 유옥란이 나에게 어린아이처럼 매달렸다. 그녀와 눈을 맞추었다. 유옥란의 검고 커다란 동공 안에서 한 늙은 사내가 울고 있었다. 그 사내의 눈에서 닭똥 같은 눈물이 방울져 흘러내렸다.

"왜 그랬어? 앞으로 라이터를 만지면 안 돼."

말이 떨어지자마자 유옥란이 상의 호주머니에서 라이터를 꺼내 주었다. 라이터 1개는 며느리에게 빼앗기지 않고 끝까지 감추어 두었다. 유옥란은 조기치매라서 아직 대화가 가능했다.

"말도 없이 어디 가, 갔다 왔어?"

유옥란이 섭섭한 표정을 지었다.

"친구 만나고 왔어. 정태 알잖아."

"무서웠…"

동문서답했다.

'벌써 치매왕국의 문이 열렸구나.'

정상적인 대화가 힘들 거라고 알고 있지만 엉뚱한 대답을 들으니 속이 터졌다. 치매환자와의 대화는 극도의 인내심을 필요로 했다. 나는 숨을 깊게 들이마셨다가 길게 내쉬었다. 화를 참아낼 시간이 필요했다.

"앞으론 그런 짓 하면 안 돼."

소용없는 말이라는 것을 알면서도 불안한 마음에 다짐을 받았다. 다짐을 받아도 소용없다는 것을 알고 있지만 불안한 마음에 다짐을 받았다. 그녀는 치매왕국의 왕이 명령을 내리면 그 명령이 무엇이든 간에 그대로 수행했다. 다짐은 사실상 의미 없는 짓이었다.

"때리지 마."

"때리다니? 누가 자기를 때렸어?"

"……"

내가 없을 동안 유옥란이 라이터로 커튼에 불을 붙였고, 놀란 며느리가 빗자루로 그녀를 제지한 모양이다. 치매가 그녀의 해마를 갉아 먹었다. 이층 방문에 자물쇠를 달아야 했다. 오늘 같은 사고를 막기 위해 어쩔 수 없었다. 내가 자리를 비울 동안 그녀를 가두어 둘 방법은 출입문에 자물쇠를 채우는 것밖에 없었다. 유옥란이 짐승도 아닌데, 그러나…

어쩔 수 없었다.

나는 미안한 마음에 엉뚱한 질문을 했다.

"옥란이는 지금 몇 살일까?"

"내가 몇 살 됐냐고?"

"그래."

"내가, 내가 가만히 생각해 보니 한 5살은 더 먹었어."

내가 다시 물었다.
"그럼 몇 살일까? 5살 더 먹었으면."
"5살 더 먹었으면 어, 몇 살일까?"
"몇 살일까?"
"몰라, 모르겠어."
"10살일까? 20살일까? 30살일까? 100살일까?"
"……"
나이가 생각나지 않는 듯, 유옥란은 머리를 긁적였다.

며느리에게 열쇠집에 다녀올 테니 할머니를 잘 지켜보라고 했다. 며느리는 대답 대신 고개만 까닥였다. 침묵으로 화를 내고 있는 듯 보였다. 심장이 터질 것 같고 아팠다. 나는 애써 나를 위로했다. 나를 위로해 줄 사람은 나 자신밖에 없다는 사실이 슬펐지만 어쩔 수 없었다.
'많이 놀랐을 거야. 옥란이 미울 테지.'
결혼을 안 했으니 따지자면 시어머니도 아니었다. 유옥란은 아들 내외에게 내 동거녀에 불과했다. 그래도 며느리가 그녀에게 '어머님'이라 말해주니 고마웠다. 아들 윤택은 그녀에게 일체 말을 걸지 않았다.
이 층 방문에 비밀번호 자물쇠를 달았다. 오늘처럼 유옥란을 혼자 두고 외출할 일이 생기면 밖에서 자물쇠를 잠글 생각이었다. 며느리에게 내 생각을 말하고 비밀번호를 알려주었다. 유옥란을 처음 본 날이 4월 5일이어서 비밀번호는 0405로 정했다. 나는 자물쇠를 잠그고 또 집을 나섰다. 동네 꽃집에 가서 프리뮬러꽃 화분 2개를 샀다. 며느리와 유옥란의 놀라고 상한 마음을 달래주려 했다. 며느리에게는 주황색 꽃을, 유옥란에게는 흰 꽃을 줄 생각이었다.

현관을 들어서며 며느리에게 화분 하나를 내밀었다.
"아버님, 웬 꽃이에요?"
"너 닮은 꽃 하나 샀다."
며느리 얼굴이 화사하게 피어났다.
"아버님, 이 꽃 이름이 뭐예요?"
기분이 풀린 며느리는 말끝마다 '아버님'이란 호칭을 붙였다.
"프리뮬러라는 꽃이란다."
"예뻐라!"
나는 유옥란과 대화를 나누다가 그녀가 이 꽃을 좋아한다는 것을 기억해 두었다. 나는 유옥란에 관한 한, 아무리 사소한 것이라도 잊어버리지 않았다. 치매가 쥐새끼처럼 날카로운 앞니로 그녀의 정신과 육체를 갉아 먹어도 곁에 유옥란이 존재한다는 사실만으로 그녀는 세상 그 무엇보다 소중했다. 나는 노란 화분에 심겨진 프리뮬러 흰 꽃을 그녀에게 주었다. 흰 꽃은 순백의 유옥란과 닮았다. 달걀형 이파리가 화분을 빙 둘러싸고, 잎 가운데 짧게 올라온 줄기 끝에 꽃이 피어 있었다. 향기도 순했다. 유옥란이 커튼에 불을 붙이고 며느리가 때렸다고 거짓말하고 강퍅하게 굴어도 그것은 '치매'라는 흉측한 벌레의 짓일 뿐이다. 그 벌레는 아마존에 사는 육식성 민물고기인 피라냐처럼, 성질이 흉포하여 먹잇감의 뼈와 가죽만 남기고 살은 모두 먹어치워 버린다. 그 벌레만 죽인다면, 그 벌레를 핀셋으로 콕 집어 유옥란의 머릿속에서 끄집어낸다면, 그녀는 프리뮬러를 닮은 한 송이 흰 꽃이었다.

유옥란이 여느 치매환자와 다른 점이 있다면 하루에 1~2시간은 정상으로 돌아온다는 점인데, 제정신일 때는 자신이 치매에 걸렸다는 것도 알고 있었다. 그때마다 '병원에서 진단을 잘못 내린 것이 아닐까.' 하는 생각을 했다. 나만의 생각이었는지도 모른다. 나만의 생각일 테지.

'괜찮아, 사람이 안 다쳤으면 됐지. 여긴 내 집이야.'

유옥란이 거실 커튼에 불을 붙인 사건을 그렇게 위로하자 마음이 편해졌다.

＊

마당 창고 옆에 지어둔 양계장에서 암탉 우는 소리가 들렸다. 나는 유옥란을 경기도 집-전원주택-으로 데려온 후 그녀에게 유정란을 먹이기 위해 마당 한편에 양계장을 지었다. 수탉 한 마리와 암탉 세 마리를 키웠다.

암탉이 계속 호들갑을 떨었다. 나는 양계장에서 유정란 2개를 바가지에 담으며 병든 그녀에 대해 새로운 사랑이 샘솟는 것을 느꼈다.

내가 있는 한, 치매는 상대를 잘못 골랐다. 나는 치매와 전쟁을 치를 준비가 되어 있었다. 총을 쏘고, 칼과 창으로 치매의 가슴을 찌를 것이다. 죽이지 않으면 내가 죽으므로 마음의 갑옷을 입고 투구를 쓰고 전투를 치를 준비를 단단히 했다. 유옥란도 나도 치매는 처음이어서 첫사랑처럼 서툴렀다.

노인이 되면 이 세상에는 두 종류의 인간만 있게 된다. 치매에 걸린 사람과 걸리지 않은 사람이다. 그녀는 지금 자신이 탈북자라는 사실조차 잊고 있는 중이다. 나는 유옥란의 행동에 대해 옳고 그름을 판단해서는 안 된다고 생각했다. 치매는 해가 뜨면 세 살배기 아기 얼굴로 나타났다가 하루에 1시간 정도 정상적인 할머니로 얼굴을 바꾸곤 했다. 유옥란이 커튼에 불을 붙인 것을 정상인의 판단으로 꾸짖고 나무라는 것은 소용없는 짓이었다.

오늘 같은 일이 벌어지지 하지 않기 위해 내가 먼저 담배를 끊어야 했다. 호주머니에 있는 담배를 구겨서 휴지통에 던져 넣었고 망치로 유리 재떨이를 부수고 아끼는 라이터도 모두 버렸다.

 나는 젓가락으로 계란 앞뒤로 구멍을 2개 뚫은 뒤 한쪽 구멍에 대고 호로록 빨아 먹었다. 따라 하라고 먼저 먹었다. 유옥란이 따라 했다. 그 모습이 대견해 보여 울음이 터질 것 같았다.

 며느리가 올라와 애 아빠가 늦는다고 했다. 회식이 있어 저녁을 먹고 늦게 들어온다는 전화가 온 모양이었다. 나는 일찍 잠자리에 들고 싶었다. 정태에게 돈을 빌리느라 신세타령을 한 데다 집에 돌아오자마자 커튼 화재사건으로 놀라고 며느리 눈치까지 보여 심신이 피곤했다.

 자각몽이었다.

 나는 꿈속에서 내가 꿈을 꾸고 있다는 것을 알았다. 유옥란이 손자 호영의 목을 조이고 있었다. 두 손을 부채꼴 모양으로 벌려 손자의 목을 점점 더 조여갔다. 손자는 벗어나려고 발버둥을 쳤다. 손자 얼굴이 풍선처럼 부풀어 올랐다. 그녀는 손을 점점 더 옥죄었다. 호영이 파랗게 질린 얼굴로 울었다. 시간이 흐르자 울음마저 나오지 않는지 목구멍에서 컥컥하는 소리를 내뱉었다. 곧 죽을 것 같았다. 유옥란이 손자 입을 틀어막고 입을 강제로 벌려 입안에 라이터를 켰다. 유옥란이 켠 라이터 불이 손자의 얼굴에 붙었다. 잉걸불처럼 활활 타들어 갔다. 호영이 비명을 지르자 그녀가 재미있다는 표정으로 웃음을 터뜨렸다. 유옥란은 웃음을 참기 힘들다는 듯, 배를 움켜잡고 떼굴떼굴 굴렀다. 온몸에 소름이 돋았다. 그녀는 그 순간 한 마리 악마였다. 깔깔거리는 웃음소리가 내 귀를 후벼 팠다. 귓속 깊숙이 송곳으로 후벼 파는 것 같았다. 내 손에는 칼이 들려 있었다. 여차하면 손자의 몸에 불을 지르는 유옥란을 찌를 준비를 했다. 그때 그녀가 자신의 몸에 라이터를 켰다. 그녀의 몸에 불이 붙었다. 유옥란이 웃으며 말했다.

"아, 따뜻해."

그녀가 자신의 몸뚱이를 태우는 불을 한 움큼 쥐었다. 불덩이는 솜사탕처럼 그녀의 팔에 돌돌 감겼다. 그녀는 자신의 팔에 감긴 불덩어리를 떼내어 손주의 얼굴에 붙였다. 호영의 얼굴이 불에 타들어 갔다.

"안 돼!"

그녀의 목을 찔렀다. 화염에 휩싸인 유옥란이 손주 위로 넘어졌다. 두 불덩이가 합쳐졌고 불길은 더욱 맹렬하게 타올랐다.

끔찍한 꿈이었다.

옆자리로 눈길이 갔다. 그녀는 미동도 없이 잠들어 있었다. 손목시계를 보니 새벽 1시였다. 온몸이 땀으로 젖어 있어 바람을 쐬고 싶었다. 일 층 문을 열고 나와 계단 층계참에 이르렀을 때 일 층 부엌 쪽에서 두런거리는 소리가 났다. 회식을 마치고 윤택이 들어온 모양이었다. 새벽이라 아들 내외가 조그맣게 나누었을 대화가 또렷하게 들렸다. 나는 층계참에 쪼그려 앉았다.

"불이 났으면 어떡할 뻔했어? 안방에서 호영이도 자고 있었다며!"

둘은 조근조근 이야기를 나누다가 어느 부분에서 갑자기 아들 목소리가 커졌다. 취한 것 같았다. 술 냄새가 계단을 타고 올라왔다.

"듣겠다. 소리 죽여."

며느리가 목소리를 누르며 말했다.

"들어야지!"

술기운이 있는 데다 화가 난 아들에게 예의 따윈 의미가 없었다. 아버지가 데려온 정체불명의 할머니가 아침 식탁에서 소고깃국을 쏟는 등 한바탕 난리를 쳐놓고 커튼에 불까지 붙였으니, 화가 날 만했다.

"내일 아침에 아빠에게 말할 거야. 저 할머니 어떻게 할 건지 대답을 들어봐야겠어!"

아들의 목소리가 커졌다. 귀 기울이지 않아도 들렸다. 계단을 타고 며느리 소리가 들려왔다. 나는 공벌레처럼 몸을 웅크리고 숨을 참았다. 치매환자인 유옥란을 집에 데려다 놓았으니 아들의 합가를 거절했어야 했다. 어느 누구도 그녀같이 공격성이 있는 치매환자를 견디기 힘들 것이다. 치매를 너무 쉽게 생각했다.

"아버님이 치매환자인 걸 알고도 데려온 것 같은데."

"미쳤어, 아빠가 정말 미쳤어."

"저 여자와 다시 만나서 아버님도 이상해지셨어."

며느리와 아들은 죽이 딱딱 맞았다. 일 층에 아무도 없다고 생각하니 그들의 속마음이 적나라하게 드러났다. 나는 고양이처럼 살금살금 계단을 밟고 이 층으로 올라갔다. 가슴이 뛰었다. 현기증에 몸이 비틀거렸고, 방문을 여는 손이 후들후들 떨렸다.

가만히 유옥란 옆자리에 누웠다. 그녀가 몸을 모로 세우며 잔기침을 했다. 나는 그녀의 볼에 입을 맞추었다.

다음 날 윤택이 출근할 때까지 나는 일 층에 내려가지 않았다.

"밥 줘."

유옥란이 배고프다고 칭얼댔다. 나는 벨이 울릴 때까지 참으라고 그녀를 달랬다. 유옥란을 화장실에 데려가 얼굴을 씻기고 칫솔에 치약을 묻혀 이빨을 닦아줬다. 그녀는 이빨에 묻은 치약을 맛있는 음식처럼 삼켰다. 인간이지만 인간의 행동을 하지 않는 그녀. 유옥란과 아들 내외가 집에 들어오면서 나는 기독교인이 아닌데도 매 순간 시험에 들었다.

"하나님!"

*

오전에 잠시 외출했다가 점심때 돌아왔다. 부엌에 있던 며느리가 나를 보자 고개만 까딱했다. 화재사건 이후로 며느리의 행동에 물음표가 찍혔다. 이전의 예의 바른 모습은 온데간데없어졌고 자신의 집에 내가 얹혀사는 것처럼 행동했다. 얼마나 놀랐으면 저럴까, 하고 나는 며느리를 이해하려고 했다. 나만 보면 뛰어와 안기던 손자도 멀뚱한 표정으로 며느리 곁에 서 있기만 했다. 할아버지나 할머니 가까이 가지 말라는 주의를 받은 것처럼 보였다. 서운한 마음이 들었다. 아무것도 모르는 어린아이한테까지… 며느리가 원래 저런 여자였던가. 아들 윤택보다 며느리를 더 예뻐했는데, 인간은 극한적인 상황에 맞닥뜨릴 때라야 그 진면목이 드러난다더니, 그 말이 맞았다.

아 층 방문 자물쇠 비밀번호를 0405에 맞추자 "문이 열렸습니다." 음성이 들렸다.

"갑갑했지?"

"……"

유옥란은 화가 나 있었다.

"미안해. 친구가 만나자고 해서."

"……"

그녀는 아무 말도 하지 않았다. 그리고 이튿날 유옥란이 갑자기 사라졌다. 나는 경찰에 실종신고를 했고 잠시 후 휴대폰 문자에 이런 글이 떴다.

> 경기 **경찰서
> 실종된 유옥란 씨(여)를 찾습니다. 키 153센티, 분홍색상 상의, 검은 바지, 짧은 생머리, (T) 112.

문자 발송 이후 30여 분 뒤인 오후 8시 6분께 한 60대 시민으로부터 인근에서 인상착의가 비슷한 할머니가 개울 갯가에서 풀을 뽑고 있다는 제보가 접수됐다. 제보자가 알려준 정보에 따라 현장에 출동한 경찰이 그녀를 발견했다. 인상착의가 비슷한 할머니를 발견했으니 보호자가 직접 와서 확인해 달라고 했다. 목소리가 걸걸한 경찰관이 말했다.

"죽지는 않았으니 안심하셔도 됩니다."

전화를 받자마자 나는 빛의 속도로 차를 몰았다. 경찰서 민원실에서 유옥란이 소파에 죽은 듯이 누워 있었다. 어깨를 흔들자 눈을 떴다. 나는 그 순간 죽음을 생각했다. 그렇게 유옥란은 한바탕 소동을 피운 뒤 집으로 다시 왔다. 내가 왜 실종신고를 했을까? 그대로 뒀으면 이 고통에서 벗어날 수 있을 텐데, 하는 마음이 들었다는 것을 누군가에게 고백하고 싶었다. 그러나 내 곁에는 아무도 없었다. 아내는 교통사고로 불륜남이 운전한 차 안에서 죽었고, 아들 윤택은 남보다 못했다.

이 층에 가둬둘 수만 없었다. 날이 풀리자 꽃들이 피었다. 나는 유옥란의 손을 잡고 야트막한 마을 뒷산으로 1시간가량 산책을 했다. 제정신일 때 그녀는 내가 이끄는 대로 묵묵히 따라오기만 했다. 치매증상이 나타나면 손을 뿌리쳤다. 오늘 유옥란은 나를 앞서더니 봄꽃들이 무리 지어 핀 곳으로 뛰어갔다. 코를 꽃잎에 갖다 대고 냄새를 맡았다.

치매환자의 특징은 목욕하기 싫어한다. 날이 따뜻해지면서 그녀 가까이 가면 퀴퀴한 몸 냄새가 났다. 나는 유옥란의 몸을 씻기고 머리를 감아주었다. 얼굴에 로션을 발라주고 드라이로 머리칼을 말렸다. 그녀를 미장원에 데려갈 수 없어 나는 학원에서 미용기술을 배웠다. 머리칼이 뭉치면 학원에서 배운 서툰 솜씨로 헝클어진 머리를 잘랐다. 미용전용 중고의자와 고개를 뒤로 젖혀 머리를 감는 샴푸의자도 구입했다.

유옥란이 우울해 보일 땐 머리 염색을 했다. 대부분 다크 브라운 색이었다. 오렌지 브라운을 선택하기도 했다. 애시 그레이로 염색을 할 때도 있는데 그 색으로 염색하고 발코니에 나가면 햇빛에 반사된 유옥란의 머리칼이 몽환적인 분위기를 풍겼다. 그녀에겐 이 색이 제일 잘 어울렸다. 애시 그레이로 염색한 날에는 유옥란은 거울 앞에 오래 서서 자기 얼굴을 쳐다봤다.

화재사건 이후 유옥란은 이 층에 갇혀 지냈다. 무료해진 그녀를 위해 이 층 발코니에 자그마한 꽃밭을 만들었다. 붉은 벽돌로 네모난 울타리를 만들고 마당에서 흙을 퍼 와 꽃밭에 채웠다. 발코니 한편에 일 층으로 연결된 우수 관이 있어 물을 주는 것이 가능했다. 100km 떨어진 양재화훼공판장까지 가서 수국, 매 발톱, 아네모네, 함소화를 사와 꽃밭에 심었다. 집이 고지대라 바람이 심하게 불었다. 나는 꽃들이 쓰러지지 않도록 꽃줄기 하나하나에 지지대를 세우고 케이블 타이로 고정시켰다. 물 조리대를 유옥란에게 건네주며 말했다.

"곧 더워지니 매일 아침에 물을 줘야 해."

"해님이 나오면 얘들이 목이 마를 테니 물 많이 줄 거야."

제정신이었을 때는 그녀는 늘 의인법으로 말했다. 그녀는 크림색 함소화 꽃에 코를 갖다 대더니 킁킁거렸다. 얼굴이 환해졌다.

위암으로 투병하던 요양병원 최 작가 아내가 죽었다. 부음이 문인모임 문자 방에 떴다. 최 작가와 나이 차이가 많은 그의 아내는 예순아홉인데 죽기에는 이른 나이였다. 최 작가는 요양병원에서 투병 중인데 아내마저 죽었으니 그의 남은 삶도 행복과는 거리가 멀어 보였다. 우리의 여생은 저녁 안개처럼 가시거리가 짧아 행복을 잡기 위해 손을 뻗어도 앞이 잘 보이지 않을 터였다. 며칠 새 유옥란 뒤치다꺼리하느라 최 작가 부인의 발인이 내일 앞으로 다가왔다. 서둘러 문상을 가야 했다.

문상 온 작가들과 술잔을 나눌 처지가 안 됐다. 유옥란 반경 10m 내에 있어야 안심이 됐다. 언제, 어디서, 예상치 못한 기상천외한 방법으로 사고를 칠지 몰라 불안했다. 영정 앞에서 절을 하고 최 작가 아들에게 위로의 말을 건넨 후 집으로 출발했다.

집 앞 진입도로로 들어서는데 사이렌 소리가 들렸다. 가슴이 뛰었다. 경찰차가 대문을 막고 있고, 구급대원이 며느리를 들것에 실어 앰뷸런스 트렁크 뒤에 넣고 있었다.

경찰에게 말했다.

"제가 이 집 가장입니다."

"참고인 조사가 필요하니 일단 차에 타시죠."

명령처럼 들렸지만 나도 주눅 들지 않았다. 사람마다 다르겠지만 노인이 되니 주위 눈치를 보는 일과 두려움이 사라졌다.

"무슨 일인가요?"

"……"

"말씀해 주세요."

경찰이 말했다.

"정황상 살인미수입니다."

나는 경찰의 입을 바라보았다.

"타세요!"

나는 경찰의 말을 무시하고 구급차에 탔다. 경찰이 살인미수라고 말했으니 둘 중에 누군가는 크게 다쳤을 것이다. 동맥경화를 앓는 내게 심장마비 전조증상이 왔다. 무거운 쇠뭉치를 들어 올리는 것처럼 가슴에 강한 압력을 느껴지고 호흡하기가 힘들었다.

내가 문제였다. 문상에 서두르는 바람에 이 층 출입문을 잠그는 것을 깜빡했다. 담당형사에게 들은 사건의 내막은 이랬다.

유옥란이 일 층으로 내려와서 며느리에게 밥 달라 했다. 이 층서 밥 먹은 지 2시간밖에 안 된 후였다. 내가 집에 도착해서 함께 밥을 먹어도 될 시간이 충분했다. 치매환자인 유옥란에게 이런 판단이 없었다.

며느리는 천성이 착한 여자였다. 화가 나고 마음에 들지 않아도 대놓고 말하지 않았다. 정 못 참겠다 싶으면 아들에게 불평을 늘어놓는 정도였다. 밥통에는 밥이 없었다. 유옥란의 고함소리에 며느리가 라면을 끓여 유옥란 앞에 내놓았다. 그녀가 화를 내며 끓는 라면 냄비를 며느리 얼굴 쪽에 집어 던졌다.

그녀의 공격성 치매가 발동하면 힘이 세지고 맹견처럼 사나워진다. 웬만한 남자는 제지할 엄두조차 내지 못한다. 다행히 며느리가 몸을 피했고 라면 국물은 목덜미에 화상을 입히는 정도로 끝났다. 문제는 다음이었다. 화를 누르지 못한 유옥란이 부엌 식칼을 집어 들고 며느리를 죽이려 했고, 며느리는 안방으로 몸을 피한 후 문을 잠그고 112에 신고했다.

참고인 조사 때 유옥란이 치매환자라고 했다. 내 말에 경찰 조사관은 "흐-으" 하며 한숨을 내쉬었다. 자신의 어머니도 치매에 걸려 요양원에 있다고 했다. 가해자인 유옥란을 요양병원에 보낸다는 조건을 걸어 죄를 묻지 않을 듯했다. 경찰관은 살인미수죄에 징역형이 선고된다는 말을 반복해서 덧붙였다. 돌아오는 차 안에서 나는 울었다. TV 뉴스에 나오던 간병살인이 처음으로 이해됐다. 나는 돌아올 수 없는 다리 앞에 섰다. 주머니 깊숙이 감춰둔 주사위를 만지작거렸다.

  내가 이상해졌다. 길을 잃기 시작했다. 하루에 한 번씩 차를 운전해 담배를 사러 다니던, 수백 번도 더 다녔을 편의점 길이 처음 다니던 길처럼 낯설고, 돌아오는 길도 마찬가지였다. 나도 치매인가. 두려웠다. 두려워서 치매검사를 하러 병원에 가지 않았다. 치매가 맞는다면 치매환자가 치매환자인 유옥란을 돌보는 일이 발생할 터인데 두렵지 않다면 그게 더 이상했다. 하루에도 몇 번씩 주머니 깊숙이 감춰둔 주사위를 꺼내 만지작거렸다. 그리고 던졌다.

여행

겨울에 접어들자 유옥란의 치매진행 속도가 빨라졌다. 그동안 없었던 증세들이 나타났고 갑자기 소리를 지르고 이유도 없이 화를 내는 경우가 더 많아졌다. 피해망상도 일어났다. 유옥란은 종종 주위를 둘러보며 눈에 보이지 않는 적을 찾는 듯, 불안한 눈빛으로 집 안을 돌아다녔다. 하루는 거실에서 갑자기 소리 지르며 자신의 머리를 감싸 쥐었다. "저리 가! 나를 괴롭히지 마!" 유옥란의 목소리는 떨렸고, 손은 공중에서 허우적거렸다.

나는 안타까운 마음으로 그녀에게 다가가 손을 잡았다. "옥란아, 괜찮아. 나야." 그러나 그녀는 겁에 질린 눈으로 나를 쳐다보며 손을 뿌리쳤다. "나를 잡으러 온 거야? 넌 누구야!"

눈에 눈물이 고였다. 매일같이 반복되는 이 상황은 나를 지치게 했지만, 포기하지 않았다.

유옥란의 증상은 점점 더 심해졌다. 밤마다 악몽에 시달려 잠을 제대로 자지 못했고, 낮에도 계속해서 불안해했다. 어느 날 저녁, 나는 그녀가 부엌칼을 들고 있는 것을 발견했다. 그녀의 손은 떨리고 있었고, 눈은 공포로 가득 차 있었다. "옥란아, 칼을 내려놓아. 아무도 너를 해치지 않아." 나는 조심스럽게 다가가며 말했다. 그러나 그녀는 칼을 더욱 꽉 쥐고는 "너도 한패지? 날 해치려는 거지!"라고 소리쳤다.

나는 가까스로 그녀의 손에서 칼을 빼앗았다. 유옥란을 부드럽게 안아주며 그녀의 떨림이 가라앉을 때까지 기다렸다. 그날 밤, 나는 그녀를 침대에 눕히고 손을 꼭 잡아주며 잠들도록 도왔다. 내 마음은 무겁고, 그녀의 증세가 점점 더 심해지는 것 같아 두려웠다.

나는 결국 유옥란을 다시 병원에 데려가기로 결심했다. 병원에서 의사는 그녀의 상태가 심각하다고 진단했다. "환자분은 치매로 인한 피해망상 증상을 보이고 있습니다. 좀 더 전문적인 치료가 필요합니다." 나는 고개를 끄덕이며 "그럼 어떻게 해야 하나요?"라고 물었다. 의사는 대답하지 않고 침묵을 지키다가 3분쯤 뒤 약물치료를 권유했다.

나는 매일 밤 유옥란이 잠들 때까지 곁에서 손을 잡아주었다.

기독교 신자도 아닌데 나는 손을 모으고 유옥란의 상태가 조금이라도 나아지기를 기도했다.

어느 날, 유옥란은 잠시나마 평온한 표정을 지었다. 나는 그 순간을 놓치지 않고 그녀에게 말했다.

"옥란아, 우리는 함께 있어. 너를 사랑해."

그날 밤, 나는 유옥란의 손을 잡고 침대 옆에 앉아 있었다. 그녀는 평온하게 잠들어 있었다. 그녀의 손을 꼭 잡고, 그녀가 더 이상 두려움 없이 평온한 꿈을 꿀 수 있기를 기도했다. 그리고 나는 결심했다. 그녀가 마지막까지 평안하게 지낼 수 있도록, 최선을 다할 것이다. 그러나 그래도 되지 않는다면… 어쩔 수 없이. 그것이 내 사랑의 방식이었다.

요양병원에서 집으로 데려올 때 유옥란은 돈을 지갑에 넣어두었다고 했다. 문제는 그 지갑을 어디에 둔 지 기억나지 않는 것이다. 기억이 난다면 그게 더 이상했다.

유옥란은 오늘은 내가, 다음 날은 아들이, 그다음 날은 며느리와 5살인 손주가 훔쳐 갔다며 행패를 부렸다.

손주를 범인으로 몬 다음 날이었다. 지갑은 침대와 벽 사이의 틈새 아래에서 발견되었다. 항상 유옥란이 벽 쪽을 향해 자기 때문에 지갑이 그곳에 있으리라고 상상조차 못 했다. 화가 난 며느리가 이 층에 올라와 방 구석구석을 샅샅이 뒤진 끝에 발견했다. 텅 빈 지갑이었다.

겨울이 왔다. 겨울은 느렸고 다시 봄이 왔지만 나와 유옥란에게 봄은 없는 계절이었다. 땀을 많이 흘리는 내게 괴로운 계절인 여름이 찾아왔다. 여름은 내가 글을 쓰는 이 층의 책상, 혼자 밥을 먹는, TV 앞 직사각형 테이블 앞에 오랫동안 머물렀고 곧이어 뒷산 활엽교목들이 잎들을 하나둘씩 떨구기 시작했다. 그리고 다시 겨울이 왔다.

아들 윤택은 유옥란을 다시 요양병원에 보내라고 매일 닦달했다. 손주에게 어떤 해코지를 할까 두렵고 처가 너무 힘들어한다는 것이다. 나는 속으로 생각했다.

'내 집에서 주제넘게.'

지난번 커튼 화재사건 이후 방문을 비밀번호 자물쇠로 잠갔고 하루 종일 이 층에서 꼼짝도 하지 않는 유옥란이 며느리를 힘들게 하거나 손주에게 해코지를 할 일은 없었다.

내가 외출하면 그때부터 유옥란이 고함을 지르고 잠긴 방문을 발로 차고 두드려 대는 것을 나는 알지 못했다. 아들과 며느리는 그런 일을 말하지 않았다. 말해도 소용없다고 포기한 것 같았다. 유옥란은 지난번 한바탕 소동을 벌인 후 내가 옆에 있을 동안은 잠잠했다.

"우리 속초여행 갈까. 자기, 겨울바다 좋아하잖아."

"……"

유옥란을 차량 옆 좌석에 태우고 안전벨트를 매주었다. 시동을 걸어놓고 차에서 내려 철제대문 빗장을 열었다. 며느리가 팔짱을 낀 채 일 층 새시 문 앞에 서있는 것이 보였다.

'…옥란아.'

'우리 다시 돌아올 수 있을까?'

내비게이션에 '속초'를 입력했다. 광주·원주 간 고속도로를 타고 40km를 가다가 영동고속도로에 진입한다. 100km를 달린 후 동해고속도로에 진입한 후 62km를 더 가면 속초였다. 총 240km에 2시간 40분쯤 소요됐다. 지금이 1시 정각이니 휴게소에서 점심을 먹어도 오후 5시 전에는 속초에 도착할 것이다. 우리는 해안도로에 차를 세운 뒤 파도가 밀려와 부딪히는 방파제에서 커피를 마실 것이다.

30분쯤 차를 달렸을 때부터 휴대폰에 카톡 알림신호가 울렸다. 무시했다. 스팸성 문자일 것이다. 시골로 이사 온 후 휴대폰에 온 문자의 99%는 광고였고 이따금 내가 소속된 문인단체 총무가 보낸, 회원들 경조사 문자였다. 유옥란은 말이 없었다.

차가 밀리기 시작했다. 도로 위 와이드 전광판 화면에 '차선도색으로 도로정체'라는 글자가 햇빛에 반사된 물결처럼 반짝거리며 왼쪽에서 오른쪽으로 흐르고 있었다. 까똑, 까똑, 하며 연속적으로 카카오 문자 알림음이 울렸다.

나는 가족 채팅방에 가입되어 있었다. 아들 윤택이 집으로 들어 온 뒤 딸 부부가 놀러 왔는데, 삼겹살 가족외식을 했다. 유옥란도 데리고 갔다. 나는 그녀 때문에 자식들 눈치가 보였고 돌발적인 일이 생기지나 않을까 걱정했다. 식사를 할 동안 좌불안석이었다. 불안감을 달래려 자작(自酌)하며 술을 마셨다. 얼굴이 붉어지고 취기를 느낄 때쯤 사위가 옆자리에 앉은 딸에게 말했다.

"가족 채팅방 하나 만들자. 장인어른 외롭잖아."

며느리 눈이 샐쭉해지자 윤택이 끼어들었다.

"아버지는 어떠세요?"

무슨 대답을 해야 할지 생각나지 않았다. 아들의 질문은 내가 싫다고 하길 예상한 것 같았다. 그 질문은 내가 싫다고 해야 한다는 의미였다. 나는 눈치 없는 늙은이고 아들 기대가 빗나갔다.

"나야, 너희들이 가입하라면 가입하고, 불편하면 초대하지 않으면 되지. 너희들끼리는 가족 채팅방 하나 개설하는 것은 괜찮다 싶구나. 어려운 일이 있을 때 의견을 나누는 것도 좋지 않겠니."

"할머니는 아프니까 이런 것 하지 못하지요?"

술기운 때문인지 윤택의 말이 비수처럼 가슴에 꽂혔다.

'이 녀석이 무슨 말을 하고 싶은 것일까.'

나는 보란 듯 불판에서 노릇노릇 익어가고 있는 삼겹살 한 점을 집어 유옥란의 접시에 얹어주었다. 윤택의 얼굴빛이 변했다. 나는 사위의 빈 잔에 술을 따라주었다. 딸과 이야기를 나누던 사위가 황급히 두 손으로 잔을 받았다.

"자네가 방장을 하고 나와 이 사람 둘 다 초청하게. 재미없으면 '나가기'를 할 테니까."

"나가시면 다시 초대 안 해도 되겠지요?"

사위는 내가 단톡방에서 나간다는 것을 전제한 듯, 미리 다짐을 받았다. 그렇게 지난달에 카카오 가족 채팅방이 만들어졌다.

회원은 나와 유옥란, 딸 부부, 아들 부부 등 6명이었다. 나는 수시로 울려대는 까꿍, 소리에 잠만 설칠 뿐 채팅방에 들어가 보면 낄 자리가 없었다. 딸 부부와 아들 부부의, 그 나이 때의 육아, 직장 이야기, 소소한 신변잡기가 대화의 대부분을 차지했다.

내가 끼어들면 물이 흐려질 것 같아 그동안 카톡이 울리든 말든 무시했는데, 지금은 궁금했다.

200m 앞에 졸음쉼터를 알리는 표지판이 보였다. 차 속도를 줄였다. 쉼터에 일렬로 주차된 트럭들과 승용차가 보였다. 빈자리가 보이지 않았다. 그냥 지나치려는데 백미러에 컨테이너를 실은 트럭 한 대가 차를 빼는 것이 보였다. 다른 차들이 졸음쉼터로 들어오고 있어 트럭이 빠져나간 빈 공간에 재빨리 주차했다.

나이를 속이지 못했다. 시속 110km로 1시간 동안 쉬지 않고 액셀을 밟았으니 '카톡'이 아니더라도 잠시 쉬어가고 싶었다. 차를 세우고 유옥란을 흔들어 깨웠다. 대시보드에 설치한 휴대폰 거치대에서 휴대폰을 뺐다. 요즈음 재택근무를 하는 사위가 나와 유옥란을 포함, 가족 6명 모두 초청해서 문자를 주고받으며 낮 시간대의 무료함을 달래는 것 같았다. 유옥란까지 초청한 것은 내 눈치가 보였기 때문일 거였다.

　차 문을 열고 나와 바람을 쐤다. 손이 시리고 코끝이 찡했다. 겨울이 오기 전 찬란했을 고속도로 주변 풍경은 사막처럼 삭막했다.

　채팅방을 열지 말았어야 했다. 나는 방금 단체 채팅방을 읽은 뒤 심장이 벌렁벌렁했고 누군가 목을 조르는 것처럼 숨을 쉬기가 힘들었다. 담배에 불을 붙여 한 모금 깊게 빨아들였다.

　채팅방에는 이런 문자들이 오고 갔다.

- 윤택: (매형, 자기 집안일 아니라고 팔짱만 끼고 있을 겁니까.)

- 사위: (무슨 말이야?)

- 윤택: (무슨 말이긴요. 다 아시면서.)

- 며느리: ⋯⋯

- 딸: (빙빙 돌리지 말고.)

- 사위: (내가 뭘 어떻게 할 수 있겠어. 장인어른인데.)

- 며느리: (사람이 죽은 뒤 무슨 소용 있겠어요?)

- 사위: (허, 참.)

- 딸: (기왕 말이 나왔으니 이참에 진지하게 생각들 해보자고.)

- 윤택: (지옥!)

- 며느리: (지옥? 맞아.)

▸ 딸: (응, 응.)

침묵을 지키던 며느리도 대화에 끼기 시작했다. 윤택의 말풍선이 제일 아팠다.

▸ 윤택: (볼 때마다 화가 나서 미치겠어.)

▸ 딸: (미친 할머니?)

▸ 윤택: (우리 하루 날 잡아서 아버지 집에 모이자.)

▸ 사위: (그래서?)

▸ 윤택: (아버지 외출하면 매형 차에 태워서 미친년을 해남에 버리고 오자.)

▸ 사위: (왜 내 차?)

▸ 윤택: (매형이 제일 촌수가 멀잖아. ㅋㅋ)

▸ 딸: (촌수 같은 소리 해라. 그 여자와 우린 다 무촌(無村)이야!)

▸ 윤택: (ㅎㅎ 그건, 누나 말이 맞아. 어디서 굴러들어 온 개뼈다귀가!)

▸ 며느리: (그 미친 할머니가 지난번에 집에 불을 질렀어요! 내가 얼마나 놀랐는데, 근데 아버님은 내 말을 듣고도 태연하시더라. 그때 그 여자가 타 죽었으면 좋았는데 ㅠㅠ)

이들이 유옥란을 유기하기로 모의하는 것이 들킨 것은 사위가 실수로 평소처럼 나와 유옥란을 대화방에 초대했기 때문이다. 서로의 속마음을 경쟁하듯 드러내기 바빠 아무도 사위의 치명적인 실수를 눈치채지 못했다.

▸ 사위: (불을 지르기까지!! 난, 몰랐어!)

▶ 윤택: (안방에 호영이가 자고 있었다고! 집사람이 없었다면 정말 큰일 날 뻔했어. CP!!)

CP는 '씨팔'이었다. 윤택은 며느리에게서 들은 이야기를 자신이 직접 본 것처럼 과장을 떨었다. 나는 '나가기'를 선택한 뒤 휴대폰을 껐다. 이들의 충격적인 말에 부르르 몸이 떨렸다.

'나쁜 놈들, 이제 제 엄마도 죽은 지 한참 되었는데, 내 덕에 대학 나와 번듯한 직장에도 들어갔는데, 아버지가 선택한 여자가 병들었다고 개처럼 유기해 버리자는 작당을 하다니!'

운 좋게 속초 앞바다가 내려다보이는 곳에 방을 얻었다. 늦은 오후의 석양이 파도에 부딪혀 바다는 에메랄드 빛깔로 반짝거렸다. 짐을 푼 뒤 유옥란과 발코니로 나갔다. 우리는 스몰 체어에 마주 보고 앉았다. 나는 담배를 피웠다. 바닷바람이 찼다. 그녀가 추워하는 것 같아 손바닥을 비벼 따뜻하게 만든 뒤 볼을 감쌌다.

늙어도 여자는 여자고, 남자는 남자다. 나는 유옥란을 침대로 데려가 눕혔다. 그녀가 눈을 감았을 때 옷을 벗겼다. 블라우스 단추를 풀고 등 뒤로 손을 넣어 브래지어의 클립을 풀었다. 침을 꿀꺽 삼켰다. 침이 목구멍으로 넘어가는 소리가 크게 들려 민망한 기분이 들었다. 유옥란은 눈을 감은 채 진짜 첫날밤을 보내는 처녀처럼 내게 몸을 맡기고 있었다.

청바지 지퍼를 아래로 내렸다. 청바지 끝단이 그녀의 발목을 빠져나오는 것을 보다가 눈 밑이 뜨뜻해졌다. 눈물이 흘러내렸다. 나는 유옥란의 발가락에 입을 맞추었다. 혀로 그녀의 발바닥 굴곡을 따라가며 핥았다.

평소 유난히 간지럼을 많이 타는 유옥란이 몸을 비비 꼬았다. 그녀는 팬티만을 남겨 놓은 채 알몸으로 누워 있었다.

'팬티를 벗기면 추울 거야.'

나는 거룩한 의식을 치르기 전의 동작처럼, 난방스위치를 3도 더 올렸다. 그리고 마지막을 벗겼다.

핸드폰 앱에 저장된 노래 하나를 골랐다. 내가 소설을 쓸 때 즐겨듣는 가수 최성수의 '남남'이었다. 머리맡에 놓아둔 손가방을 열고 스피커를 꺼냈다. 그 노래를 JBL 블루투스 스피커에 연결시킨 후 '반복재생'을 눌렀다. 숨이 끊어질 때까지 노래가 멈추지 않아야 했다.

아무리 사랑한 사이라도 인간은 태생적으로 '남남'이다. 남남이기 때문에 미친 듯 서로 사랑할 수 있다. 남남이라서 유옥란이 죽음을 원한 이유와 내가 죽음을 선택한 이유가 달랐다.

최성수의 애절한 음색이 우리의 운명 안으로 스며들어 왔다.

*

내 양손이 유옥란의 목을 양쪽에서 잡았다. 그녀가 빤히 올려다보았다. 망설이지 마세요. 알았어. 안 아프게 할 테니 겁 내지 마.

그동안 고마웠어요. 고맙긴, 우린 부부야. 제가 당신 아내예요?

목을 조여 들어갔다. 1분, 2분, 3분, 유옥란의 얼굴이 붉어졌다가 하얗게 변해갔다. 공중에서 버둥거리던 발이 제자리를 찾은 듯 침대 위에 떨어졌다.

여행을 떠나기 전날, 나는 집 앞 편의점에서 샤크 면도날을 구입했다. 침대에 걸쳐둔 바지 호주머니에서 샤크 면도날을 꺼냈다. 그녀의 몸을 지지대 삼아 면도날 포장 비닐을 벗겼다. 천장 불빛을 튀겨내는 면도날 칼날 끝이 번쩍거렸다. 칼날을 2개의 손목뼈 사이에 깊이 밀어 넣어 세로로 그었다.

몸 아래에 한 여자가 편안한 자세로 누워 있다. 그녀는 맑은 물이 고인 옹달샘 같은 눈으로 말했다. 탈북한 여자를 사랑할 수 있다고 생각하세요? 한국에 금지된 사랑은 없어. 자기는 바보 같아. 그래, 난 지금 바보짓을 한 지도 몰라, 겁이 나. 내 숨이 끊어지는 순간까지 날 사랑한 거죠? 당연하지. 고마워, 불쌍해서 인정해 줄게. 근데 이번에는 전혀 바보스럽지 않아. 잘했어. 오랫동안 원했어.

서둘렀다. 동맥을 끊었으니 의식을 잃기 전 전화해야 했다. 엎드린 채 112에 전화를 걸었다.

"아내를 죽였습니다."

"예? 뭐라고요?"

핸드폰의 스피커폰 버튼을 눌렀다. 방 안에 112 담당자의 목소리가 울려 퍼졌다. 손목에서 피가 흘러나왔고 정신이 몽롱해져 갔다. 쇼크 상태에 빠질 것 같은 두려움이 밀려왔다.

내가 말이 없자 112 담당자의 다급한 목소리가 들려왔다.

"여보세요! 여보세요!"

"목을 졸랐다고요!"

"거기가 어디예요? 위치를 말씀해 주세요!"

112 응대자의 날선 목소리가 벽에 부딪혀 되돌아왔다.

"속초…"

나는 유옥란이 인지기능검사 때 '비행기' 외에 다른 낱말을 기억하지 못했던 것처럼, 속초 다음에 말해야 하는 모텔 이름이 기억나지 않았다. 걱정할 필요가 없었다. 핸드폰으로 전화를 했으니 경찰은 GPS 위치추적을 통해 우리를 찾을 수 있을 것이다. 왼쪽 팔목에서 흘러나온 피가 침대의 하얀 시트를 적셨다. 면도칼이 손목 동맥을 가르는 순간, 날카로운 금속이 피부를 찢는 듯한 소리가 났다. 그와 동시에, 붉은 피가 터진 제방 위로 넘어오는 강물처럼 흘러나왔다. 손목을 따라 흐르는 핏방울들은 점점 커지더니, 침대시트를 적시고 바닥으로 떨어지기 시작했다. 피는 바닥에 닿아 작은 웅덩이를 이루며 퍼져나갔다. 피부를 뚫고 쏟아져 나오는 피는 마치 끊임없이 흘러내리는 샘물 같았다. 그 붉은색은 눈부시게 선명했고, 핏방울이 떨어질 때마다 차가운 공기를 찢는 소리가 귀에 맴돌았다. 주변은 순식간에 붉게 물들었고, 피는 멈출 수 없다는 듯 계속해서 흘러나왔다.

내가 말했다.

"사랑해."

그녀는 침묵으로 대답했다.

'내가 더 많이.'

유옥란은 사람들이 끔찍이 싫어하는 치매환자가 아닌, 사랑받는 한 여자로서 죽을 권리가 있었다. 나 역시 그녀를 죽인 살인범으로 유옥란과 함께 죽어야 할 책임이 발생한 것처럼.

나는 유옥란의 소원을 들어주었다. 그녀가 원하는 것이라면 나는 그 소원을 들어줄 의무가 있다. 천장을 향해 펴진 그녀의 작은 손바닥을 내 큰 손바닥이 덮었다.

찬란한 생이 머물고 간 기억의 이파리들이 색(色)을 버리자… 멸(滅)이 찾아왔다. 새해를 보름 남긴 12월 중순이었고, 유옥란보다 나이가 많은 나는 일흔셋을 앞두고 있었다. 우리의 생은 여기까지였다. 다 그렇지 뭐.

에필로그

처음 써보는 북한소설 때문에 마음고생이 심했다. 유옥란 인터뷰만으로는 부족했다. 장편소설이라 글을 쓰는 데 필요한 자료가 더 필요했다. 남·북한 작가들이 공동으로 집필한 소설집은 있어도 한국 작가 단독으로 쓴 북한소설은 없었다. 왜 한국 소설가들은 북한 인권탄압을 비판·고발하는 소설을 쓰지 않는지?

그들이 쓰는 소설은 사랑과 우정, 개인의 삶을 조명하는 작품들, 인간의 모습을 탐구하는 작품, 인간의 영원한 주제인 '사랑과 이별'을 다루는 내용은 많지만… 북한주민의 인권탄압과 유린을 다루는 소설은 단 한 권도 없었다. 작가로서 비겁하다고 생각했다.

나는 어쩔 수 없이 혼자 힘으로 소설을 써나갔다. 처음 써보는 북한 관련 소설 때문에 절망하는 날이 많았다. 유옥란과 남편 박성배의 고향인 함경북도 종성과 회령, 두 사람이 보위부에 잡혀갈 때까지 살았던 양강도 혜산에 가서 두 눈으로 직접 보고 소설에 필요한 북한 사람들 인터뷰를 하고 싶었지만 할 수 없었다.

그래서 그런지… 소설을 완성하기까지 5년이 걸렸다. 《끝》

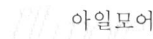 아일모어

초판 1쇄 발행 2025. 2. 28.

지은이 한승주
펴낸이 김병호
펴낸곳 주식회사 바른북스

편집진행 김재영
디자인 이강선

등록 2019년 4월 3일 제2019-000040호
주소 서울시 성동구 연무장5길 9-16, 301호 (성수동2가, 블루스톤타워)
대표전화 070-7857-9719 | **경영지원** 02-3409-9719 | **팩스** 070-7610-9820

•바른북스는 여러분의 다양한 아이디어와 원고 투고를 설레는 마음으로 기다리고 있습니다.

이메일 barunbooks21@naver.com | **원고투고** barunbooks21@naver.com
홈페이지 www.barunbooks.com | **공식 블로그** blog.naver.com/barunbooks7
공식 포스트 post.naver.com/barunbooks7 | **페이스북** facebook.com/barunbooks7

ⓒ 한승주, 2025
ISBN 979-11-7263-249-6 03810

•파본이나 잘못된 책은 구입하신 곳에서 교환해드립니다.
•이 책은 저작권법에 따라 보호를 받는 저작물이므로 무단전재 및 복제를 금지하며,
이 책 내용의 전부 및 일부를 이용하려면 반드시 저작권자와 도서출판 바른북스의 서면동의를 받아야 합니다.